Poemas y cuentos, Edgar Allan Poe

Traductores:
Carmen Torres Calderón de Pinillos
Alberto Lasplaces
Carlos Arturo Torres
J. Pérel Bonaldo

Prólogo:
Rubén Darío

Édgar Allan Poe nació en Boston, Massachusetts, el 19 de enero de 1809, durante una permanencia temporal de sus padres, que eran actores, en la ciudad; murió en Báltimore, Máryland, el 7 de octubre de 1869. A la muerte de su madre fué adoptado por John Allan, de Ríchmond, Virginia, quien le hizo educar en un colegio particular de Ríchmond y en la Manor House School, Stoke-Néwington, Inglaterra, hasta 1820, época en que regresó a Ríchmond. En 1826 ingresó a la University of Virginia. Durante su breve permanencía allí hízose famoso por sus temerarias hazañas de jugador y bebedor. Su protector le asoció a sus negocios en diciembre de 1826, pero el joven escapó a Boston donde trató de sostenerse con sus poesías, de las cuales el primer volumen, publicado en 1827, se titula: *Tamerlane and Other Poems*. Acosado por la necesidad, se alistó como soldado en el ejército regular, bajo el nombre de Édgar A. Perry, siendo nombrado sargento mayor en 1829. No obstante, su padre adoptivo Allan hizo que le dieran de baja y que fuera admitido como cadete en West Point. No agradándole la escuela, procuró intencionalmente que le despidieran en 1831, y comenzó una vida irregular, vagando de ciudad en ciudad y dedicándose a la literatura. En 1835 contrajo matrimonio con Virginia Clemm, y se hizo cargo de la dirección del *Southern Literary Messenger* de Ríchmond. Más tarde fué director de varias revistas, fijando su residencia en Nueva York en 1844. La publicación de *The Raven* (1845) consagró su fama convirtiéndole en el genio literario de la época. Después de la muerte de su mujer en 1847 comenzó a declinar su carrera, y murió dos años más tarde en el Wáshington College Hospital en estado de delirio. Sus obras más importantes, en adición a las mencionadas en la Introducción de esta serie, son: *Al Warwaf, Tamerlane and Minor Poems* (1829); *Poems* (1831); *Tales of the Grotesque and Arabesque* (1840).

En este libro:

Cuentos

El barril de amontillado

HABÍA soportado lo mejor posible los mil pequeños agravios de Fortunato; pero cuando se atrevió a llegar hasta el ultraje, juré que había de vengarme. Vosotros, que tan bien conocéis mi temperamento, no supondréis que pronuncié la más ligera amenaza.*Algún día* me vengaría; esto era definitivo; pero la misma decisión que abrigaba, excluía toda idea de correr el menor riesgo. No solamente era necesario castigar, sino castigar con impunidad. No se repara un agravio cuando la reparación se vuelve en contra del justiciero; ni tampoco se repara cuando no se hace sentir al ofensor de qué parte proviene el castigo.

Es necesario tener presente que jamás había dado a Fortunato, ni por medio de palabras ni de acciones, ocasión de sospechar de mi buena voluntad. Continué sonriéndole siempre, como era mi deseo, y él no se apercibió de que *ahora* sonreía yo al pensamiento de su inmolación.

Fortunato tenía un punto débil, aunque en otras cosas era hombre que inspiraba respeto y aun temor. Preciábase de ser gran conocedor de vinos. Muy pocos italianos tienen el verdadero espíritu de aficionados. La mayor parte regula su entusiasmo según el momento y la oportunidad, para estafar a los millonarios ingleses y austriacos. En materia de pinturas y de joyas, Fortunato era tan charlatán como sus compatriotas; pero tratándose de vinos antiguos era sincero. A este respecto yo valía tanto como él materialmente: era hábil conocedor de las vendimias italianas, y compraba grandes cantidades siempre que me era posible.

Fué casi al obscurecer de una de aquellas tardes de carnaval de suprema locura cuando encontré a mi amigo. Acercóse a mí con exuberante efusión, pues había bebido en demasía. Mi hombre estaba vestido de payaso. Llevaba un ceñido traje a rayas, y en la cabeza el gorro cónico y los cascabeles. Me sentí tan feliz de encontrarle que creí que nunca terminaría de sacudir su mano.

Díjele:

—Mi querido Fortunato, tengo una gran suerte en encontraros hoy. ¡Qué bien estáis! Pero escuchad; he recibido una pipa que se supone ser de amontillado, mas tengo mis dudas.

—¡Cómo!—repuso él.—¡Amontillado! ¿Una pipa? ¡Imposible! ¡Y en mitad del carnaval!

—Tengo mis dudas,—repliqué;—y he cometido la bobería de pagar el precio completo del amontillado antes de consultaros sobre este punto. No podía encontraros y temía perder un buen negocio.

—¡Amontillado!

—Tengo mis dudas.

—¡Amontillado!

—Y necesito aclararlas.

—¡Amontillado!

—Como estáis comprometido, iré a buscar a Luchresi. Si alguno puede decidirlo, será él. El me dirá...

—Luchresi no puede distinguir el amontillado del jerez.

—Y sin embargo, muchos opinan que es tan buen catador como vos mismo.

—¡Vamos, venid!

—¿Adónde?

—A vuestros sótanos.

—No, amigo mío; no quiero abusar de vuestros buenos sentimientos. Observo que estáis comprometido. Luchresi...

—No tengo compromiso; vamos.

—No, amigo mío. No es cuestión solamente del compromiso, sino del severo resfriado que os aflige, según veo. Los sótanos son húmedos. Están incrustados de nitro.

—Vamos allá, a pesar de todo. El resfriado no significa nada. ¡Amontillado! Seguramente que os han engañado. Y lo que es Luchresi, no sabe distinguir el jerez del amontillado.—

Hablando así, Fortunato se apoderó de mi brazo; y después de cubrir mi rostro con una máscara de seda negra y ceñir estrechamente a mi cuerpo un *roquelaure*, permití que me arrastrara hacia mi *palazzo*.

No había criados en la casa; todos habían salido a divertirse en obsequio a la ocasión. Habíales dicho que no regresaría hasta la mañana siguiente, a la vez que les daba órdenes explícitas de no abandonar el palacio. Sabía yo bien que dichas órdenes eran razón suficiente para provocar la desaparición inmediata de todos y cada uno de ellos tan pronto como hubiera yo vuelto las espaldas.

Cogí dos antorchas de sus candelabros y dando una a Fortunato le escolté a través de una serie de habitaciones hasta el pasillo que conducía a los subterráneos. Bajé una larga escalera de caracol, recomendándole tener precaución cuando siguiera este camino. Llegamos al cabo a la extremidad inferior del descenso, y nos detuvimos juntos sobre el húmedo suelo de las catacumbas de los Montresor.

La marcha de mi amigo era vacilante, y los cascabeles de su gorro repiqueteaban a cada paso.

—¿La pipa?—preguntó.

—Está más allá,—respondí yo;—pero fijaos en las blancas telarañas que relucen en los muros de estas cuevas.—

Volvióse hacia mí y me miró con turbias pupilas que destilaban el reuma de la embriaguez.

—¿Nitro?—inquirió, al fin.

—Nitro,—afirmé.—¿Cuánto tiempo hace que tenéis esta tos?

—¡Ugh! ¡ugh! ¡ugh!... ¡ugh! ¡ugh! ¡ugh!... ¡ugh!¡ugh! ¡ugh!... ¡ugh!¡ugh! ¡ugh!... ¡ugh! ¡ugh! ¡ugh!—

Mi pobre amigo se encontró incapaz de contestar durante largos minutos.

—No es nada,—dijo al cabo.

—¡Vámonos!—exclamé entonces con decisión,—regresemos; vuestra salud es preciosa. Sois rico, respetado, admirado, amado; sois feliz, como lo era yo en otro tiempo. Sois un hombre que haría falta. Para mí esto no significa gran cosa. Regresemos; enfermaréis, y no quiero ser el responsable. Además, allí está Luchresi...

—Basta,—declaró Fortunato;—esta tos no vale nada; no me matará. No moriré, por cierto, de un resfriado.

—Es verdad, es verdad,—repliqué;—ciertamente que no era mi intención alarmaros sin motivo; pero debéis tomar todas las precauciones necesarias. Un trago de este Médoc nos preservará de la humedad.—

Diciendo estas palabras rompí el cuello de una botella que cogí de una larga hilera de sus compañeras que yacían entre el polvo.

—Bebed,—dije, presentándole el vino.

Levantólo hasta sus labios mirándolo amorosamente. Detúvose luego y me hizo un signo familiar con la cabeza mientras sus cascabeles repiqueteaban.

—Brindo,—dijo,—por los muertos que reposan a nuestro rededor.

—¡Y yo, por vuestra larga vida!—

Tomó mi brazo de nuevo, y proseguimos.

—Estas catacumbas son extensas,—opinó.

—Los Montresor,—repuse,—eran una antigua y numerosa familia.

—No recuerdo vuestras armas.

—Un gran pie humano de oro sobre campo de azur; el pie destroza una serpiente rampante cuyas fauces están incrustadas en el taco.

—¿Y el lema?

—*Nemo me impune lacessit.*

—¡Bien!—exclamó.

El vino chispeaba en sus ojos, y los cascabeles vibraban. Mi propia fantasía se exaltaba con el Médoc. Pasábamos entre grandes montones de esqueletos mezclados con barriles y toneles en lo más profundo de las catacumbas. Me detuve nuevamente y esta vez me atreví a coger el brazo de Fortunato arriba del codo.

—¡El nitro!—exclamé;—mirad, aumenta ahora. Cubre las paredes como musgo. Nos encontramos ahora bajo el lecho del río. Las gotas de humedad escurren entre los huesos. Venid, retrocedamos antes que sea demasiado tarde. Vuestra tos....

—No vale nada, os digo,—insistió él.—Prosigamos. Pero antes, venga otro trago de Médoc.—

Rompí una botella de Grâve y se la pasé. Vacióla de una vez. Sus ojos relampaguearon con brillo feroz. Rió, y arrojó lejos la botella con un gesto que no pude comprender.

Miréle sorprendido. Repitió el movimiento, algo grotesco.

—¿No comprendéis?—preguntó.

—No, por cierto,—repliqué.

—Entonces no pertenecéis a la hermandad.

—¿Cómo?

—No, sois masón.

—Sí, sí,—aseguré,—sí, sí.

—¿Vos? ¡Imposible! ¿Masón?

—Masón,—repliqué.

—Un signo,—dijo,—un signo.

—Aquí está,—respondí, sacando una llana de entre los pliegues de mi *roquelaure*.

—¡Os burláis!—exclamó, retrocediendo algunos pasos. Mas veamos el amontillado.

—Sea así,—repuse, colocando de nuevo la herramienta debajo de mi chaqueta, y ofreciéndole otra vez el brazo, sobre el cual se apoyó pesadamente. Continuamos la ruta en busca del amontillado. Atravesamos una arquería baja, descendimos, seguimos adelante y, descendiendo de nuevo, llegamos a una profunda cripta donde la pesadez del aire ahogaba nuestras antorchas sin permitirlas flamear.

Al fondo de esta cripta aparecía otra algo menos espaciosa. Sus muros estaban cubiertos de restos humanos alineados hasta la altura de la cabeza, a la manera de las grandes catacumbas de París. Tres lados de la cripta interior estaban aún decorados en esta forma. En el cuarto, los huesos se habían arrojado al suelo y yacían en promiscuidad formando en cierto sitio un montón de regular tamaño. Dentro del muro, puesto así al descubierto por el retiramiento de los esqueletos, apercibimos todavía otra cripta o nicho interior de cuatro pies de profundidad y tres de anchura por seis o siete de altura. Parecía no haberse construído con propósito alguno especial, sino que formaba simplemente el espacio intermedio entre dos de los pilares colosales que sostenían el techo de las catacumbas; y tenía al fondo uno de los muros divisorios de sólido granito.

En vano Fortunato, levantando su moribunda antorcha, trató de escudriñar el interior del escondrijo. Su débil luz no nos permitió inspeccionarlo en su totalidad.

—Adelante,—dije yo,—allí está el amontillado. Y en cuanto a Luchresi....

—Luchresi es un ignorante,—interrumpió mi amigo, avanzando con pasos vacilantes mientras yo seguía, pisándole los talones. Llegó en un momento hasta el fondo del nicho y al encontrarse detenido por la roca, quedó estúpidamente asombrado. Un instante más, y le había yo encadenado contra el granito. Había dos anillos de hierro a distancia de dos o tres pies más o menos uno de otro, horizontalmente. De uno de ellos pendía una cadena corta y del otro un candado. Arrojando los eslabones sobre su cintura, fué para mí labor solamente de unos cuantos segundos asegurarle. Estaba demasiado atónito para resistir. Retirando la llave, salí fuera del escondrijo.

—Pasad la mano sobre el muro,—insinué;—no podéis dejar de sentir el nitro. En verdad, está eso *muy* húmedo. Dejadme implorar una vez más vuestro regreso. ¿No? Entonces, positivamente, me veré obligado a abandonaros. Pero antes quiero haceros todas las pequeñas atenciones que estén a mi alcance.

—¡El amontillado!—profirió mi amigo, sin recobrarse aún de su estupor.

—Es verdad,—repliqué,—el amontillado.

Diciendo estas palabras, me dirigí a la pila de huesos de que antes he hablado. Arrojándolos a un lado, descubrí pronto una cantidad de piedras de construcción y argamasa. Con estos materiales y con ayuda de mi llana, comencé a tapiar vigorosamente la entrada del nicho.

Apenas habría colocado la primera hilera en mi labor de albañilería, cuando pude notar que la embriaguez de Fortunato había desaparecido casi por completo. La primera indicación que tuve de esta circunstancia fué un sordo y lúgubre lamento que partía del fondo del nicho. *No* era el lamento de un ebrio. Hubo luego un largo y obstinado silencio. Coloqué la segunda hilera, y la tercera, y la cuarta, y oí entonces furiosas sacudidas a la cadena. El ruido se prolongó por varios minutos, durante los cuales abandoné mi trabajo para escuchar con más satisfacción, y me senté encima de los huesos. Cuando cesó al cabo el chirrido, cogí de nuevo la llana y continué sin interrupción la quinta, sexta y séptima ringlera. El muro elevábase entonces casi a nivel de mi pecho. Me detuve otra vez y levantando la antorcha sobre la abertura, arrojé algunos débiles rayos de luz sobre la figura encerrada dentro.

Una explosión de agudos y penetrantes gritos, brotando súbitamente de la garganta de la encadenada forma, pareció como si me lanzara violentamente hacia atrás. Por breves instantes temblé, vacilé. Desnudando mi puñal, comencé a tentar el fondo del nicho; pero un momento de reflexión me tranquilizó. Puse la mano sobre la sólida construcción de las catacumbas y me sentí satisfecho. Me aproximé nuevamente al muro, y respondí a los clamores que Fortunato lanzaba. Híceles eco, los sostuve, los sobrepujé en fuerza y en volumen. Cuando hice esto, los gritos se apagaron.

Era ya la media noche y mi tarea iba a concluir. Había completado la octava, la novena y la décima hilera. Terminaba casi la última, la undécima; faltaba colocar una piedra solamente y la argamasa para asegurarla. Luchaba con su peso, y la había colocado a medias en la posición deseada, cuando partió del fondo del nicho una risa débil que puso los pelos de punta sobre mi cabeza. Sucedióla una voz lastimosa que con dificultad pude reconocer como la del noble Fortunato. La voz decía:

—¡Ah! ¡ah! ¡ah!... ¡eh! ¡eh! ¡eh!... muy buena broma en verdad, una broma magnífica. Reiremos de buena gana muchas veces acerca de esto en el *palazzo*... ¡eh! ¡eh! ¡eh!... nuestro vino... ¡eh! ¡eh!¡eh!

—¡El amontillado!—dije yo.

—¡Eh! ¡eh! ¡eh!... ¡eh! ¡eh! ¡eh!... sí, el amontillado. Pero ¿no está haciéndose ya muy tarde? ¿No estarán aguardándonos en el*palazzo* la señora de Fortunato y los demás? Vámonos ya.

—Sí,—dije yo;—vámonos ya.

—*¡Por el amor de Dios, Montresor!*

—Sí,—repetí;—¡por el amor de Dios!—

Mas aguardé en vano respuesta a estas últimas palabras. Me impacienté. Llamé en alta voz:

—¡Fortunato!—

No obtuve contestación. Llamé de nuevo:

Tampoco hubo respuesta. Introduje una antorcha por la abertura que quedaba y la dejé caer dentro. Sólo respondió un repiqueteo de los cascabeles. Mi corazón se oprimió; sin duda la humedad de las catacumbas era la causa. Me apresuré a terminar mi labor. Forcé la última piedra hasta colocarla en posición, luego la aseguré con argamasa. Contra la nueva obra de albañilería elevé la trinchera de huesos. Por más de medio siglo ningún mortal los ha removido jamás. *¡In pace requiescat!*

EL ESCARABAJO DE ORO

¡Hola! ¡hola! ¡Este hombre está atacado de locura!
Debe haberle picado la tarántula.
—All in the Wrong.

MUCHOS años ha contraje íntima amistad con Mr. Wílliam Legrand. Pertenecía a una antigua familia hugonote y había gozado de fortuna; pero una serie de contratiempos le redujo más tarde a la miseria. Para evitar la mortificación consiguiente a sus desastres abandonó Nueva Órleans, la cuna de sus antepasados, y fijó su residencia en la isla de Súllivan, cerca de Chárleston, en Carolina del Sur.

Esta isla es muy singular. Está formada casi toda de arena, y tiene alrededor de tres millas de longitud. Su anchura no excede de un cuarto de milla en toda su extensión. Queda separada del continente por una corriente apenas perceptible que se desliza entre un yermo de cañas y légamo, guarida favorita de las aves silvestres. La vegetación, como puede suponerse, es escasa y raquítica. No hay árboles de ninguna clase. Cerca de la extremidad occidental, hacia el fuerte de Moultrie, donde existen algunos edificios de estructura miserable ocupados durante el verano por los fugitivos del polvo y las fiebres de Chárleston, puede encontrarse en verdad la palmera de abanico; pero toda la isla, con excepción de la parte occidental y de una faja blanca y endurecida a la ribera del mar, está cubierta de una densa maleza del mirto blanco tan apreciado por los horticultores de Inglaterra. Estos arbustos alcanzan a menudo una altura de quince o veinte pies y forman un tallar casi impenetrable, embalsamando el aire con su fragancia.

En la más intrincada espesura de aquel soto, no muy alejada de la extremidad oriental y más remota de la isla, había construído Legrand una pequeña cabaña que habitaba en la época en que le conocí incidentalmente por primera vez. Pronto este conocimiento se convirtió en amistad, porque el recluso tenía muchas cualidades propias para despertar interés y estimación. Lo encontré bien educado, de mentalidad extraordinaria, pero atacado de misantropía y sujeto a perniciosos accesos alternados de entusiasmo y melancolía. Tenía muchos libros, pero rara vez hacía uso de ellos. Su principal distracción consistía en la caza y la pesca o en vagar por la ribera y a través de los mirtos en busca de conchas o ejemplares entomológicos, cuya colección de los últimos podía haber causado la envidia de un Swámmerdamm. En estas excursiones le acompañaba generalmente un negro viejo, llamado Júpiter, a quien había franqueado antes de sus desgracias de familia, pero al cual ni amenazas ni promesas pudieron inducir a abandonar lo que consideraba su derecho de seguir los pasos de su joven "amo Will." No sería extraño que los parientes de Legrand, juzgándole de mente algo perturbada, hubieran contribuído a infundir a Júpiter esta obstinación con el objeto de mantener cierta vigilancia y tutela sobre el vagabundo.

En la latitud de la isla de Súllivan los inviernos no son muy severos por lo general, y en el otoño es muy raro que se sienta la necesidad de encender la chimenea. Sin embargo, a mediados de octubre de 18—ocurrió un día de frío extraordinario. A la hora precisa del ocaso me abría yo paso entre las siempreviva hacia la cabaña de mi amigo a quien no había visto durante varias semanas, pues que en aquel entonces residía yo en Chárleston, a nueve millas de distancia de la isla, y las facilidades para el viaje de ida y vuelta estaban muy lejos de aproximarse a las del tiempo actual. Al llegar a la choza golpeé la puerta como de costumbre y, no obteniendo respuesta, busqué la llave en el sitio donde yo sabía que la ocultaban de ordinario, abrí la puerta y entré. Un buen fuego ardía en el hogar. Era una novedad que nada tenía por cierto de desagradable. Me despojé del abrigo, acerqué una silla de brazos a los crujientes leños, y me dispuse a esperar pacientemente la llegada de Legrand.

Llegó poco después de obscurecido y me brindó la bienvenida más cordial. Júpiter, sonriendo de oreja a oreja, se precipitó a preparar un ave de pantano para la cena. Hallábase Legrand en uno de sus accesos—¿de qué otro modo podría llamarlos?—de entusiasmo. Había encontrado un bivalvo desconocido que representaba un género nuevo; y había perseguido y cazado además, con ayuda de Júpiter, un escarabajo que juzgaba absolutamente nuevo, pero acerca del cual quería tener mi opinión a la mañana siguiente.

—¿Y por qué no ahora mismo?—pregunté, restregándome las manos sobre la llama y enviando al diablo *in mente* toda la tribu de escarabajos.

—¡Ah! ¡Si hubiera podido adivinar que estabais aquí!—exclamó Legrand;—pero hace tanto tiempo desde que nos vimos la última vez que, ¿cómo iba a prever que me visitarais precisamente esta noche? De regreso a casa encontré al teniente

G——, el del fuerte, y neciamente le dejé prestado el insecto; de manera que es imposible que lo veáis hasta mañana. Quedaos aquí esta noche y enviaré a Júpiter a buscarlo al amanecer. ¡Es la cosa más linda de la creación!

—¿Qué? ¿el amanecer?

—¡No! ¡Qué ocurrencia! ¡el escarabajo! Es más o menos del tamaño de una nuez grande de nogal, color de oro brillante, y con dos manchas negras como azabache, una a cada lado del extremo superior del dorso, y otra, algo más extensa, al otro extremo. Las antenas son...

—No tié ná d'etaño,[1] amo Will, se lo digo a uté," interrumpió Júpiter. "Er bicho é toíto de oro macizo por adentro y ajuera, menos las alas.... Nunca en mi vía tantié un animal má pesao."

—Bien; supongamos que sea así, Jup,—replicó Legrand con más gravedad de lo que requería el caso, a mi entender;—pero esto no es razón para que dejes quemarse la cena. El color,—prosiguió volviéndose a mí,—es bastante para justificar la opinión de Júpiter. Jamás habréis visto reflejos metálicos más brillantes que los que sus escamas emiten; pero no podéis juzgar de ello hasta mañana. Entretanto puedo daros alguna idea de su forma.—

Hablando así, sentóse a una pequeña mesa donde había tintero y plumas, pero no se veía nada de papel. Buscó en los cajones sin poder encontrar ninguna hoja.

—No importa,—dijo al fin;—esto servirá lo mismo.—

Y sacando del bolsillo de su chaleco algo que me pareció una hoja sucia de papel de oficio, púsose a dibujar un boceto a pluma. Mientras él procedía, permanecí yo en mi sitio junto al fuego, pues aun sentía frío. Cuando terminó su trabajo me lo alargó sin levantarse. En el momento en que lo recibía, dejóse percibir un fuerte gruñido seguido de arañazos a la puerta. Júpiter abrió, y un enorme terranova, que pertenecía a Legrand y a quien había yo demostrado gran simpatía en mis visitas anteriores, se precipitó dentro saltando sobre mis hombros y llenándome de caricias. Cuando terminaron sus cabriolas miré el papel y, a decir verdad, me sentí no poco asombrado al ver el dibujo de mi amigo.

—Bien,—dije, después de contemplarlo por algunos minutos;—*esto* es un escarabajo muy extraño, he de confesarlo; completamente nuevo para mí; jamás he visto nada semejante, a menos de ser un cráneo o una calavera, que es lo que más se acerca a lo que tengo en observación.

—¡Una calavera!—repitió Legrand como un eco.—¡Oh! sí, bien, quizás tenga algo de esta apariencia sobre el papel, no hay duda. Las dos manchas superiores pueden parecer los ojos, ¿no? y la más grande al otro extremo, la boca; y luego, el conjunto es de forma oval.

—Tal vez sea así,—dije;—pero se me figura, Legrand, que no sois muy buen artista. Necesito ver yo mismo el insecto si he de formarme alguna idea de su aspecto particular.

—Bien, no sé por qué,—replicó algo amostazado.—Dibujo de manera aceptable, al menos debería hacerlo así; he tenido buenos maestros y me lisonjeo de no ser un topo.

—Pero, querido amigo, entonces estáis tratando de burlaros de mí,—repuse.—Esto es un cráneo muy presentable; en verdad, hasta podría decir una calavera excelente, de acuerdo con las nociones más elementales de los ejemplares de esta clase en fisiología; y vuestro *escarabajo* debe ser el escarabajo más peculiar si se le parece. ¡Vaya! Hasta podemos arrojar un poquillo de terror supersticioso a su respecto. Se me imagina que podéis llamar a vuestro insecto *scarabœus capus hominis* o algo por el estilo; hay nombres análogos en la historia natural. Pero ¿dónde están las antenas de que hablabais?

—¡Las antenas!—exclamó Legrand, que parecía irse acalorando sobre el asunto.—Estoy seguro de que podéis descubrir las antenas; las he dibujado tan distintamente como aparecen en el original, y creo que esto es suficiente.

—Bien, bien,—repliqué;—probablemente es así, lo cual no obsta para que yo no las vea;—y sin más comentario le alargué el papel no deseando excitar su enojo. Sin embargo, estaba muy sorprendido por el giro que tomaba el asunto; su mal humor me chocaba; y con respecto al diseño del insecto, no había allí antenas positivamente y el conjunto tenía en verdad extraordinario parecido al dibujo corriente de una calavera.

Recibió el papel con enfado y estaba visiblemente a punto de estrujarlo y arrojarlo al fuego cuando una ojeada casual al dibujo pareció fijar de repente su atención. En un instante enrojeció su rostro violentamente, y un momento después palideció por completo. Durante algunos minutos examinó el diseño con minuciosidad en el mismo sitio donde se encontraba sentado. Al cabo se levantó, cogió una bujía de la mesa y fué a sentarse sobre un arca en el rincón más alejado de la habitación. Allí hizo de nuevo un ansioso escrutinio del papel revolviéndolo en todas direcciones. No decía una palabra, sin embargo, y su conducta me llenaba de estupor; pero juzgué prudente no exacerbar con comentario alguno la extravagancia creciente de sus maneras. Luego, sacando una cartera del bolsillo de su chaqueta, colocó dentro el papel cuidadosamente y depositó el paquete en su escritorio que cerró con llave. Entonces adquirieron sus ademanes mayor compostura, pero su entusiasmo primitivo había desaparecido del todo. Sin embargo, parecía más bien abstraído que descontento. Conforme avanzaba la noche se absorbía más y más en sus meditaciones de las cuales no consiguieron arrancarle todos mis esfuerzos. Había tenido yo la intención de pasar la noche en la cabaña como lo acostumbraba a menudo, pero observando la actitud de mi huésped, pensé que era más oportuno despedirse. No me instó para que permaneciera en su compañía, pero estrechó mi mano al partir con mayor cordialidad aún que de ordinario.

Haría un mes de lo que he relatado, intervalo durante el cual nada había sabido de Legrand, cuando recibí en Chárleston la visita de su asistente Júpiter. Nunca había visto al buen negro tan trastornado y creí que algún serio desastre hubiera ocurrido a mi amigo.

—Y bien, Júpiter,—díjele,—¿de qué se trata? ¿Cómo está tu amo?

—Pá decir verdá, patrón, él no etá tan sano.

—¿Está enfermo? Lo siento mucho. ¿De qué se queja?

—¡Ahí etá! ¡Eso é lo pior! Nunca se queja de ná. Pero tá mu mal.

—¡Muy mal, Júpiter! ¿Por qué no me dijiste eso de una vez? ¿Está en cama?

—No, señó; eso no. Pero no se sabe por ónde anda. Eso é lo que me duele. El pobre amo Will m'etá dando mucho dolore de cabeza.

—Júpiter, quisiera entender lo que estás diciendo. Hablas de que tu amo está enfermo. ¿No te ha dicho lo que tiene?

—¡Güeno, patrón! No hay que alterase po eso. Amo Will dice que no tiene ná.... Pero ¿por qué anda poahí con la cabeza enterrá entre sus hombros y blanco como una visión?... ¡Otra cosa! Siempre etá con una chará....

—¿Una qué, Júpiter?

—Sí; una chará, y una pizarra con lo número má raros que se ha vito. Le digo a uté que me asuta en veces. Necesito mucho ojo con sus cosas. L'otro día se m'escapó a la madrugá y se jué todo el bendito día. Tuve preparao un garrote pá dale una güena soba cuando volviese; pero soy tan zonzo que no tuve alma dempués de tó.... Parecía tan despeao que me dió lástima.

—¡Eh? ¡Cómo? ¡Ah, sí! Bien, teniendo todo en cuenta, creo que es mejor que no seas muy severo con el pobre. No lo disciplines, Júpiter; no me parece que está en condiciones de resistirlo. Pero ¿no puedes imaginar qué es lo que ha producido su enfermedad, o mejor dicho, este cambio en sus maneras? ¿Ha sucedido algo desagradable después que no nos hemos visto?

—No, patrón, no ha sucedido ná dende entonce. Me paece que jué antes... jué el mimo día que uté etuvo.

—¡Cómo! ¿qué quieres decir?

—Güeno, patrón, yo digo que jué la cucaracha... ¡eso!

—¿El qué?

—La cucaracha. Seguro que esa cucaracha de oro lo picó en algún lao de la cabeza.

—Y ¿qué motivo tienes para pensar eso, Júpiter?

—Esa cucaracha tiene mu güenas patas y mu güena boca. Nunca vide un bicho más condenao: muerde y patea tó lo que se le arrima. Amo Will la cazó primero, pero le digo que tuvo que soltarla mu prontito. Y entonce creo que lo mordió. A mí dió miedo la boca e la cucaracha p'agarrarla, pero la pesqué con un peaso e papel. L'envolví con el papel y tamién l'ise comé papel. Así jué.

—Y ¿crees entonces que el insecto picó verdaderamente a tu amo y que la picadura lo ha enfermado?

—A mí no é que me paece.... Toy seguro. ¿Po qué soñó tanto con el oro si no é poque lo picó el bicho de oro? Yo he oído dende antes hablá de estas cucarachas de oro.

—Pero ¿cómo sabes que sueña con oro?

—¿Que cómo sé? Poque habla de eso cuando duerme. Po eso toy seguro.

—Bien, Júpiter, quizá tengas razón; pero ¿a qué circunstancia afortunada debo el placer de tu visita?

—¿Qué dise, patrón?

—¿Me traes algún recado de Mr. Legrand?

—No, patrón, traigo ete paquete;—y aquí Júpiter me entregó una carta que decía así:

QUERIDO——

¿Por qué no habéis venido en tanto tiempo? Espero que no seréis tan bobo de ofenderos por mis pequeños arranques; no, eso no es posible.

Desde que no os he visto tengo grandes motivos de ansiedad. Necesito deciros algo, pero apenas sé en qué forma podría hacerlo y ni siquiera si debería decíroslo.

No he estado muy bien en los últimos días y el pobre viejo Júpiter me ha aburrido más de lo que es posible soportar con sus ingenuas atenciones. ¿Lo creeríais? Había preparado un gran palo el otro día para castigarme por habérmele escapado y haber pasado la jornada solo, en las colinas de la isla. Creo, en verdad, que únicamente mi aspecto de enfermo me salvó de la azotaina.

No he agregado nada a mi colección desde la última vez que nos vimos.

Si podéis arreglarlo sin inconveniente, venid con Júpiter. *Venid.* Necesito veros *esta noche* para un asunto de importancia. Os aseguro que es de la *mayor* importancia.

Vuestro afectísimo
WÍLLIAM LEGRAND.

Algo había en el tono de la carta que me produjo gran inquietud. Su estilo difería por completo del que acostumbraba Legrand. ¿En qué estaría soñando? ¿Qué nueva extravagancia se había apoderado de su excitable cerebro? ¿Cuál podía ser aquel "asunto de gran importancia" que necesitara él definir? Las noticias de Júpiter a su respecto no auguraban nada bueno. Temí que quizá el peso continuo de la desgracia hubiera al fin trastornado la mente de mi amigo. En consecuencia, sin un instante de vacilación me preparé a acompañar al negro.

Al llegar al embarcadero advertí una hoz y tres azadas, nuevas en apariencia, colocadas en el fondo del bote que debíamos ocupar.

—¿Qué significa esto, Jup?—pregunté.

—Son una hoz y unas azadas, patrón.

—No cabe duda; pero ¿qué hacen aquí?

—Son una hoz y unas azadas que amo Will me mandó que le comprara en la ciudad y que por má señas he tenío que largar un montón de plata po eso.

—Pero, en nombre de todo lo misterioso, ¿qué va a hacer "amo Will" con azadas y con hoces?

—¡Ah! Eso sí que no sé y ¡el diablo cargue conmigo si el amo sabe má que yo! Pá mí que tó é por la cucaracha.—

Viendo que no podía satisfacer mi curiosidad con las respuestas de Júpiter, cuyo intelecto parecía completamente absorbido por el escarabajo, abordé el bote y nos dimos a la vela. Empujados por brisa poderosa y favorable arribamos pronto a la pequeña ensenada al norte del fuerte de Moultrie y una caminata de dos millas nos condujo a la cabaña. Era cerca de las tres de la tarde cuando llegamos, y Legrand nos aguardaba en ansiosa expectación. Oprimió mi mano con vivacidad nerviosa que me alarmó robusteciendo las sospechas que habían ya acudido a mi mente. Su semblante tenía palidez cadavérica y sus ojos, hundidos en las cuencas, brillaban con lustre sobrenatural. Después de algunas preguntas acerca de su salud preguntéle, no sabiendo cosa mejor que decir, si no había recuperado aún su escarabajo del teniente G.——

—¡Oh, sí!—replicó, enrojeciendo violentamente.—Lo recogí al siguiente día. Nada podría decidirme a separarme de este escarabajo. ¿Sabéis que Júpiter tenía razón en sus apreciaciones?

—¿A qué respecto?—pregunté, sintiendo mi corazón llenarse de tristes presentimientos.

—Suponiendo que era un insecto de *oro verdadero*.—

Dijo esto con aire de profunda gravedad, y yo me sentí indeciblemente contristado.

—Este insecto hará mi fortuna,—continuó con sonrisa triunfante;—me reinstalará en mis posesiones de familia. ¿Qué de extraño tiene, entonces, que yo lo aprecie en grado sumo? Desde que la Fortuna ha creído oportuno concederme sus dones en esta forma, sólo me resta usar de ellos debidamente para llegar a la riqueza que es su culminación. ¡Júpiter, tráeme el escarabajo!

—¡Qué! ¿La cucaracha, patrón? No quío buscale camorra a ese bicho; mejó que uté mimo lo agarre.—

A lo cual levantóse Legrand con aire grave y majestuoso y me presentó el insecto que sacó de una caja de cristal en que lo tenía encerrado. Era, en verdad, un hermoso escarabajo, desconocido por aquel tiempo a los naturalistas y, por consiguiente, un gran hallazgo desde el punto de vista científico. Tenía dos manchas negras en el extremo anterior del lomo y otra, más grande, en el extremo posterior. Las escamas eran excesivamente duras y brillantes, con toda la apariencia del oro bruñido. El peso del insecto era notable y, tomando todas estas cosas en consideración, apenas podía yo reprochar a Júpiter sus opiniones al respecto; pero lo que inclinaba a Legrand a asentir con esta idea no podía comprenderlo, por vida mía.

—He enviado a buscaros,—dijo en tono grandilocuente cuando terminé el examen del insecto,—he enviado a buscaros porque necesito vuestros consejos y vuestra asistencia para llevar a cabo los designios de la suerte y del escarabajo....

—Mi querido Legrand,—exclamé interrumpiéndole,—seguramente no os sentís bien, y es preferible que toméis algunas ligeras precauciones. Acostaos, y yo permaneceré aquí algunos días hasta que os encontréis mejor. Estáis febril y....

—Tomadme el pulso,—dijo mi amigo.

Hícelo así, y a decir verdad no encontré la más ligera alteración.

—Pero podéis estar enfermo aun sin tener fiebre. Permitidme recetaros por esta vez. En primer lugar, poneos en cama; en segundo....

—Estáis equivocado,—interrumpió.—Me encuentro tan bien como puedo estarlo bajo la excitación que me aqueja. Si tenéis realmente algún interés por mí, aliviaréis esta excitación.

—¿De qué manera puedo hacerlo?

—Muy fácilmente. Júpiter y yo vamos a emprender una expedición a las colinas de la isla, y necesitamos en dicha empresa la cooperación de alguien en quien podamos confiar absolutamente. Vos sois el único en quien yo depositaría mi confianza. Ya tengamos éxito o fracasemos, desaparecerá la agitación que ahora advertís en mí.

—Deseo muchísimo complaceros en cualquier sentido,—repliqué;—pero ¿significa esto que el infernal escarabajo tiene alguna conexión con vuestra expedición a las colinas?

—La tiene.

—En tal caso, Legrand, no puedo prestarme a proceder tan absurdo.

—Lo siento, lo siento mucho; porque tendremos que ensayarlo solos.

—¡Ensayarlo solos! ¡Este hombre está loco seguramente! Pero ¡aguardad! ¿Cuánto tiempo os proponéis ausentaros?

—Probablemente toda la noche. Saldremos en este instante y estaremos de vuelta al alba en todo caso.

—¿Y me prometéis, por vuestro honor, que una vez satisfecha esta fantasía y resuelto a vuestra satisfacción el asunto del escarabajo, ¡gran Dios! volveréis a casa y seguiréis implícitamente mis consejos como si fuera vuestro médico?

—Sí; lo prometo; y ahora partamos inmediatamente porque no hay tiempo que perder.

Acompañé a mi amigo con el corazón oprimido. Salimos a eso de las cuatro, Legrand, Júpiter, el perro y yo, cargando Júpiter con la hoz y las azadas que insistió en llevar él mismo, más por temor de dejar aquellos instrumentos al alcance de su amo que por exceso de actividad o complacencia, a lo que pude presumir. Su actitud era terriblemente suspicaz, y las palabras "condenado insecto" fueron las únicas que se escaparon de sus labios durante todo el trayecto. Por mi parte me había encargado de dos linternas sordas, mientras Legrand se contentaba con el escarabajo que llevaba atado al extremo del cordel de un látigo, haciéndolo girar a uno y otro lado con aires de hechicero conforme avanzábamos. Cuando pude observar esta última y evidente muestra de la aberración mental de mi amigo apenas me fué posible retener las lágrimas. Pensé, sin embargo, que era mejor seguir sus fantasías al menos por el momento hasta que se presentara la oportunidad de adoptar medidas más enérgicas con probabilidades de éxito. Me propuse al mismo tiempo, aunque sin resultado, sondearle acerca del objeto de la expedición. Habiendo logrado inducirme a acompañarle, no parecía desear sostener conversación sobre tópicos de menor importancia, y a todas mis preguntas se dignaba responder tan sólo: "¡Ya veremos!"

Cruzamos en un esquife el canal que separaba la isla y, ascendiendo las colinas de la playa del continente, seguimos en dirección noroeste a través de una comarca excesivamente salvaje y desolada donde no existía traza de seres humanos. Legrand guiaba con decisión, deteniéndose únicamente de vez en cuando para consultar ciertas señales que en apariencia había colocado él mismo en alguna excursión preliminar.

De esta manera avanzamos durante cerca de dos horas, y precisamente a la caída del sol penetramos en una región infinitamente más lúgubre que todo lo que habíamos atravesado hasta entonces. Era una especie de meseta cerca de la cima de una eminencia casi inaccesible, cubierta de densa arboleda desde la base hasta la cumbre y sembrada de enormes peñascos que parecían yacer desprendidos sobre el terreno, evitando en muchos casos precipitarse a los hondos valles debido simplemente al apoyo de los árboles contra los cuales descansaban. Quebradas profundas, que partían en diversas direcciones, prestaban todavía un aire de solemnidad más agreste a la escena.

La plataforma natural hasta donde nos habíamos encaramado estaba erizada de espesas zarzas entre las cuales descubrimos pronto que habría sido imposible avanzar sin el auxilio de la hoz; y Júpiter procedió, bajo la dirección de su amo, a abrirnos una senda hasta el pie de un enorme tulipán que se levantaba en medio de seis u ocho robles sobrepasando a todos en altura y humillando a cuantos árboles había yo visto hasta entonces por la belleza de su follaje y de su forma, por la magnitud de sus ramas y por la majestad de su aspecto en general. Cuando llegamos cerca del árbol, volvióse Legrand a Júpiter y preguntóle si sería capaz de escalarlo. El viejo titubeó un poco quedando algunos instantes sin responder. Aproximándose al fin al inmenso tronco, dió la vuelta pausadamente alrededor y lo examinó con minuciosa atención. Cuando terminó su escrutinio, dijo sencillamente:

—Claro, patrón, el negro Júpiter se trepa a cualquier árbol que le da la gana.

—Entonces, arriba cuanto antes, porque pronto será demasiado tarde para ver lo que necesitamos.

—¿Asta ónde me subo, patrón?—preguntó Júpiter.

—Sube primero por el tronco y luego te diré de qué lado debes ir. ¡Ah!... ¡espera! llévate al insecto.

—¡La cucaracha, patrón! ¿La cucaracha de oro?—gritó el negro, retrocediendo acongojado. ¿Pá qué he de subir la cucaracha arriba del árbol? ¡Demonio si la llevo!

—Si tienes miedo, Júpiter, un negro grandazo y viejo como eres, de coger a este pequeño animalito inofensivo, llévalo por el cordón; pero si no lo subes contigo en alguna forma, me veré obligado a romperte la cabeza con esta azada.

—¿Qué es eso, patrón? ¿Po qué s'enoja ahora?—dijo Júpiter evidentemente abochornado hasta la sumisión.—Siempre la paga el pobre negro viejo. Yo lo dije sólo de juego. ¿Que le tengo miedo a la cucaracha? ¿Qué me v'aser a *mí* la cucaracha?—

Y a esto cogió cautelosamente el extremo más alejado del cordón y manteniendo al insecto tan apartado de sí como lo permitían las circunstancias, preparóse a escalar el árbol.

En la juventud, el tulipán o *Liriodendron tulipiferum*, magnífico habitante de las selvas, tiene el tronco singularmente liso y se eleva a menudo a gran altura sin ramas laterales; pero en su edad madura la corteza se vuelve áspera y nudosa a la vez que aparecen ramas cortas en el tallo. Así, la dificultad de la ascensión era más aparente que real en el presente caso. Abarcando el enorme cilindro con brazos y rodillas tan estrechamente como era posible, aferrándose con las manos en algunas partes salientes mientras afirmaba en otras sus pies desnudos, Júpiter se encaramó al fin, después de dos o tres escapes de caída inminente, en la primera rama ahorquillada y pareció considerar su tarea virtualmente llevada a cabo. El peligro de la empresa estaba vencido, en efecto, aun cuando se hallaba ahora a sesenta o setenta pies de altura sobre el nivel del suelo.

—¿Por ónde voy aora, amo Will?—preguntó.

—Sigue la rama más grande hacia este lado,—dijo Legrand. El negro obedeció prontamente y al parecer con pequeño esfuerzo, ascendiendo más y más alto hasta que perdimos de vista su agachada figura entre el espeso follaje que la envolvía. A poco oímos su voz en una especie de alerta.

—¿Asta ónde subo aora?

—¿A qué altura has llegado?

—Bien arriba,—replicó el negro;—ya púo ver el sielo po entre la punta del árbol.

—Nada importa el cielo, pero atiende a lo que voy a decirte. Mira hacia abajo del árbol y cuenta las ramas de este lado debajo de ti. ¿Cuántas ramas has pasado?

—Una, do, tré, cuato, sinco... he pasao sinco ramas de este lao, patrón.

—Entonces sube una más.—

Algunos minutos después oímos nuevamente su voz anunciando que había llegado a la séptima.

—Ahora, Jup,—exclamó Legrand visiblemente agitado,—necesito que avances sobre esa rama lo más lejos que puedas. Si encuentras algo extraño, avísamelo inmediatamente.—

En aquel momento desaparecieron las pocas dudas que podía aun abrigar acerca de la demencia de mi amigo. No tenía otra alternativa sino pensar que había sido atacado de locura, y llegué a sentirme verdaderamente ansioso pensando en el modo de hacerlo regresar a la casa. En tanto que reflexionaba sobre lo que sería más conveniente intentar, la voz de Júpiter dejóse escuchar de nuevo.

—Mucho critianos se asutarían de andar po eta rama. Etá seca casi todita.

—¿Dices que es una rama seca, Júpiter?—interrogó Legrand con voz trémula.

—Sí, patrón; etá seca como tranca e puerta. Como que lo etoy viendo... ¡tá muerta!

—¿Qué haré, en nombre del cielo?—exclamó Legrand, que parecía entregado a gran desesperación.

—¡Haced esto!—insinué yo, satisfecho de encontrar la oportunidad de colocar una palabra.—¡Vaya! ¡Venir a casa y acostaros! Vamos inmediatamente, si sois buen chico. Se hace tarde, y además debéis recordar vuestra promesa.

—¡Júpiter!—gritó él, sin atenderme en lo más mínimo.—¿Me oyes?

—Sí, patrón; l'oigo mu bien.

—Entonces, prueba la madera con tu cuchillo y fíjate bien si la rama está *muy* seca.

—Podrida, patrón, seguro,—contestó el negro después de un momento; pero no tan podrida. Quién sabe si pudiera 'vansá má ayá etando solo. ¡Así sí, digo!

—¡Solo! ¿Qué quieres decir?

—Güeno, é po la cucaracha. E mu pesada. Si la boto pa 'bajo, la rama no se romperá con el peso del negro na má.

—¡Canalla infame!—gritó Legrand, muy consolado al parecer,—¿qué piensas sacar diciéndome esas estupideces? Ten por seguro que si dejas caer el insecto te rompo el cuello. ¡Mira, Júpiter! ¿me oyes?

—Sí, patrón; no hay necesidad de cargarle con tanto grito al pobre negro.

—¡Bien! ¡Escucha ahora! Si vas por esa rama hasta donde creas que hay seguridad y no dejas caer el escarabajo, te regalaré un dólar de plata en cuanto llegues al suelo.

—Voy, patrón, pierda cuidao,—repuso el negro con presteza;—etoy casi en la punta de la rama.

—*¡Casi en la punta de la rama!*—exclamó alegremente Legrand;—¿dices que has llegado al extremo de esa rama?

—Pronto etoy en la mima punta, patrón.... ¡O-o-o-oh! ¡Santísimo Padre! ¡Qué es eto que hay en el árbol?

—¡Bien!—gritó? Legrand en medio de extraordinario deleite.—¿Qué es ello?

—¿Qué! ¡Una calavera!... Alguno que dejó su cabesa en el árbol y los gallinasos le han comío toíto el peyejo.

—¿Una calavera, dices? ¡Muy bien! ¿Cómo está asegurada contra el árbol? ¿Qué cosa la sostiene?

—Etá juerte, patrón; vamo a ver. ¡Vaya qu' é curioso! Etá clavada al árbol con un clavo grandaso.

—Ahora bien, Júpiter, haz exactamente lo que te digo; ¿me oyes?

—Sí, patrón.

—Fíjate entonces; busca el ojo izquierdo de la calavera.

—¡Ju, ju! ¡Eso sí que etá güeno! No hay dengún ojo en la calavera.

—¡Malhaya sea tu estupidez! ¿Sabes siquiera distinguir tu mano izquierda de tu mano derecha?

—Claro que lo sé... y mu bien. Mi mano isquierda é la que está agarrando la rama.

—¡Sí, por cierto! Eres zurdo; y tu ojo izquierdo está al mismo lado que tu mano izquierda. Ahora supongo que podrás encontrar el ojo izquierdo de la calavera o el sitio donde estaba el ojo izquierdo. ¿Lo encuentras?—

Hubo una larga pausa. Al fin preguntó el negro:

—¡Diga, patrón! ¿El ojo isquierdo de la calavera etá al mimo lao que la mano isquierda de la calavera? Poque no l'encuentro manos a la calavera.... ¡No importa! Aquí tengo ahora el ojo isquierdo... aquí etá el ojo isquierdo.... ¿Qué ago con él?

—Deja caer por allí al insecto hasta donde alcance el cordón; pero ten mucho cuidado de no dejar escapar el otro extremo.

—Listo, patrón. Fasilito pasó la cucaracha por el aujero... aora ¡cuidao con el bicho ayá abajo!

Durante todo este coloquio nada podía descubrirse de la persona de Júpiter; pero el insecto, que había dejado descender, veíase ahora al extremo del cordón, brillando como un globo de oro bruñido a los últimos rayos del sol poniente que iluminaban todavía débilmente la eminencia en que nos encontrábamos. El escarabajo oscilaba libremente fuera de las ramas y, de soltarlo, habría caído a nuestros pies. Legrand cogió la hoz al punto y desmontó un espacio circular de tres o cuatro pies de diámetro, exactamente debajo del insecto; cumplido lo cual ordenó a Júpiter soltar el cordón y descender del árbol.

Clavando en el suelo una estaca con gran esmero, en el punto preciso donde cayó el animal, sacó mi amigo del bolsillo una cinta de medida. Asegurando uno de sus extremos al tronco por el sitio más cercano a la estaca, la desenrolló hasta alcanzar este punto, continuando la operación hasta la distancia de cincuenta pies siguiendo la dirección establecida por los dos puntos del tronco y la estaca. Júpiter abría camino en la maleza con la hoz. Llegando al sitio determinado en esta forma, enclavó de nuevo otra estaca y, tomándola como eje, describió un círculo de cuatro pies de diámetro aproximadamente. Cogiendo entonces una azada para sí y dando una a Júpiter y otra a mí, nos encareció ponernos a cavar con la mayor actividad posible.

A decir verdad, no tenía yo especial afición por este entretenimiento en ningún caso, y habría declinado gustoso la invitación en semejante momento, porque la noche caía y me sentía muy fatigado con todo el ejercicio que habíamos llevado a cabo; pero no vi modo alguno de escapar, temiendo alterar la ecuanimidad de mi pobre amigo con una negativa. Si hubiera podido contar con la ayuda de Júpiter, no habría vacilado en intentar el regreso del lunático a la casa, aun cuando fuera por fuerza; pero sabía muy bien las disposiciones del viejo negro para esperar que quisiera sostenerme, en cualesquiera circunstancias, en lucha personal contra su amo. No dudaba yo que éste se hubiera contagiado con alguna de las innumerables supersticiones del sur con respecto a dinero enterrado, y que tal fantasía se confirmara en su mente por el hallazgo del escarabajo o, quizá también, por la obstinación de Júpiter en asegurar que este insecto era "un animal de oro verdadero." Una mente predispuesta a la locura pronto se dejaría arrastrar por tales sugestiones, especialmente si concordaban con ideas favoritas preconcebidas, lo que me hizo recordar que el pobre muchacho llamaba al escarabajo "la base de su fortuna." Encontrábame tristemente vejado e impresionado, pero al fin resolví hacer de necesidad virtud y cavar con entusiasmo para convencer más pronto al visionario, con demostración ocular, de la falsedad de sus opiniones.

Encendimos las linternas y nos pusimos todos a la obra con ardor digno de mejor causa. No pude menos de pensar, observando el resplandor que iluminaba nuestras personas e instrumentos, en el grupo tan pintoresco que debíamos formar, y cuán extraña y sospechosa parecería nuestra labor a cualquiera que por casualidad se hubiera acercado a los alrededores.

Cavamos de firme durante dos horas. Apenas hablábamos; y nuestra preocupación principal consistía en los ladridos del perro que tomaba interés extraordinario en nuestros procedimientos. Alcanzaron por último tal diapasón que temimos pudiera dar la alarma a cualquier vagabundo en las cercanías; mejor dicho, tales eran las aprensiones de Legrand, pues en cuanto a mí habría acogido con placer cualquiera interrupción que me permitiera hacer regresar a casa al extraviado. El ruido fué dominado al fin muy eficazmente por Júpiter que, saliendo del agujero con aire de inflexible determinación, ató el hocico del perro con uno de sus tirantes, volviendo luego a su tarea con risa ahogada de satisfacción.

Cuando expiró el tiempo indicado habíamos llegado a una profundidad de cinco pies sin que aparecieran indicios de tesoro alguno. Siguió una pausa general y comencé a esperar que estuviéramos al final de la farsa. Sin embargo, Legrand, aunque visiblemente desconcertado, enjugó pensativo su frente y se puso de nuevo a la obra. Habíamos excavado completamente el círculo de cuatro pies de diámetro y ensanchamos algo aquel límite ahondando dos pies más de profundidad. Nada apareció. El buscador de oro, a quien compadecía yo sinceramente, trepó al fin del fondo del hoyo con la decepción más amarga impresa en sus facciones y procedió pausadamente y a más no poder a endosar su chaqueta que había arrojado al comenzar su labor. Yo no hacía observación alguna. Júpiter comenzó a reunir las herramientas a una señal de su amo. Hecho esto, y quitada la mordaza al perro, nos encaminamos a casa en profundo silencio.

Habríamos andado quizá una docena de pasos en aquella dirección cuando Legrand se dirigió violentamente a Júpiter con un gran juramento sacudiéndolo por el cuello.

—¡Canalla!—exclamó, silbando las palabras entre sus dientes apretados.—¡Infernal negro bellaco! ¡Habla, te digo! ¡respóndeme al instante sin superchería! ¿Cuál, cuál es tu ojo izquierdo?

—¡Oh, misericordia, patrón! ¿No é éte mi ojo isquierdo?—aulló el aterrorizado Júpiter, colocando la mano sobre su órgano visual *derecho* y manteniéndola allí con pertinacia como si temiera que su amo intentara arrancárselo.

—¡Así me lo figuraba! ¡Estaba seguro de ello! ¡hurra!—vociferó Legrand, dejando escapar al negro y ejecutando una serie de saltos y cabriolas con gran admiración del criado quien, levantándose de donde había caído arrodillado, miraba enmudecido de su amo a mí y de mí a su amo.

—¡Venid! Tenemos que regresar,—dijo éste último;—la partida no está terminada aún.—

Y de nuevo nos condujo hasta el árbol de tulipán.

—¡Júpiter,—dijo cuando llegamos al pie,—ven acá! ¿Estaba clavado el cráneo en el árbol con la cara hacia afuera o con la cara contra la rama?

—La cara etaba pá juera, patrón; así que los gallinasos se pudicron comc los ojos con dcscanso.

—Bien; entonces, ¿soltaste el insecto por este ojo o por éste?—preguntó Legrand tocando ambos ojos de Júpiter.

—Jué por ete ojo, patrón... el ojo isquierdo... el mimo que uté me dijo;—y el negro señalaba su ojo derecho.

—Así puede arreglarse; tenemos que ensayar otra vez.

Entonces mi amigo, en cuya locura veía yo ahora o imaginaba ver ciertas indicaciones de método, movió la estaca que marcaba el sitio donde cayó el escarabajo tres pulgadas al oeste de su primera posición. Tomando luego como antes la medida desde el punto más cercano del tronco hasta la estaca, y siguiendo aquella dirección en línea recta hasta la distancia de cincuenta pies, quedó indicado un sitio separado por algunas yardas del lugar en donde habíamos verificado la excavación.

Describiendo ahora un círculo algo mayor que la primera vez alrededor del punto así indicado, principiamos de nuevo a trabajar con las azadas. Yo estaba horriblemente fatigado, pero, aun sin comprender bien lo que provocaba tal cambio en mis ideas, no sentía ya gran aversión por la tarea que se me imponía. Estaba indeciblemente interesado; más aún, excitado. Había algo en medio de la extravagancia de maneras de Legrand, cierto aire de previsión, de deliberación que me impresionaba. Ahondaba con empeño, y de vez en cuando me sorprendí a mí mismo buscando, con modo que se asemejaba mucho a la expectación, el fantástico tesoro cuya visión había trastornado a mi infortunado compañero. En cierto momento en que los vagares de mi imaginación se habían apoderado de mí por completo, y cuando habríamos trabajado quizá hora y media, nos interrumpieron otra vez violentos ladridos del perro. Su inquietud en el primer caso había sido evidentemente tan sólo el resultado de un juego o de un capricho, pero ahora asumía tono más grave e insistente. Cuando Júpiter intentó amordazarlo de nuevo, manifestó furiosa resistencia y lanzándose en el agujero púsose a cavar frenéticamente con las uñas. En pocos segundos descubrió un montón de huesos humanos que formaban dos esqueletos completos, entremezclados con varios botones de metal y algo que parecía residuos de lana apolillada. Uno o dos golpes de azada descubrieron la hoja de una gran daga española, y ahondando un poco más salieron a luz tres o cuatro piezas de oro sueltas.

A la vista de las monedas apenas pudo Júpiter refrenar su alegría, pero el aspecto de su amo demostraba profunda decepción. Insistió, sin embargo, para que continuáramos los esfuerzos, y no había terminado de pronunciar aquellas palabras cuando yo tropecé y caí hacia adelante, con la punta de la bota cogida en un gran anillo de hierro que yacía medio oculto entre la tierra removida.

Trabajamos entonces ansiosamente, y jamás he pasado diez minutos de excitación tan intensa como aquéllos. En este intervalo descubrimos una caja oblonga de madera que, a juzgar por su conservación perfecta y maravillosa solidez, había sido sometida a algún proceso de petrificación, quizá por el bicloruro de mercurio. Aquella arca tenía tres pies y medio de largo, tres pies de ancho y dos pies y medio de altura. Estaba fuertemente asegurada con bandas de hierro forjado, remachadas y formando una especie de tejido que cubría el conjunto. A los costados de la caja, cerca de la cubierta, había tres anillos de hierro, seis en total, que ofrecían seguro agarradero para que seis personas pudieran levantarla con comodidad. Nuestros mayores esfuerzos reunidos alcanzaron apenas a remover ligeramente el cofre en su mismo sitio. Al momento pudimos comprobar la imposibilidad de levantar peso tan enorme. Afortunadamente, la única cerradura de la tapa consistía en dos cerrojos que descorrimos temblando y palpitantes de ansiedad. En un instante brillaron ante nuestros ojos tesoros de valor incalculable. Al caer dentro del hoyo los rayos de las linternas relampaguearon chispas y dorados resplandores que partían de un confuso montón de oro y joyas deslumbrando por completo nuestras miradas.

No intentaré describir las sensaciones que me acometieron mientras contemplaba todo aquello. El asombro predominaba por supuesto. Legrand parecía exhausto por la emoción y pronunció muy pocas palabras. El rostro de Júpiter revistió durante algunos minutos palidez tan mortal como, dada la naturaleza de las cosas, es posible asumir al rostro de un negro. Parecía estupefacto, herido por el rayo. A poco cayó de rodillas en el agujero, y enterrando hasta el codo en el oro sus desnudos brazos permaneció así como saboreando la voluptuosidad de un baño. Al cabo, con un profundo suspiro, exclamó como en soliloquio:

—¡Y todo eto po la cucaracha de oro! ¡la linda cucaracha de oro! ¡la pobre cucarachita de oro que yo maltrataba como un bestia! ¿No tiene vergüensa de ti, negro? ¡Contesta!—

Fué necesario al fin que yo hiciera despertar a amo y criado a la necesidad de levantar el tesoro. Hacíase tarde, e importaba apresurarnos para transportar todo a la casa antes del amanecer. Era difícil decidir lo que debía hacerse, y transcurrió mucho tiempo en deliberación, tan confusas se hallaban nuestras ideas. Finalmente aligeramos la caja sacando dos terceras partes de su contenido y sólo entonces logramos con bastante trabajo sacarla del hoyo. Ocultamos entre la maleza los artículos extraídos del cofre dejando a su cuidado al perro con órdenes estrictas de Júpiter de no abandonar su puesto bajo ningún pretexto ni abrir la boca hasta nuestro regreso. Luego nos encaminamos apresuradamente a la casa llevando la caja, y llegamos con seguridad, pero con excesivo trabajo, a la una de la mañana. Rendidos de cansancio como nos encontrábamos era humanamente imposible hacer más por el momento.

Descansamos hasta las dos y tomamos algún alimento, regresando inmediatamente a las colinas armados de tres sólidos sacos que por suerte encontramos en la casa. Poco antes de las cuatro llegamos a la excavación, dividimos el botín en partes aproximadamente iguales y dejando los hoyos abiertos nos dirigimos de nuevo a la cabaña donde depositamos por segunda vez nuestra dorada carga cuando empezaban justamente a brillar hacia el oriente sobre la copa de los árboles los primeros y débiles rayos del alba.

Nos sentíamos deshechos; pero la intensa agitación del momento nos privaba del reposo. Después de un sueño intranquilo, que se prolongó tres o cuatro horas, nos levantamos como si lo hubiéramos concertado de antemano para examinar nuestros tesoros.

La caja había estado llena hasta el borde, y pasamos todo el día y gran parte de la noche siguiente en examinar su contenido. No había señales de orden alguno en el arreglo; todo se había arrojado a la ventura. Separando todo por grupos cuidadosamente nos encontramos dueños de un tesoro mucho mayor de lo que creímos al principio. En moneda acuñada había más de cuatrocientos o quinientos mil dólares, a lo que pudimos juzgar, estimando el valor de las piezas tan aproximadamente como era posible según las tablas del período a que pertenecían. No había una sola partícula de plata. Todo era oro de fecha antigua y de gran diversidad: monedas francesas, inglesas y alemanas, algunas guineas inglesas y algunas fichas de las cuales jamás habíamos visto antes ningún ejemplar. Había varias monedas muy grandes y muy pesadas, y tan gastadas que no pudimos descubrir las inscripciones. Nada de moneda americana. Encontramos más difícil estimar el valor de las joyas. Había diamantes, algunos extraordinariamente grandes y hermosos, ciento diez en total, y ninguno de ellos pequeño; dieciocho rubíes de reflejos admirables; trescientas diez esmeraldas, todas muy bellas; veintiún zafiros y un ópalo. Estas piedras habían sido arrancadas de su engaste y arrojadas sueltas en el cofre. Los engastes, que encontramos entre otras piezas de oro aparecían desfigurados a martillazos como para evitar su identificación. Además de todo esto, había gran número de joyas de oro macizo: cerca de doscientos anillos y pendientes; ricas cadenas, treinta de ellas, si bien recuerdo; ochenta y tres crucifijos muy grandes y pesados; cinco incensarios de oro de gran valor; una maravillosa ponchera de oro ricamente cincelada y ornamentada de hojas de vid y figuras de bacanal; dos empuñaduras de espada exquisitamente realzadas, y muchos otros artículos menudos que no me es dado recordar. El peso de estas alhajas excedía de trescientas cincuenta libras corrientes; no habiendo incluído en esta apreciación ciento noventa y siete magníficos relojes de oro, tres de los cuales valían cada uno quinientos dólares por lo menos. Muchos de aquellos relojes eran extremadamente antiguos e inútiles para medir el tiempo, habiéndose descompuesto su mecanismo en mayor o menor proporción; pero todos estaban montados en ricas joyas y en cajas de gran valor. Estimamos esa noche en millón y medio de dólares el contenido del cofre; pero después de haber dispuesto de las joyas y adornos, separando algunas para nuestro uso particular, encontramos que habíamos tasado muy bajo nuestros tesoros.

Cuando, al cabo, concluído el inventario, y apaciguada en cierto modo la intensa excitación de los primeros momentos, vió Legrand que moría yo de impaciencia por la solución de este enigma extraordinario, entró en la relación detallada de todas las circunstancias que con ello se relacionaban.

—Recordaréis,—dijo,—aquella noche en que os alargué el bosquejo que hice del escarabajo. Recordaréis asimismo que me sentí ofendido ante vuestra insistencia en decir que mi dibujo parecía una calavera. La primera vez que formulasteis aquella aserción creí que bromeabais; pero, rememorando luego las manchas peculiares que el insecto tenía en el lomo, convine conmigo mismo en que tal observación tenía en efecto alguna apariencia de razón. Con todo, me irritaba la fisga hecha a mis habilidades gráficas, porque en general se me considera buen artista; y por consiguiente, cuando me devolvisteis la tira de pergamino estuve a punto de estrujarla y arrojarla al fuego.

—¿La hoja de papel, queréis decir?—indiqué.

—No; tenía la apariencia de papel, y yo había creído al principio que lo era; pero cuando quise dibujar en ella descubrí al momento que era en realidad un trozo de pergamino muy fino. Estaba completamente sucio, como recordaréis. Bien; en el momento mismo de estrujarlo y arrojarlo al fuego cayeron mis ojos sobre el dibujo que habíais estado contemplando y, ¡juzgad de mi sorpresa cuando advertí, en efecto, la figura de una calavera precisamente en el mismo sitio en que yo creía haber dibujado el escorzo del insecto! Por un instante quedé tan atónito que apenas podía razonar con claridad. Sabía perfectamente que mi dibujo era muy diferente de aquél en los detalles, aun cuando existía cierta similaridad en las líneas generales. Entonces cogí una bujía y sentándome al otro extremo de la habitación procedí al escrutinio minucioso del pergamino. Volviéndolo del otro lado descubrí mi propio dibujo por el revés, exactamente tal como lo había delineado. Mi primera idea en aquel momento fué simplemente de sorpresa ante la extraordinaria semejanza del diseño, ante la extraña coincidencia de que, sin saberlo yo, hubiera una calavera al otro lado del pergamino precisamente debajo de la figura de mi escarabajo y de que, no sólo en sus líneas sino en su tamaño, aquella calavera tuviera con mi dibujo semejanza tan notable. Decía que la singularidad de esta coincidencia me dejó estupefacto por algunos instantes. Tal es el efecto ordinario de ciertas coincidencias. La imaginación lucha por establecer alguna relación, alguna sucesión de causa y efecto; y en la incapacidad de realizarlo sufre una especie de parálisis temporal. Mas, al recobrarme de este estupor, despertóse gradualmente dentro de mí una convicción que me impresionó más hondamente aún que la misma coincidencia. Positiva, distintamente comencé a recordar que *no* había dibujo alguno en el pergamino cuando hice mi diseño del escarabajo. Estaba ahora perfectamente seguro de ello; porque rememoré que había vuelto primero un lado del pergamino y después el otro en busca del sitio más limpio. Si la calavera hubiese estado allí era imposible que hubiera yo dejado de advertirlo. Existía un misterio que me encontraba incapaz de explicar; pero, sin embargo, desde el primer momento comenzó a brillar débilmente y a intermitencias, como una luciérnaga en las celdas más remotas y secretas del pensamiento, la concepción de aquella verdad que la aventura de anoche ha demostrado con tan gran magnificencia. Me levanté entonces, y poniendo en lugar seguro el pergamino deseché toda reflexión sobre el asunto hasta que pudiera hallarme a solas.

Tan luego que partisteis y que Júpiter se quedó dormido me dediqué a una investigación metódica del suceso. En primer lugar estudié la forma en que el pergamino había llegado a mi poder. El sitio en que descubrí el escarabajo era en la costa del continente, aproximadamente a una milla al este de la isla y a muy corta distancia de la señal de la marea alta. Al cogerlo sentí una aguda picadura que me obligó a dejarlo caer. Júpiter, con su prudencia habitual, antes de cazar al insecto que había volado en su dirección, buscó una hoja o algo por este estilo que le permitiera cogerlo con seguridad. En aquel momento sus miradas y las mías cayeron sobre el pedazo de pergamino que entonces creí papel. Estaba medio enterrado en la arena, con una esquina saliente. Cerca del paraje donde lo encontramos observé los despojos del casco de algo que parecía haber sido la falúa de algún barco. Los restos del naufragio demostraban hallarse en aquel sitio por mucho tiempo, pues apenas podía descubrirse su semejanza con el maderamen de los buques.

Bien; Júpiter recogió el pergamino, envolvió al insecto dentro y me lo pasó. Poco después, regresando a casa, encontramos al teniente G——. Le mostré el escarabajo, y él me suplicó dejárselo para llevarlo al fuerte. Obtenido mi consentimiento, lo metió en el bolsillo de su chaleco sin el pergamino en que había estado envuelto, el cual conservé yo en las manos durante su inspección. Quizá si temió que cambiara yo de idea y prefirió apoderarse del insecto inmediatamente; sabéis bien cuan entusiasta es por todo lo que se refiere a la historia natural. Al mismo tiempo, debo haber depositado yo inconscientemente el pergamino en mi faltriquera.

Recordaréis que cuando me dirigí a la mesa con el propósito de hacer el esbozo del insecto, no encontré papel en el sitio donde lo guardo generalmente. Miré en el cajón y tampoco lo había. Busqué en mis bolsillos esperando encontrar alguna carta inútil, y mi mano tropezó con el pergamino. Detallo con tanta minuciosidad la manera precisa en que este documento llegó a mi poder, porque aquellas circunstancias me impresionaron con fuerza singular.

Indudablemente me creeréis fantástico, pero ya había establecido yo una especie de *conexión*. Había unido dos eslabones de una gran cadena. Un barco había naufragado en una costa, y no lejos del barco había un pergamino, *no un papel*, con el dibujo de una calavera. Preguntaréis, por supuesto, que dónde existe la conexión. Respondo que el cráneo o calavera es el emblema muy conocido de los piratas. En todas sus escaramuzas enarbolan una bandera que ostenta una calavera.

He dicho que la hoja era pergamino y no papel. El pergamino es durable, casi indestructible. Asuntos de poca monta rara vez se consignan en pergamino, puesto que no se adapta tan bien como el papel para los fines ordinarios del dibujo o la escritura.

Esta reflexión prestaba algún significado, alguna importancia, al diseño de la calavera. Tampoco dejé de observar la *forma* del pergamino. Aun cuando una de sus esquinas aparecía destruída por cualquier accidente, podía advertirse que era oblonga su forma original. Era precisamente la clase de hoja que se hubiera elegido para memorándum, para consignar algo que debiera recordarse mucho tiempo y guardarse cuidadosamente.

—Pero,—interrumpí yo,—habéis dicho que la calavera no estaba en el pergamino cuando hicisteis el dibujo del escarabajo. ¿Cómo encontráis entonces la conexión entre el barco y la calavera, puesto que ésta, según admitís vos mismo, debe haber sido dibujada, Dios sabe cómo y por quién, en algún período subsecuente al diseño que hicisteis del insecto?

—¡Ah! Ahí yace todo el misterio; aunque en este punto tuve relativamente poca dificultad para solucionar el enigma. Mis pasos eran seguros y sólo podían conducir a un resultado. Razoné, por ejemplo, de esta manera: Cuando dibujé el escarabajo, no había calavera visible en el pergamino. Al terminar mi trabajo, os pasé el dibujo observándoos fijamente hasta que me lo devolvisteis. Por consiguiente, no fuisteis *vos* quien hizo el diseño de la calavera ni había nadie presente que pudiera hacerlo. Luego, no apareció allí por acción humana; y sin embargo, estaba en el pergamino.

Al llegar a este punto de mis reflexiones, traté de recordar y *recordé* en efecto, con entera lucidez, todos los incidentes que ocurrieron en aquel período de tiempo. La temperatura estaba fría ¡oh, circunstancia rara y feliz! y el fuego ardía en la chimenea. Yo me sentía acalorado con el ejercicio y me senté cerca de la mesa; pero vos habíais arrastrado una silla al lado de la chimenea. En el preciso instante en que yo os había dado el pergamino y os encontrabais vos a punto de inspeccionarlo, entró Wolf, el terranova, y se lanzó sobre vuestros hombros. Mientras le acariciabais con la mano izquierda tratando de alejarlo, vuestra mano derecha que sostenía el pergamino caía descuidadamente entre vuestras rodillas y quedaba muy próxima al fuego. Por un momento creí que la llama le hubiera alcanzado y estaba a punto de preveniros; pero antes de que yo hablara habíais recogido la hoja y os dedicabais a examinarla. Cuando hube considerado todos estos detalles, no tuve la menor duda de que el *calor* había sido el agente que trajo a luz la calavera que figuraba en el pergamino. Sabéis bien que existen y han existido desde tiempo inmemorial ciertas preparaciones químicas por medio de las cuales es posible escribir sobre papel o vitela en forma de que los caracteres se hagan visibles solamente cuando se les somete a la acción del fuego. El zafre, hervido a fuego lento en *aqua regia* y diluído en una cantidad de agua que represente su peso cuatro veces, se emplea a veces con este objeto: resulta una tinta verde. El régulo de cobalto, disuelto en espíritu de nitro, produce tinta roja. Estos colores desaparecen en tiempo más o menos largo cuando se enfría el material con que se ha escrito; pero se hacen visibles nuevamente por la aplicación del calor.

Procedí luego al minucioso escrutinio de la calavera. Las líneas exteriores, es decir, las extremidades del dibujo que quedaban más próximas al borde de la vitela, aparecían mucho más *precisas* que las otras. Era evidente que la acción del calor había sido imperfecta o desigual. Inmediatamente encendí fuego y sometí todo el pergamino a un vivo calor. Al principio, el único efecto obtenido fué que se reforzaran las líneas débiles de la calavera; pero, insistiendo en el experimento, hízose visible en la esquina de la hoja, diagonalmente opuesta al sitio en que aparecía delineada la calavera, una figura que de pronto imaginé que representaba una cabra. Examen más detallado me convenció, sin embargo, de que se había tratado de dibujar un cabrito.

—¡Ja! ¡ja! ¡ja!—exclamé yo,—seguramente que no tengo derecho de reírme de vos: un millón y medio de dólares es asunto demasiado serio para provocar esta clase de regocijo; pero no pretenderéis con esto establecer el tercer eslabón de vuestra cadena; no encontraréis, supongo, conexión especial entre vuestros piratas y una cabra. Los piratas, como sabéis, nada tienen que hacer con cabras; estos animales pertenecen a los intereses agrícolas.

—Pero acabo de decir precisamente que la figura *no* representaba una cabra.

—Bien, un cabrito entonces; más o menos la misma cosa.

—Más o menos, pero no exactamente,—repuso Legrand.—Quizá habréis oído hablar de cierto *capitán* Kidd.[2] En el acto consideré la figura del animal como una especie de retruécano o firma en jeroglífico; y digo firma, porque su posición en la vitela sugería esta idea. La calavera, colocada en el extremo diagonalmente opuesto, afectaba asimismo el aire de un sello o emblema. Pero me encontré tristemente desorientado por la ausencia de algo más, del cuerpo de mi supuesto documento, del texto que debía contener.

—Presumo que esperabais hallar una epístola entre el sello y la firma....

—Algo de eso. El hecho es que, sin poder explicarme la razón, sentí el presentimiento irresistible de una gran fortuna en perspectiva. Quizá si era más bien el deseo que la certidumbre; pero ¿querréis creer que las necias palabras de Júpiter de que el insecto era de oro macizo tuvieron gran efecto sobre mi imaginación? Y luego, aquella serie de incidentes y coincidencias, ¡era todo tan extraordinario! ¿No os llama la atención lo extraño de que aquellos acontecimientos tuvieran lugar en el *único* día de todo el año que estuvo suficientemente frío para que se necesitara encender fuego; y que sin el fuego, o sin la intervención del perro en el momento preciso en que apareció, jamás habría yo visto la calavera ni habría sido, en consecuencia, el posesor de tal tesoro?

—Pero proseguid; estoy impaciente.

—Bien; habéis oído, por supuesto, los mil vagos rumores acerca de tesoros enterrados por Kidd y sus asociados en alguna parte de la costa del Atlántico. Aquellos rumores debían tener alguna base, en realidad. Y el hecho de que existieran y se continuaran por tan largo tiempo podía explicarse solamente, a mi entender, por la circunstancia de que el tesoro estuviera *todavía* sin descubrir. Si Kidd hubiera ocultado su botín por cierto tiempo, recuperándolo más tarde, los rumores nunca habrían llegado hasta nosotros en la misma e invariable forma. Observaréis que todas las historias se refieren a buscadores de tesoros y nunca a quienes los encuentran. Si el pirata hubiera recobrado su oro, el asunto se habría agotado. Parecíame que cualquier incidente, la pérdida del memorándum que indicaba su situación, por ejemplo, podía haberle privado de los medios de recobrarlo, y que este accidente hubiera llegado a conocimiento de sus adherentes que de otra manera jamás habrían sabido nada de tal tesoro oculto; y cuyas inútiles tentativas, iniciadas al acaso, hubieran hecho nacer y convertido en moneda corriente los relatos que ahora son del dominio universal. ¿Habéis oído hablar alguna vez de que se haya descubierto algún tesoro importante en estas costas?

—Jamás.

—Es bien sabido, sin embargo, que las riquezas acumuladas por ese Kidd eran inmensas. Di por sentado, en consecuencia, que la tierra las escondía aún; y no os sorprenderá el oírme decir que sentí la esperanza, que casi podría llamarse certidumbre, de que el pergamino hallado de manera tan extraña encerraba la dirección extraviada del lugar en que habían sido depositadas.

—Pero ¿cómo os desenvolvisteis?

—Acerqué de nuevo la vitela al fuego después de aumentar la potencia del calor, pero nada apareció. Me ocurrió entonces la posibilidad de que la capa de polvo que cubría el pergamino tuviera algo que hacer con el fracaso; así, lo lavé cuidadosamente echándole encima un poco de agua templada, después de lo cual lo coloqué en una vasija de estaño con la calavera hacia abajo, y puse la vasija en un brasero de carbón encendido. Pasados algunos minutos, cuando la vasija estuvo del todo caliente, levanté la hoja y con indecible alegría la encontré marcada en varios puntos con algo que semejaba cifras dispuestas en líneas. Púsela otra vez al fuego y la dejé permanecer allí por un minuto más. Al retirarla, el contenido se había revelado por entero en la forma que podéis ver ahora.—

Y Legrand, que había vuelto a calentar el pergamino, lo sometió a mi investigación. Los siguientes caracteres aparecían allí rudamente trazados en tinta roja, entre la calavera y la cabra:

53‡‡‡305))6*;4826)4‡.)4‡;806*;48†8 ¶60))85;I‡(;:‡* 8†83 (88)5*†;46(;88*96*?;8)*‡(;485);5*†2:*‡(;4956*2(5*—4)8 ¶8*; 4069285);6†8) 4‡‡;I (‡9;48081;8:8‡I;48†85;4) 485†528806*81 (‡9;48;(88;4(‡?34;48)4‡;161;:188;‡?;

—Pues me encuentro tan a obscuras como antes,—dije yo, devolviéndole el pergamino.—Aun cuando todos los tesoros de Golconda me aguardaran a la solución de este enigma, estoy cierto de que me sería imposible alcanzarlos.

—Sin embargo,—dijo Legrand,—la solución no es tan difícil como puede hacerlo imaginar la primera y rápida inspección de estos caracteres. Estos signos, como es fácil adivinar, constituyen una clave, es decir, tienen un significado; mas, por lo que sabemos de Kidd, no suponía yo que fuera capaz de construir cifras muy abstrusas. Me persuadí al momento, en consecuencia, de que ésta era de la especie más sencilla, pero bastante complicada, sin embargo, para aparecer completamente insoluble a la ruda comprensión de un marinero.

—¿Y la descifrasteis en verdad?

—Muy fácilmente; he tenido ocasión de interpretar otras mucho más abstrusas. Las circunstancias y cierta inclinación de temperamento me han hecho interesarme siempre en esta clase de enigmas; y no hay razón para creer que el ingenio humano bien aplicado no pueda resolver enigmas de cierta naturaleza inventados por otro ingenio humano. Así, una vez que hube sacado a luz caracteres conectados y legibles, no me detuve a pensar en la simple dificultad de traducirlos en toda su importancia.

En el caso actual, y verdaderamente en cualquier caso de escritura secreta, la primera cuestión es resolver el *idioma* de la clave; porque el principio de la solución, especialmente tratándose de cifras sencillas, depende y varía según el espíritu de la lengua en que están redactadas. En general, para aquel que intenta la solución, no hay otra alternativa sino ensayar, guiándose de probabilidades, todos los idiomas conocidos hasta que tropiece con el verdadero. Mas toda dificultad quedaba eliminada con la firma en la clave que tenemos ante los ojos. El equívoco con la palabra *Kidd* es apreciable solamente en inglés. A no ser por esta consideración, habría ensayado primero el español y el francés, por ser idiomas en que un pirata de los mares españoles hubiera debido escribir naturalmente un secreto de tal naturaleza. Pero en este caso di por sentado que el jeroglífico estaba combinado en inglés.

Observaréis que no existe división entre las palabras. De haberla, la tarea habría sido fácil relativamente. Habría comenzado entonces por la comparación y análisis de las palabras más cortas, y si alguna palabra constaba de una sola letra como era muy probable, *a* (un, una) o *I* (yo), por ejemplo, habría dado inmediatamente la solución por vencida. Mas no existiendo separación, mi primer movimiento fué deslindar tanto los signos predominantes como los menos frecuentes. Contándolos todos, formulé una tabla en esta forma:

Signos	8	figuraban	3:	veces
	;	“	6:	“

4 “ 9 “

‡) “ 6 “

* “ 3 “

5 “ 2 “

6 “ 1 “

†I “ : “

c “ (“

2 “ : “

:3 “ , “

? “ : “

¶ “ : “

Ahora bien, en inglés la letra que ocurre más frecuentemente es la e. Luego, la sucesión sigue este orden: *a o i d h n r s t u y c f g l m w b k p q x z*. La *e* predomina en tan vasta escala que muy rara vez se presenta una frase independiente, de cualquiera extensión, en que esta letra no sea el signo más repetido.

De consiguiente, tenemos ancho campo desde el principio para dar forma a algo más que una simple hipótesis. El uso general que puede hacerse de esta tabla es evidente, pero en este caso tan sólo exigiremos de ella servicios muy relativos. Como el signo principal es 8, comenzaremos dando por sentado que corresponde a la *e* del alfabeto regular. Para comprobar esta suposición veamos si el 8 se presenta a menudo por pares, puesto que la *e* se escribe doble en inglés con mucha frecuencia, por ejemplo en palabras como*meet*, *fleet*, *speed*, *seen*, *been*, *agree*, etc. En esta clave la encontramos en grupos de dos no menos de cinco veces, a pesar de que el jeroglífico es bien corto.

Supongamos entonces que el 8 es una *e*. Ahora bien, entre todas las palabras del idioma inglés *the* (el, la, los, las) es la más usada; veamos si hay repetición de tres caracteres colocados en el mismo orden en que el último sea *8*. Si descubrimos repetición de tales signos, arreglados en esta forma, probablemente representan la palabra *the*. Observando la clave descubriremos nada menos que siete grupos en esta disposición, siendo los caracteres *;48*. De manera que podemos asumir que el punto y como representa la *t*, el *4* representa la *h*, y el *8* representa la *e*, estando la última letra perfectamente comprobada. Así hemos avanzado un gran paso.

Por el hecho de haber descubierto esta sola palabra nos hallamos capaces de dilucidar un punto de gran importancia; esto es, el principio y la terminación de algunas otras palabras. Estudiemos, por ejemplo, la penúltima vez que se presenta la combinación *;48* no muy lejos del final del manuscrito. Sabemos ya que el punto y como que le sigue inmediatamente es el principio de otra palabra, y de los seis caracteres que suceden a este *the* conocemos cinco nada menos. Traduciendo dichos caracteres a las letras que hemos descubierto que representan, y dejando un espacio en blanco para el signo que desconocemos, resulta:

t eeth.

Descartamos al momento la *th* del final, como parte independiente de la palabra que comienza con la primera *t*, pues recorriendo el alfabeto entero en busca de una letra que se adapte convenientemente al sitio vacante, nos convencemos de que no existe en el idioma palabra de que esta *th* pueda formar parte. Quedamos así reducidos a:

t ee,

y recorriendo de nuevo el alfabeto como antes, si fuere necesario, llegamos a la palabra *tree* (árbol) como única traducción posible. Entonces encontramos que hemos ganado otra letra, la *r*, representada por el signo (, con las palabras *the tree* (el árbol) a continuación.

Mirando a poca distancia de estas palabras, tropezamos de nuevo con la combinación *;48*, y la empleamos esta vez como*terminación* de la palabra que la precede inmediatamente. Así ponemos en claro esta disposición:

the tree;4(‡?34 the,

o, substituyendo las letras ya conocidas, encontramos que dice:

the tree thr‡?3h the.

Ahora bien; si dejamos en blanco los caracteres desconocidos o los substituímos con puntos, dice así:

thc trcc thr...h the,

en que la palabra *through* (siguiendo, a través de, por medio de, a lo largo de) salta inmediatamente por sí misma. Mas este nuevo descubrimiento nos da tres letras más, la *o*, la *u* y la *g*, representadas por ‡, *?* y *3*.

Estudiando luego minuciosamente la clave en busca de combinaciones de los caracteres conocidos, encontramos esta disposición no muy lejos del principio:

83(88, o sea egree,

que corresponde claramente a la conclusión de la palabra *degree* (grado) y nos da una nueva letra, la *d*, representada por el signo †.

Cuatro letras más allá de la palabra *degree*, advertimos la combinación:

;46(;88.

Traduciendo los caracteres conocidos y reemplazando el otro con un punto como hicimos antes, leemos lo siguiente:

th.rtee,

arreglo que sugiere inmediatamente la palabra *thirteen* (trece), y nos procura a su vez dos caracteres, la *i* y la *n*, representados por el *6*y el *.

Volviendo ahora al principio del jeroglífico encontramos la combinación:

53 ‡‡†.

Traduciendo según el método empleado, obtenemos:

.good,

lo que nos prueba que la primera letra es una *A*, y que las dos primeras palabras son *A good* (Un buen).

Es tiempo ya de arreglar nuestra clave en forma tabular, según lo que hemos descubierto, para evitar confusión. Resulta así:

1	represe nta	a
	“	
	“	
	“	
	“	
	“	
	“	

“

“

“

“

Tenemos representadas, por consiguiente, nada menos que once de las letras más importantes, y es inútil proseguir relatando los detalles de la solución. Lo que he dicho basta para demostraros que claves de esta naturaleza pueden ser descifradas fácilmente, y daros a la vez una idea de su desenvolvimiento racional. Podéis estar seguro de que el ejemplar que tenemos ante los ojos pertenece a la especie más sencilla de jeroglíficos. Sólo me resta ahora facilitaros la traducción completa de los caracteres trazados en el pergamino, tal como yo la he solucionado. Hela aquí:

Un buen vidrio desde el hotel del obispo en el asiento del diablo cuarenta y un grados trece minutos norte nordeste tronco principal séptima rama este tiro por el ojo izquierdo de la calavera línea recta desde el árbol siguiendo el tiro cincuenta pies.

—Pero el enigma continúa en tan mala condición como antes,—dije yo.—¿Cómo es posible extraer ningún significado a toda esta jerga de *asientos del diablo, calaveras y hoteles de obispos?*

—Hay que confesar,—repuso Legrand,—que el asunto reviste aspecto grave, si se le considera con mirada superficial. Así, mi primera tentativa fué dividir esta oración en las frases imaginadas naturalmente por el autor del jeroglífico.

—¿Puntuarla, queréis decir?

—Algo por el estilo.

—Pero ¿cómo era posible realizarlo?

—Reflexioné que el escritor había corrido las palabras unas tras otras sin división alguna *intencionalmente* para aumentar las dificultades de la solución y que, una vez en este terreno, un hombre no muy avisado se sentiría predispuesto verosímilmente a exagerar la precaución. Cuando en el curso de su composición llegara al final de una frase que naturalmente requiriese un punto o una pausa, inclinaríase más bien a trazar sus caracteres más juntos allí que en cualquiera otra parte. Si observáis el manuscrito, encontraréis cinco casos de amontonamiento mayor de lo acostumbrado. Actuando bajo esta sugestión, hice la división como sigue:

Un buen vidrio desde el hotel del obispo en el asiento del diablo—cuarenta y un grados trece minutos—norte nordeste—tronco principal, séptima rama este—tiro por el ojo izquierdo de la calavera—línea recta desde el árbol siguiendo el tiro cincuenta pies.

—A pesar de la división me quedo a obscuras,—dije.

—También me dejó a mí a obscuras por algunos días,—replicó Legrand—durante los cuales practiqué pesquisas diligentes en los alrededores de la isla de Súllivan tratando de averiguar si existía algún edificio conocido por el nombre de "Hotel del Obispo." No habiendo obtenido informe alguno sobre este punto, me preparaba a extender la esfera de investigación procediendo en forma metódica cuando una mañana me entró en la cabeza repentinamente la idea de que "Hotel del Obispo" podía referirse a una antigua familia llamada Bessop,[3] que desde tiempo inmemorial había poseído una antigua casa solariega a cuatro millas aproximadamente hacia el norte de la isla. Me dirigí, en consecuencia, a aquella posesión y recomencé mis pesquisas entre los negros más viejos del lugar. Al fin una de las mujeres más ancianas dijo que había oído hablar de un sitio llamado el "Castillo de Bessop" y que podía guiarme hasta allá, pero que aquello no era castillo ni hostería sino una roca muy escarpada.

Ofrecí pagarle bien, y después de alguna vacilación consintió en acompañarme hasta aquel paraje. Lo encontramos con gran dificultad; y luego que la hube despachado, procedí al examen del lugar. El *castillo* consistía en un amontonamiento irregular de rocas, entre las cuales se destacaba una, tanto por su altura como por su posición aislada y su forma artificial. La escalé hasta la cumbre, sintiéndome luego completamente desorientado acerca de lo que debería emprender a continuación.

—Mientras me hallaba hundido en mis reflexiones cayeron mis ojos sobre un estrecho borde en la pared oriental de la roca, quizá a una yarda más abajo del sitio en que me hallaba colocado en la cima. Este borde se proyectaba cerca de dieciocho pulgadas y no tenía más que un pie de ancho, mientras que un nicho labrado en el peñasco justamente sobre aquella parte saliente le hacía asemejarse rústicamente a uno de aquellos asientos de respaldar cóncavo que usaban nuestros antecesores. No tuve la menor duda de que aquel era el "asiento del diablo" a que aludía el manuscrito, y de que me apoderaba así de todo el secreto del enigma.

Comprendía que el "buen vidrio" no podía referirse a otra cosa que a un telescopio, porque la palabra *vidrio* rara vez se emplea por los marinos en otro sentido. De allí deduje inmediatamente que era necesario usar un telescopio y que existía determinado punto de vista, *que no admitía variación*, desde el cual debía usarse. Tampoco vacilé un momento en la certidumbre de que las frases "cuarenta y un grados trece minutos" y "norte nordeste," se indicaban como la dirección en que había de nivelarse el telescopio. Excitado en gran manera por estos descubrimientos, corrí a la casa, me procuré un anteojo y regresé a la roca.

Dejéme caer en el borde saliente y encontré que era imposible sentarse a no ser en cierta posición particular. Este hecho confirmó mis conjeturas. Procedí a emplear el telescopio. Por supuesto los "cuarenta y un grados y trece minutos" sólo podían aludir a la altura sobre el horizonte visible, puesto que la dirección horizontal estaba claramente indicada por las palabras "norte nordeste." Establecí esta dirección por medio de una brújula de bolsillo; y enderezando el telescopio en ángulo de cuarenta y un grados de elevación, tan aproximado como era posible calcular, lo moví cautelosamente arriba y abajo hasta que atrajo mi atención una hendedura circular o abertura en el follaje de cierto árbol elevado que sobresalía entre todos sus compañeros a la distancia. En el centro de esta abertura aparecía una mancha blanca cuya naturaleza no pude discernir de pronto. Ajustando el lente del telescopio, miré otra vez, y entonces advertí que era un cráneo humano.

Ante tal descubrimiento sentí la confianza total de haber solucionado el enigma; porque la frase "tronco principal, séptima rama este" podía referirse únicamente a la posición del cráneo en el árbol; en tanto que "tiro por el ojo izquierdo de la calavera" admitía asimismo sólo una interpretación con referencia a la manera de encontrar el tesoro enterrado. Comprendí que la indicación era arrojar un objeto pesado por el ojo izquierdo de la calavera, y que una línea recta tirada desde el punto más cercano del árbol siguiendo el*tiro*, o sea el sitio donde el proyectil hubiera caído, y extendida a cincuenta pies de distancia, indicaría un lugar determinado; y en aquel lugar determinado pensé yo que era por lo menos *posible* que existiera algún depósito valioso.

—Todo esto está admirablemente claro,—dije,—y aun cuando muy ingenioso, es sencillo y explícito. ¿Qué hicisteis luego de haber dejado el "Hotel del Obispo?"

—Bien; anoté cuidadosamente los detalles del árbol y regresé a la casa. Apenas abandoné el "asiento del diablo," desvanecióse la abertura circular, y no pude volver a encontrarla por más que me volviera en uno u otro sentido. Lo que representa para mí el ingenio mayor en todo este asunto es el hecho, del cual he llegado a convencerme por repetidos ensayos, de que el espacio abierto circular en cuestión no es visible de ningún otro punto sino de aquel que procura el estrecho borde sobre el frente de la roca.

En esta expedición al "Hotel del Obispo" estuve acompañado de Júpiter quien había observado indudablemente la abstracción de mis maneras en las últimas semanas y tenía gran cuidado de no dejarme solo. Pero al día siguiente logré escapar a su vigilancia levantándome muy temprano y me largué a las colinas en busca del árbol. Después de mucho trabajo logré encontrarlo. Cuando volví a casa por la noche, mi criado se proponía administrarme una corrección. El resto de la aventura lo conocéis tan bien como yo.

—Imagino,—dije,—que en la primera tentativa de excavación errasteis el sitio por la estupidez de Júpiter de hacer caer el insecto por el ojo derecho de la calavera en vez del izquierdo.

—Precisamente. Este error nos daba una diferencia de dos pulgadas y media en el sitio del *tiro*, es decir, en la posición de la estaca que quedaba cerca del árbol. Si el tesoro hubiera estado enterrado bajo el *tiro*, la diferencia habría sido de poca monta, pero aquel punto y el punto más cercano del árbol servían sólo para establecer una línea de dirección; de consiguiente, el error, aunque insignificante al principio, aumentaba conforme avanzaba la línea, de manera que al llegar a los cincuenta pies estábamos completamente fuera de la pista. De no haber tenido mis convicciones bien sentadas de que existía un tesoro enterrado por cualquier parte en los alrededores, toda nuestra labor habría sido en vano.

—¡Pero vuestra grandilocuencia y vuestras maneras haciendo revolotear el insecto eran tan extraordinarias! Yo estaba seguro de que habíais perdido el juicio. Y luego ¿por qué insistir en que Júpiter dejara caer el escarabajo en vez de una bala por el ojo de la calavera?

—¡Ah! Vamos, si he de hablar con franqueza; sentíame algo molesto por vuestras evidentes sospechas respecto al estado de mi razón, y resolví castigaros suavemente, a mi manera, tratando de embrollaros y desconcertaros un poquillo. Por esto hacía revolotear al escarabajo y ordené a Júpiter que lo arrojara desde el árbol. Una observación vuestra acerca de su gran peso me sugirió esta última idea.

—Sí, comprendo; y ahora sólo resta un punto por dilucidar. ¿Qué hemos de creer con respecto de los esqueletos hallados en la excavación?

—En esta materia no estoy más adelantado que vos mismo. La única forma plausible de explicación, aun cuando sea horrible pensar en atrocidad semejante, es que Kidd (dado que fuera él quien ocultó este tesoro, lo que para mí está fuera de duda) debió tener alguien que lo ayudara en esta empresa. Pero, concluída la labor, juzgó quizá conveniente eliminar a todos los testigos del secreto. Probablemente bastaron dos golpes de azadón mientras sus coadjutores estaban ocupados en el fondo del agujero; quizá si necesitó una docena, ¿quién podría asegurarlo?

LA RUINA DE LA CASA DE ÚSHER

Son cœur est un luth suspendu;
Sitôt qu'on le touche il résonne.[4]
—BÉRANGER.

DURANTE todo un largo día de otoño, triste, pesado y sombrío, de aquellos en que cuelgan las nubes opresivamente bajas en el firmamento, atravesaba solo, a caballo, un monótono erial para encontrarme al fin, conforme avanzaban las sombras de la noche, al frente de la melancólica casa de Úsher. No sé por qué, pero a la primera ojeada al edificio, un sentimiento de tristeza intolerable se apoderó de mi espíritu. Digo intolerable, porque esta impresión no estaba siquiera atenuada por aquella sensación casi agradable, por cuanto poética, con que generalmente recibe el cerebro las imágenes naturales aunque austeras de lo desolado y lo terrible. Miraba la escena que se desarrollaba ante mis ojos: la casa y las simples líneas del paisaje de los alrededores del dominio, los muros helados, las ventanas semejando cuencas vacías, unos cuantos lozanos juncos y algunos blancos troncos de árboles moribundos; mirábalo todo con depresión de ánimo tan profunda que sólo puede compararse con propiedad al despertar de los sueños de un fumador de opio, al amargo ingreso a la vida, al desgarramiento horrible de los velos. Sentíase tal frialdad, tal desfallecimiento, tal angustia del corazón, una melancolía tan irremediable de la mente, que ningún estímulo era capaz de impulsar la imaginación hacia la idea de lo sublime. ¿Qué era aquello, me detengo a pensar, aquello que enervaba tanto en la contemplación de la casa de Úsher? Misterio insoluble; ni tan siquiera podía luchar con las sombrías fantasías que acudían en tropel a mi mente cuando trataba de investigarlo. Me veía obligado a volver a la poco satisfactoria conclusión de que existe indudablemente cierta combinación de objetos sencillos que tiene la facultad de afectarnos en tal manera, aun cuando el análisis de esta facultad resida en consideraciones superiores a nuestra capacidad. Era muy posible, reflexionaba yo, que simplemente un arreglo diverso de los detalles de la escena, de los toques del cuadro, fuera suficiente para modificar y anular quizá por completo su cualidad de impresionar tristemente; y raciocinando así, encaminé mi cabalgadura hacia la margen escarpada de un negro y cárdeno lago que yacía con brillo inmóvil cerca de la morada; miré abajo, y pude contemplar en el fondo con estremecimiento más vivo aún la imagen refleja e invertida de las grises junceas, de las ramas de los árboles semejando espectros, y de las ventanas que aparecían como cuencas vacías.

A pesar de todo, me disponía a permanecer algunas semanas en aquella mansión fatídica. Su propietario, Róderick Úsher, era uno de los mejores camaradas de mi juventud; pero habían transcurrido muchos años desde nuestra última entrevista. Recientemente, sin embargo, había recibido una carta suya en una lejana comarca del país, la cual por su estilo desatinadamente apremiante no admitía otra respuesta que la personal. La misiva dejaba ver gran agitación nerviosa. Hablaba de aguda enfermedad física, de ciertos desórdenes mentales que le oprimían, y de su deseo ardiente de verme por ser su mejor y, a decir verdad, único amigo íntimo, esperando que el placer de mi compañía procurase algún alivio a su malestar. La manera en que todo esto estaba redactado, el *alma*que ponía visiblemente en su petición, no me permitieron vacilar, y cedí al punto a sus deseos, que sólo consideraba en aquel momento una original solicitud.

Aun cuando habíamos estado íntimamente asociados en nuestra juventud, sabía yo en realidad muy poco acerca de mi amigo. Su reserva habitual era excesiva. Tenía noticia, sin embargo, de que su familia, muy antigua, se había distinguido desde tiempo inmemorial por una sensibilidad peculiar de temperamento que se desplegaba a través de las edades en muchas obras de arte exaltado, manifestándose últimamente en frecuentes donativos de munificente y discreta caridad, como también en apasionada devoción a las complejidades del arte musical de preferencia a sus bellezas convencionales y fácilmente comprensibles. Conocía además el hecho, digno de tenerse en cuenta, de que los vástagos de la raza de Úsher, muy respetada en todo tiempo, jamás habían dado vida a ninguna rama lateral vigorosa; en otras palabras, que la familia entera estaba representada por su descendencia directa y que siempre había acontecido lo mismo con pequeñas y temporales diferencias. Esta deficiencia, consideraba yo, enlazando en el pensamiento la armonía perfecta de la índole de aquella circunstancia con la individualidad característica de los descendientes de la casa de Úsher, y calculando la posible influencia que la falta de ramas colaterales podía haber ejercido en un lapso de varias centurias por la consiguiente transmisión directa de padres a hijos del patrimonio junto con el nombre, era indudablemente la razón de haberse identificado ambos de tal suerte, que el título original de la propiedad quedó al fin absorbido en la singular y ambigua denominación de "Casa de Úsher," que parecía incluir a la vez, en la mente del pueblo que la usaba, el nombre de la familia y el nombre de la mansión.

He dicho que mi infantil experimento de mirar al fondo del estanque tuvo como único resultado agravar más aún mi primera y extraña impresión. Es indudable que la conciencia del rápido desarrollo de mi superstición—¿por qué no llamarla así?—sirvió sólo para acrecentarla. Tal es, como lo sabía hace mucho tiempo, la ley paradójica de todos los sentimientos que tienen por base el terror. Y puede muy bien haber sido ésta la única causa de que, al levantar mis ojos desde la reflexión del lago hasta la verdadera mansión, brotara en mi mente una fantasía singular, fantasía tan ridícula en verdad, que debo mencionarla siquiera sea para demostrar la intensidad de las sensaciones que me agitaban. Había trabajado tanto mi imaginación, que llegué a persuadirme de que flotaba al rededor de la casa y sobre el dominio entero, una atmósfera peculiar, propia sólo de la mansión y de sus cercanías, atmósfera que no tenía afinidad alguna con el ambiente general sino que ascendía de los árboles marchitos, del valle gris, del taciturno lago; un vapor misterioso y maligno, tétrico, pesado, aplomado y apenas perceptible.

Sacudiendo de mi espíritu aquello que *debe* haber sido un sueño, examiné minuciosamente el verdadero aspecto del edificio. Su carácter principal parecía residir en su gran antigüedad. El descoloramiento producido por los años era enorme. Hongos microscópicos cubrían todo el exterior, colgando desde los aleros en fino tejido. Sin embargo, en conjunto, estaba lejos de extraordinaria destrucción. Ningún trozo de la obra de albañilería había sufrido; y parecía incompatible la perfecta adaptación de sus partes con la ruinosa condición de las piedras por separado. Había allí algo que me hacía recordar la aparente integridad de ciertas labores antiguas de ebanistería consumiéndose durante largos años en algún descuidado artesonado sin recibir jamás un soplo del aire exterior. Fuera de estas manifestaciones de decadencia general, el edificio daba pocas muestras de inestabilidad. Quizás el ojo de un observador atento habría descubierto una hendedura apenas perceptible que se extendía en zigzag sobre el muro fronterizo, desde el techado hasta perderse en las lóbregas aguas del estanque.

Notaba yo todas estas circunstancias mientras seguía una corta calzada que conducía a la casa. Un criado que me aguardaba tomó mi caballo, y yo penetré bajo la gótica arquería del vestíbulo. Un lacayo silencioso y de paso furtivo me condujo a través de obscuros e intrincados pasadizos hasta el estudio de su amo. Mucho de lo que veía al pasar contribuía, sin saber cómo, a aumentar las vagas impresiones de que he hablado. Aun cuando más o menos todos los objetos que me rodeaban, los tallados y artesonados, las sombrías tapicerías de los muros, la negrura de ébano del piso, y los fantásticos trofeos heráldicos que vibraban a mi paso me eran familiares desde la infancia, y aun cuando yo no vacilaba en reconocerlo así, sorprendíame a mí mismo el extraño efecto que producían en mi imaginación estas ordinarias imágenes. En una de las escaleras encontré al médico de la familia. Parecióme que su rostro tenía una expresión mezcla de baja astucia y de perplejidad. Acercóse a mí con vacilación y siguió adelante. El lacayo abrió entonces una puerta y me introdujo a la presencia de su amo.

La cámara en que me encontraba era grande y elevada. Las ventanas largas, estrechas y ojivales se abrían a tanta distancia del negro pavimento de roble que eran inaccesibles desde el interior. Débiles rayos de luz filtrábanse a través de los enrejados cristales y bastaban para hacer visibles los objetos principales situados cerca de allí; pero la vista se afanaba en vano por descubrir los ángulos lejanos de la habitación o los detalles de la obra de talla de los artesonados de la bóveda. Obscuras draperías pendían de los muros. La mueblería era profusa, antigua, incómoda, y estaba hecha girones. Libros e instrumentos de música diseminados acá y allá no lograban prestar vida a la escena. Sentí que respiraba una atmósfera de pesadumbre. Un ambiente de melancolía tenaz, profunda e irremediable flotaba y se difundía por doquier.

A mi entrada, Úsher se levantó de un sofá donde yacía completamente acostado y me saludó con efusiva vivacidad, que me pareció al principio tener mucho de la exagerada cordialidad y del esfuerzo amable del hombre de mundo *ennuyé*. Una ojeada a su semblante me convenció pronto, sin embargo, de su sinceridad. Nos sentamos; y durante algunos minutos, en tanto que él guardaba silencio, examinábale yo con un sentimiento mezcla de piedad y de terror. ¡Jamás hombre alguno ha sufrido, seguramente, alteración tan terrible en un corto espacio de tiempo como Róderick Úsher! Con dificultad pude admitir la identidad del pálido espectro que aparecía ante mis ojos con la del compañero de mi temprana juventud, aun cuando los rasgos de su fisonomía habían sido notables en todo tiempo. Cutis de palidez cadavérica; grandes ojos incomparablemente húmedos y luminosos; labios algo delgados y muy descoloridos, pero de bellísima curva; nariz de delicado perfil hebreo con ventanillas extraordinariamente movibles para esta clase de tipo; barba finamente modelada, que acusaba en su falta de prominencia la falta de energía moral; cabello tan suave y tenue como una pluma; facciones todas que, acompañadas de un desarrollo poco común hacia las sienes, formaban un conjunto que no podía olvidarse fácilmente. Y ahora la simple exageración del carácter predominante de aquellos rasgos y del sello que les caracterizaba había provocado cambios tan profundos que me hacían dudar de la personalidad de aquel a quien me dirigía. La palidez excesiva de la piel le hacía asemejarse a un espectro; y sobre todo, me deslumbraba el brillo maravilloso de sus ojos, produciéndome casi una especie de pavor. El cabello plateado había crecido descuidadamente y en su tenuidad flotaba más bien que caía alrededor del rostro, en forma tal, que me era imposible asociar su arábigo estilo con la idea de un ser humano.

En los modales de mi amigo pude notar inmediatamente cierta incoherencia y vaguedad que provenían, según me apercibí pronto, de continuos y fútiles esfuerzos para dominar una habitual trepidación o excesiva agitación nerviosa. En realidad, estaba preparado a encontrar algo de esta naturaleza, no sólo por su carta sino por reminiscencias de la expresión particular de sus facciones juveniles y por conclusiones fáciles de deducir de su temperamento y aspecto físico peculiares. Sus ademanes eran alternativamente fogosos y taciturnos. Su voz cambiaba con rapidez desde cierta trémula indecisión, cuando la vida física parecía completamente agotada, hasta una especie de concisión enérgica, una enunciación firme, áspera, pausada y sonora, semejante a aquella gutural pronunciación, lenta, equilibrada y vibrante, que puede observarse en el ebrio consuetudinario o en el fumador de opio impenitente durante el período de excitación más intensa.

En esta forma habló del objeto de mi visita, de su deseo ardiente de verme y del solaz que aguardaba de mi presencia. Entró al cabo en lo que consideraba la naturaleza de su enfermedad. Era, decía, un mal de constitución y de familia, algo para lo cual desesperaba de encontrar remedio; una simple afección nerviosa, añadió inmediatamente, que sin duda pasaría pronto. Se manifestaba esta afección en una multitud de sensaciones extraordinarias. Algunas de ellas me interesaron y trastornaron conforme las detallaba, aun cuando influían quizá para este resultado los términos que empleaba y su manera de narrarlas. Sufría mucho por la sensibilidad morbosa de sus sentidos; sólo podía tolerar el alimento más insípido; podía usar únicamente vestiduras de determinada clase de tejido; el perfume de las flores le oprimía; la luz más débil torturaba sus ojos; y sólo le era dado resistir sin horror sones peculiares arrancados de ciertos instrumentos de cuerda.

Le encontré ciegamente esclavizado por terrores anómalos. "Pereceré seguramente," decía, "debo perecer en esta deplorable locura. Así, así, y no de otra manera he de morir. Tiemblo ante los acontecimientos futuros, no tanto en sí mismos como en sus resultados. Me estremezco al pensamiento de cualquier incidente, siquiera el más trivial, que se desarrolle para mí en medio de esta intolerable agitación de espíritu. En verdad, no odio el peligro sino en su efecto absoluto, el terror. En esta lastimosa y debilitada condición, siento que pronto o tarde llegará el momento en que pierda a la vez la razón y la vida en lucha con el horrendo fantasma,*terror*."

Me di cuenta además, a intervalos y a través de cortadas y ambiguas alusiones, de otro rasgo singular de su estado mental. Hallábase encadenado a la mansión que habitaba por ciertas creencias supersticiosas en virtud de las cuales jamás se había atrevido a alejarse durante largos años, y que se basaban en determinada influencia, cuyo supuesto poder se transmitía en forma demasiado tenebrosa para repetirse aquí; influencia que, debido a ciertas peculiaridades en la naturaleza y estructura de la morada de sus antepasados, había prevalecido en su espíritu, a costa de largos sufrimientos, afirmaba él; efecto provocado por la *fisonomía* de los grises muros y torrecillas y por el tétrico estanque en que se reflejaban, que había al fin echado abajo la fuerza moral de su existencia.

Admitía, sin embargo, aunque con alguna vacilación, que gran parte de aquella melancolía particular que le afligía podía atribuirse a causa más natural y palpable, a la seria y larga enfermedad, y probablemente cercano fin, de una hermana tiernamente amada, su única compañera por largos años, el único y último miembro de su familia en la tierra. "Su muerte," decía con amargura que jamás olvidaré, "le dejaría (a él, desesperado y frágil) único descendiente de la antigua raza de Úsher." Mientras hablaba así, Lady Mádeline—que así se llamaba la dama—atravesó suavemente un ángulo lejano de la habitación y desapareció sin haber notado mi presencia. La miré con profunda extrañeza no desprovista de terror, y estoy todavía lejos de expresar mis verdaderos sentimientos. Una sensación de estupor me oprimía en tanto que mis ojos seguían sus huellas. Cuando al fin cerróse una puerta tras ella, mis miradas trataron instintiva y ansiosamente de escudriñar el continente de su hermano; pero había enterrado el rostro entre sus manos, y pude solamente percibir que una palidez mayor que de ordinario se extendía sobre sus enflaquecidos dedos entre los cuales brotaban lágrimas apasionadas.

La enfermedad de Lady Mádeline había burlado largo tiempo la ciencia de sus facultativos. Una apatía continua, una gradual decadencia de su constitución y frecuentes aunque pasajeras afecciones, de carácter cataléptico en su mayor parte, formaban la diagnosis habitual. Al principio luchó ella contra la fuerza del mal sin guardar cama definitivamente; pero en la noche de mi llegada a la casa sucumbió al poder destructor de la enfermedad, según me participó su hermano con agitación inenarrable; y supe que lo que había vislumbrado de su persona en aquel momento sería probablemente todo lo que llegaría a conocer de la dama, en vida por lo menos.

Durante los días subsiguientes no se mencionó su nombre entre nosotros y todo aquel tiempo estuve ensayando diversos entretenimientos para aliviar la melancolía de mi amigo. Pintábamos y leíamos juntos; o escuchaba yo como en sueños las salvajes improvisaciones con que hacía hablar a su guitarra. Y al penetrar de esta manera más y más íntimamente en los repliegues de su alma, pude apreciar mejor la impotencia de mis tentativas para levantar su espíritu de la lobreguez en que se debatía; la que, como cualidad positiva inherente, se extendía a todos los objetos del universo físico y moral en incesante radiación de tinieblas.

Conservaré siempre el recuerdo de las horas solemnes que pasé a solas con el heredero de la casa de Úsher. Fracasaría si intentara dar idea exacta de la índole de los estudios y trabajos en los que me extraviaba o me conducía. Un idealismo exaltado y exageradamente inquieto arrojaba su luz sulfúrea sobre todo aquello. Sus largas improvisaciones de endechas resonarán por siempre en mis oídos. Entre otras cosas, recuerdo especialmente una extraña perversión y amplificación del aire exótico del último vals de von Wéber. De las pinturas creadas por su complicada fantasía y que se definían toque a toque en cierta vaguedad que me hacía correr escalofríos, estremeciéndome sin saber por qué; de aquellos cuadros tan vívidos que aun se conserva su imagen ante mí, trataría en vano de expresar algo más que una pequeñísima parte capaz de encerrarse en el compás de la palabra escrita. Por su simplicidad intensa, por la pureza de su diseño, atraían aquellos cuadros, y sobrecogían la atención de manera indecible. Si algún mortal pintó alguna vez la idea, aquel mortal era ciertamente Róderick Úsher. Para mí, en las circunstancias que me rodeaban, brotó al fin de estas extrañas fantasías que imaginaba el hipocondriaco para arrojarlas sobre la tela, una sensación intensa de intolerable pavor, de que no era sombra siquiera la que me hacía experimentar la contemplación de las tétricas, en verdad, pero demasiado concretas imágenes de Fuseli.

Una de las fantásticas creaciones de mi amigo, que no procedía con tan absoluto exclusivismo del espíritu de abstracción, puede describirse siquiera débilmente con palabras. Era un pequeño cuadro representando el interior de una bóveda o túnel inmensamente largo y rectangular con muros bajos, blancos y pulidos, sin interrupción ni detalles. No se veía orificio alguno en toda su extensión, ni podían descubrirse antorchas ni otro foco alguno de luz artificial; y, sin embargo, un torrente de luz intensa brillaba por todas partes, bañando el conjunto en lúgubre e inadecuado esplendor.

He hablado ya de la condición mórbida de sus nervios auditivos que hacía insoportable toda música al paciente, salvo determinados sones de los instrumentos de cuerda. Quizá si los estrechos límites en que se confinaba él mismo al tocar la guitarra eran, en gran parte, lo que daba vida a la índole fantástica de su ejecución. Mas no puede atribuirse a idéntica causa la férvida facilidad de sus improvisaciones. Era sin duda el resultado, tanto en la música como en las palabras de sus desordenadas lucubraciones (pues que a menudo se acompañaba él mismo con rimas verbales improvisadas), de aquella intensa concentración y reacción a la cual aludía anteriormente, y que sólo es dado observar en momentos determinados de gran excitación artificial. Puedo recordar fácilmente las palabras de una de aquellas rapsodias. Sin duda me impresionaron con mayor viveza conforme la escuchaba, en razón del encubierto o simbólico desarrollo de su argumento en que imaginaba yo discernir por vez primera en Úsher la plena conciencia del bamboleo de su elevada razón en su santuario. Los versos, que se titulaban El *palacio hechizado*, decían más o menos, si no exactamente, como sigue:

En el más fresco de nuestros valles
de ángeles buenos solaz,
en cierto tiempo un regio palacio, resplandeciente,
erguía su faz.
Era en los dominios del rey Pensamiento.
Nunca serafines
desplegaron las alas
sobre morada más bella.[5]

Todo esto ocurría en remoto pasado.
Pendones amarillos, gloriosos, dorados,
en su cúspide veíanse flamear.
Y el céfiro gentil,
que en aquel tiempo feliz jugueteaba
de la mansión en redor,
por las almenas soberbias y blancas
como alado perfume escapó.
Peregrinos transeuntes de aquel feliz valle,
a través de ventanas translúcidas,
veían sombras de espíritus
agitándose armónicamente
y a compás de templado laúd,
al rededor de un magnífico trono
donde brillaba el monarca,
nacido en la púrpura y digno de tal esplendor.
Cubierta de rubíes y perlas
la puerta del palacio estaba;
y por ella cruzaba flotando,
flotando centelleante,
una multitud de Ecos
cuyo deber grato y único
era entonar con voz de sin par melodía
de su rey el talento y cordura.
Pero el Mal, de tristezas vestido,
asaltó del monarca el estado.
¡Ah! ¡Lloremos, que jamás lucirá nuevo día
para él, desolado!
Y del castillo la aureola de gloria,
una vez floreciente y purpúrea,
sólo es ya de antiguas edades, la historia
perdida, enterrada.

Los viajeros que hoy cruzan el valle
ven reflejarse en las rojas ventanas
grandes sombras en danza fantástica
girando a discorde son.
Y por la lívida puerta,
al igual que un torrente espantoso,
para siempre una turba monstruosa
precipítase y ríe: ¡la sonrisa olvidó!

Recuerdo muy bien que la inspiración de esta balada nos llevó a cierto orden de ideas acerca de las cuales expresó Úsher una opinión que menciono aquí, no en razón de su novedad pues otros hombres pensaron ya del mismo modo,[6] sino por la tenacidad con que él la sostenía. Esta opinión, en tesis general, se refería a la sensibilidad de las plantas; pero en la desordenada fantasía de mi amigo asumía carácter más atrevido y traspasaba, en determinadas condiciones, las leyes del reino inorgánico. Me faltan palabras para expresar la magnitud, el ardiente *abandono* de su convicción. Dicha creencia, sin embargo, se relacionaba (como aludí anteriormente) con las piedras grises de la casa de sus antepasados. Las condiciones de sensibilidad se habían tenido en cuenta, imaginaba él, en el arreglo de tales piedras, en el orden de su colocación, así como en la disposición de los hongos que las cubrían y de los marchitos árboles que se conservaban en los alrededores; y, sobre todo, en el largo tiempo que este arreglo se había respetado y en su reflexión en las quietas aguas del estanque. La prueba de la sensibilidad de aquellos objetos podía encontrarse, decía (y aquí me estremecí a sus palabras), en la gradual y positiva condensación de una atmósfera propia sobre las aguas y los muros de la casa. Sus efectos podían descubrirse fácilmente, añadió, en aquella muda, pero poderosa y terrible influencia que había encauzado por varias centurias los destinos de su familia, y le había convertido *a él* en lo que yo veía, en lo que era en la actualidad.

Nuestros libros, los mismos que durante largos años habían constituído gran parte de la existencia mental del enfermo, guardaban como puede suponerse, estrecha analogía con este personaje de leyenda. Profundizamos juntos obras como el *Ver-Vert et Chartreuse*de Gresset; el *Belphegor* de Machiavelli; el *Heaven and Hell* de Swédenborg; el *Subterranean Voyage of Nicholas Klimm* de Hólberg; la *Chiromancy*, por Róbert Flud, por Jean d'Indaginé y por de la Chambre; la *Journey into the*

Blue Distance, por Tieck; y la*City of the Sun* por Campanella. Uno de nuestros ejemplares favoritos era una pequeña edición en octavo del *Directorium Inquisitorum*, por el dominicano Eymeric de Gironne; y había ciertos pasajes de *Pomponius Mela* acerca de los antiguos sátiros y egipanes africanos que hacían soñar a Úsher durante horas enteras. Su principal deleite consistía, sin embargo, en la lectura de un libro gótico en cuarto, extremadamente raro y curioso, manual de una iglesia abandonada, el *Vigiliæ Mortuorum Chorum Ecclesiæ Maguntinæ*.

No pude dejar de recordar el salvaje ritual de aquella obra y pensar en su probable influencia sobre el hipocondriaco, el día en que después de informarme bruscamente de que Lady Mádeline había fallecido, me manifestó su intención de conservar el cadáver durante una quincena en alguna de las numerosas bóvedas que existían en los muros del edificio, antes de proceder a su definitiva inhumación. La razón principal que adujo para este singular procedimiento era de tal naturaleza que no me dejaba libertad de discutirla. Sentíase el hermano inclinado a esta resolución, según explicó, a causa de los extraños síntomas de la enfermedad de la difunta, de ciertas interrogaciones acres e importunas de parte de los médicos y de la situación lejana y a la intemperie que ocupaba el cementerio de la familia. No negaré que al rememorar el siniestro continente del personaje a quien encontré en la escalera el día de mi llegada a la casa, se me pasaron todos los deseos de oponerme a aquello que después de todo sólo consideraba inofensiva y de ninguna manera extraordinaria precaución.

A petición de Úsher, yo mismo le ayudé en las disposiciones para el entierro temporal. Después de colocado el cuerpo en el ataúd, nosotros solos lo condujimos al lugar de su descanso. La bóveda en que lo depositamos, cerrada por tan largo tiempo que nuestras antorchas oscilaron en su pesada atmósfera, nos dejó poca oportunidad para pesquisas minuciosas; era pequeña, húmeda, y estaba absolutamente desprovista de medio alguno para recibir la luz; quedando situada a gran profundidad exactamente debajo de la parte del edificio que correspondía a mi cuarto de dormir. Aparentemente se había usado en remotas épocas feudales como calabozo de la peor especie, y en los últimos tiempos como depósito de pólvora o cualquiera otra substancia combustible, pues parte del pavimento y todo el interior de un largo pasillo abovedado que allí conducía, estaban cuidadosamente revestidos de cobre. La puerta, de hierro macizo, estaba también protegida de manera análoga. Su enorme peso producía un chirrido en extremo áspero y discordante al girar sobre los goznes.

Después de depositar nuestra lúgubre carga sobre algunos soportes en esta mansión de horror, nos volvimos a medias hacia el ataúd todavía sin cerrar para contemplar el rostro de la ocupante. Lo primero que atrajo mi atención fué la sorprendente semejanza que existía entre la hermana y el hermano; y entonces Úsher, adivinando tal vez mis pensamientos, murmuró algunas palabras por las cuales comprendí que la muerta y él eran gemelos, y que siempre se había dejado notar entre ellos cierta simpatía de constitución apenas explicable. Nuestras miradas no se detuvieron largo tiempo sobre la difunta, porque no podíamos contemplarla sin terror. El mal que postró a Lady Mádeline en plena madurez de su juventud, dejóla, como sucede en todas las enfermedades de carácter esencialmente cataléptico, la ironía de un débil sonrosado en el seno y en el semblante, y aquella lánguida y misteriosa sonrisa, tan terrible en los dominios de la muerte. Colocamos la tapa en su sitio fijándola con tornillos y, después de asegurar la puerta de hierro, volvimos penosamente a las habitaciones altas de la casa, tan tétricas casi como el lugar que acabábamos de abandonar.

Después de algunos días de amargo pesar, presentóse un cambio notable en los síntomas del desorden mental que afligía a mi amigo. Su manera de ser cambió enteramente. Olvidaba o descuidaba sus ocupaciones ordinarias. Vagaba de pieza en pieza con paso precipitado, desigual y sin objeto. Su palidez asumía tonos aun más cadavéricos, a ser posible; pero la lumbre de sus ojos habíase extinguido por completo. La aspereza incidental de su voz no se dejaba oír ya más; y cierto estremecimiento convulsivo, como de excesivo terror, caracterizaba habitualmente su lenguaje. En ocasiones parecíame que su mente turbada luchaba sin cesar con algún opresor secreto, para revelar el cual necesitaba apelar a todo su valor; pero otras veces me veía obligado a juzgar todas estas manifestaciones como simples extravagancias provocadas por su locura, porque notaba que se quedaba mirando al vacío horas enteras en actitud de profunda atención, como si escuchara sonidos imaginarios. No es de extrañar que su estado me aterrorizara, me contagiara. Sentía ya que se apoderaba de mí por grados la influencia desordenada de sus fantásticas y perturbadoras supersticiones.

Al retirarme tarde a descansar una noche, siete u ocho días después de depositar el cuerpo de Lady Mádeline en el calabozo, pude apreciar mejor que nunca el alcance de tales impresiones. El sueño había huído de mis párpados mientras las horas transcurrían una tras otra. Intenté raciocinar para dominar la nerviosidad que se había apoderado de mi espíritu; procuré convencerme de que gran parte si no todo lo que sentía era debido a la inquietadora influencia de la lúgubre mueblería de la habitación, a las sombrías y desgarradas draperías que, torturadas por el aliento de una tempestad cercana, batíanse acá y allá caprichosamente sobre los muros y susurraban medrosamente entre las decoraciones del lecho. Pero mis esfuerzos fueron infructuosos. Un temblor invencible se apoderó de mí gradualmente; y al fin pesó sobre mi corazón una alarma aguda e infundada. Dominándola con pena y respirando fuertemente me enderecé sobre las almohadas, tratando ansiosamente de penetrar la intensa obscuridad de la cámara; y escuché entonces, no sé cómo, a menos que algún espíritu del instinto me incitara, ciertos ruidos sordos e indistintos que venían a largos intervalos, yo no sé de dónde, entre las pausas de la tempestad. Oprimido por un intenso sentimiento de horror, tan extraordinario como intolerable, me eché encima la ropa precipitadamente, sabiendo bien que no podría ya dormir aquella noche, y traté de reaccionar contra la condición deplorable en que me encontraba, dando paseos forzados de un extremo a otro de la habitación.

Había dado así algunas vueltas, cuando un leve paso en la escalera contigua atrajo mi atención. Reconocí inmediatamente a Úsher. Un instante después llamó, en efecto, a mi puerta con suave golpear, y entró llevando una lámpara en la mano. Su semblante mostraba palidez cadavérica como de costumbre, pero había además cierta especie de hilaridad insana en sus ojos, una visible histeria contenida en toda su actitud. Su aspecto me aterró; pero todo era preferible a la soledad que había soportado largas horas y llegué hasta felicitarme de su presencia como un alivio.

—¿De modo que no habéis visto?—dijo ex abrupto, después de mirar intensa y silenciosamente en torno suyo por algunos instantes. "—¿No habéis visto? Pero ¡aguardad! Ya veréis."—

Hablando así, y bajando cuidadosamente la pantalla de su lámpara, dirigióse con rapidez a una de las ventanas y la abrió de par en par ante la tempestad.

La impetuosa furia de las ráfagas que se precipitaron en la habitación nos levantó casi por los aires. Era, en verdad, una noche borrascosa pero de austera belleza y singularmente extraña en su hermosura y en su horror. Verosímilmente se había levantado un torbellino en las cercanías porque se presentaban frecuentes y violentas alteraciones en la dirección del viento; y la densidad excesiva de las nubes, tan bajas que parecían pesar sobre los torreones del castillo, no impedía notar la velocidad de seres vivientes al parecer, con que se precipitaban unas contra otras de todos lados sin desvanecerse a la distancia. Decía que su excesiva densidad no impedía que apreciáramos el espectáculo, aun cuando no había rastro de luna ni de estrellas, ni resplandor alguno de relámpagos. Sin embargo, la superficie inferior de aquellas pesadas masas de agitado vapor, así como todos los objetos terrestres que nos rodeaban, resplandecían a la luz sobrenatural de una exhalación gaseosa, débilmente luminosa y perfectamente visible que circundaba y envolvía toda la mansión.

—¡No debéis presenciar este espectáculo, no lo presenciaréis!—exclamé dirigiéndome a Úsher y estremeciéndome, mientras le arrastraba con suave violencia desde la ventana hasta un asiento.—Estas manifestaciones que os perturban son simplemente fenómenos eléctricos bastante comunes, o quizá puedan también derivar su fantástico origen de los pesados miasmas del lago. Cerremos esta ventana; el aire está frío y es peligroso en vuestras condiciones. He aquí uno de vuestros romances favoritos. Yo leeré y vos escucharéis; y pasaremos juntos esta horrible noche."—

El antiguo volumen que había cogido era el *Mad Trist* de Sir Láuncelot Cánning; pero lo califiqué de favorito de Úsher más bien bromeando tristemente que hablando de buena fe, porque en verdad nada podía encontrarse en su verbosidad grosera y poco imaginativa que pudiera interesar el elevado y espiritual idealismo de mi amigo. Fué, con todo, el primer libro que pude haber a mano inmediatamente; y alimenté la vaga esperanza de que la excitación que agitaba en aquel momento al hipocondriaco encontrara momentáneo alivio—pues que la historia de los desórdenes mentales está llena de anomalías semejantes—en las descabelladas incidencias que hubiere de leer. En realidad, a juzgar por el aire extravagante de ansiosa atención con que escuchaba o aparentaba escuchar la fraseología del cuento, podía congratularme por el éxito de mi plan.

Habíamos llegado a la parte bien conocida de esta historia en que Éthelred, el héroe del *Trist*, habiendo intentado en vano penetrar pacíficamente en la morada del ermitaño, se resuelve a lograrlo a viva fuerza. Aquí, si bien se recuerda, la narración continúa así:

Entonces Éthelred, que naturalmente poseía un valeroso corazón y se sentía además muy potente en aquel momento por virtud del vino que había bebido, no perdió más tiempo en parlamentar con el ermitaño, que usaba en verdad de obstinado y malicioso proceder; sino que, sintiendo la lluvia que caía sobre sus hombros y temiendo que arreciara la tempestad, levantó su maza y a grandes golpes abrió pronto en las planchas de la puerta un hueco suficiente para su mano armada del guantelete y, tirando de allí fuertemente, rompió y desgajó y destrozó todo de manera tal que el estrépito de la seca y resonante madera alarmó a todo el mundo repercutiendo a través de la selva.

Al terminar este acápite me sobresalté e hice una pausa involuntaria; porque me pareció—aun cuando deduje inmediatamente que era ilusión de mi exaltada fantasía—me pareció, digo, que de algún remoto rincón de la casa llegaba a mis oídos el eco indistinto, amortiguado y confuso ciertamente, de aquellos sonidos de golpes y destrucción que Sir Láuncelot había descrito con tanta minuciosidad. Sin duda alguna era solamente cualquiera coincidencia que despertó mi atención entre el rechinar de las vidrieras y los ruidos combinados de la borrasca todavía en aumento en el exterior; nada había seguramente en el rumor que pudiera interesarme o inquietarme. Proseguí la historia:

Pero el soberbio campeón Éthelred, al atravesar la puerta, se sintió dolorosamente sorprendido e irritado de no encontrar rastro alguno del astuto ermitaño; sino en su lugar un dragón escamoso, de prodigioso tamaño y lengua ígnea que hacía de centinela delante de un palacio de oro, pavimentado de plata; y pendiente del muro veíase un escudo de brillante bronce con la siguiente leyenda grabada:

Quien aquí penetra es conquistador;
Ganará el escudo quien mate al dragón;

y entonces Éthelred, levantando su maza, hirió en la cabeza al dragón; el cual se desplomó a sus plantas rindiendo su pestilente aliento con tan hórrido, agudo y penetrante alarido que Éthelred se vió precisado a cubrirse los oídos con las manos para defenderse del pavoroso ruido del que nada análogo había escuchado hasta entonces.

Aquí me detuve de nuevo bruscamente, esta vez con sentimiento de profundo estupor, porque no podía caberme la menor duda de que en el mismo instante había oído en realidad, aun cuando me fuera imposible indicar la dirección, un grito ahogado y aparentemente lejano, pero áspero, prolongado y extraño; un sonido discordante, exacta reproducción de lo que mi fantasía había ya evocado como el sobrenatural alarido del dragón descrito por el romancero.

Oprimido como me sentía por mil encontradas sensaciones en que predominaban la angustia y un excesivo terror a causa de la segunda y más extraordinaria coincidencia, tuve aún la presencia de espíritu necesaria para evitar que se excitara con cualquiera observación la sensitiva nerviosidad de mi compañero. No estaba seguro de que se hubiera apercibido de aquellos rumores, a pesar de que indudablemente mostraba extraña alteración en su conducta en los últimos minutos. Desde el sitio que ocupaba frente a mí había arrastrado su silla poco a poco hasta dar cara a la puerta de entrada de la habitación, de modo que apenas podía yo distinguir parcialmente sus facciones, aunque me parecía que sus labios temblaban como si estuviese murmurando palabras ininteligibles. Su cabeza había caído sobre el pecho; pero yo sabía que no estaba dormido, pues en una ojeada furtiva a su perfil descubrí uno de sus ojos rígidamente abierto. El movimiento de su cuerpo difería también de su manera habitual, porque se mecía de un lado a otro con ondulación suave, uniforme y constante. Notando todo esto con rapidez, reasumí la narración de Sir Láuncelot que proseguía así:

Y habiendo escapado el campeón en esta forma a la furia tremebunda del dragón, y recordando el bronceado escudo y la ruptura del encanto que allí residía, empujó el cuerpo de la fiera lejos de su paso y avanzó valerosamente sobre el plateado pavimento del castillo hasta el lugar donde estaba el escudo pendiente del muro; el cual no aguardó, en verdad, que el héroe hubiese llegado, sino que cayó espontáneamente a sus pies sobre el pavimento de plata con inmenso estruendo y horrísono sonido retumbante.

No habían terminado mis labios de proferir estas palabras cuando, semejando en realidad un escudo de bronce que cayera pesadamente en aquel mismo instante sobre un pavimento de plata, pude oír distintamente una metálica, hueca y estridente aunque ahogada repercusión. Completamente trastornado, me levanté de un salto; pero el mesurado balanceo de Úsher continuó sin interrupción. Me abalancé hacia el asiento que ocupaba. Sus ojos estaban fijos y en toda su figura triunfaba una rigidez de piedra. Mas tan pronto como coloqué una de mis manos en su hombro, sentí un fuerte estremecimiento en todo su cuerpo; una sonrisa marchita tembló sobre sus labios; y vi que hablaba en un murmullo bajo, precipitado e ininteligible, como inconsciente de mi presencia. Inclinándome muy cerca sobre él, pude al fin beber la horrenda importancia de sus palabras.

—¿No lo oís?... Sí; yo lo oigo y *lo había* oído. Muchos, muchos, muchos, largos minutos... muchas horas, muchos días lo he oído... pero no me atrevía... ¡oh, misericordia! ¡miserable de mí!... no me atrevía... ¡no *me atrevía* a hablar! *¡La hemos enterrado viva!* ¿No decía yo que mis sentidos son muy agudos? *Ahora* os digo que percibí sus primeros y débiles movimientos en el hueco ataúd. Los oí... hace muchos, muchos días... pero no me atrevía... *¡No tenía valor de hablar!* Y ahora... esta noche... Éthelred... ¡ha! ¡ha!... ¡el quebrantamiento de la puerta del ermitaño, el clamor de muerte del dragón y el estrépito del escudo!... ¡Digamos mejor, el hendimiento del ataúd, el chirrido de las puertas de hierro de su prisión, y su lucha en el pasillo revestido de cobre de la bóveda! ¡Oh! ¿dónde escapar? ¿Por ventura no estará ella aquí dentro de poco? ¿No se apresurará a vituperarme por mi precipitación? ¿No he oído, acaso, sus pasos en la escalera? ¿No he escuchado el pesado y horrible latir de su corazón? ¡INSENSATO! Aquí se puso en pie furiosamente y gritó sílaba por sílaba, con tal fuerza que parecía iba a rendir el ánima: ¡INSENSATO! OS DIGO QUE ELLA SE ENCUENTRA EN ESTE INSTANTE DELANTE DE LA PUERTA!

Como si la energía sobrehumana de su enunciación hubiese tenido el poder de un conjuro, los enormes bastidores antiguos a que señalaba Úsher corrieron hacia atrás suavemente en el mismo instante sus pesadas garras de ébano. Era efecto de las impetuosas ráfagas; pero, delante de aquellas puertas erguíase la alta y amortajada imagen de Lady Mádeline de Úsher. Había sangre en sus blancas vestiduras y señales de lucha cruel en toda su enflaquecida figura. Detúvose por un momento temblando y bamboleándose en el umbral; y luego, con sordo y lúgubre gemido se desplomó pesadamente sobre su hermano y, en las violentas convulsiones de su real y esta vez postrera agonía, le trajo al suelo cadáver, víctima de los terrores que él mismo se había anticipado.

Huí despavorido de aquella cámara y de aquella mansión. La tempestad bramaba todavía en plena furia cuando yo me encontré cruzando la antigua calzada. De pronto brilló a lo largo del camino una luz inusitada, y yo me volví para averiguar de dónde procedía este rayo sobrenatural, pues la vasta morada y sus sombras era lo único que dejaba tras de mí. La radiación brotaba de una luna llena y de un rojo sangriento en su ocaso, y resplandecía vivamente sobre aquella hendedura apenas perceptible de que he hablado y que se extendía en ziszás desde la techumbre del edificio hasta su base. En tanto que miraba, la hendedura se ensanchó rápidamente; hubo luego una ráfaga furiosa del remolino; el orbe entero del satélite estalló al mismo tiempo ante mis ojos; mi cerebro osciló mientras veía los potentes muros abriéndose en dos partes; oyóse un prolongado y tumultuoso estruendo semejante a millares de voces de las aguas; y el profundo y tétrico lago que yacía a mis pies cerróse sombría y silenciosamente sobre los fragmentos de la *Casa de Úsher*.

LIGEIA

La voluntad está allí yacente, mas no muerta. ¿Quién conoce los misterios de la voluntad, en todo su poder? Porque Dios es solamente una inmensa voluntad dominando todas las cosas por virtud de su intensidad. El hombre no es vencido por los ángeles, ni siquiera por la muerte completamente, sino en razón de la flaqueza de su frágil voluntad.

—JÓSEPH GLÁNVILL.

NO PODRÍA, por mi ánima, recordar cómo, cuándo, ni dónde exactamente conocí a Lady Ligeia. Han transcurrido muchos años desde entonces, y mi memoria se ha debilitado con los sufrimientos. O tal vez me es imposible rememorarlo ahora porque, en realidad, la personalidad de mi amada, su raro talento, el sereno y singular carácter de su belleza y la penetrante y avasalladora elocuencia de su voz velada y musical se abrieron paso hasta mi corazón en forma tan rápida y furtiva que, sin duda alguna, aquellos incidentes pasaron desapercibidos o ignorados. Creo, sin embargo, que la encontré por primera vez y más a menudo en alguna grande, antigua y decadente ciudad en las cercanías del Rhin. Seguramente debo haberla oído hablar de su familia; y no cabe duda de que se remontaba a una gran antigüedad. ¡Ligeia! ¡Ligeia! Sumido en estudios de naturaleza tal que debilitan todas las impresiones del mundo exterior, sólo esta dulce palabra ¡Ligeia! tiene el poder de hacer brotar ante mis ojos, por medio de la fantasía, la imagen de aquella que ya no existe. Y ahora, mientras escribo, me asalta la idea de que jamás llegué a saber el nombre de familia de la que fué mi amiga y mi prometida, y llegó a convertirse en la compañera de mis estudios, y más tarde en la esposa elegida de mi corazón. ¿Fué aquello una humorada de mi Ligeia? ¿Exigió acaso, como prueba de la intensidad de mi afecto, que no hiciera yo investigación alguna a este respecto? ¿O sería quizás un capricho mío, alguna extraña y romántica ofrenda en el altar de la más apasionada devoción? Apenas tengo la confusa reminiscencia del hecho en sí mismo; ¿cómo puede maravillar que haya olvidado por completo las circunstancias que lo originaron? Realmente, si alguna vez el espíritu que se denomina *Romance*, si la pálida *Astophet*, de alas de nebulosa, diosa del Egipto idólatra, presidió alguna vez, como aseguran, los matrimonios novelescos, indudablemente debió reinar en el mío.

Hay, sin embargo, un tema predilecto de mi corazón en el que mi memoria jamás falla. Es éste *la propia* Ligeia. Era de alta estatura, algo cenceña y casi flaca en sus últimos días. Trataría en vano de describir la majestad, el apacible reposo de su continente y la incomparable ligereza y elasticidad de su marcha. Iba y volvía como una sombra. Nunca me daba cuenta de su entrada a mi cerrado estudio sino por la música amada de su voz, dulce y queda, cuando colocaba su marmórea mano sobre uno de mis hombros. Ninguna doncella igualó jamás la hermosura de su semblante. Era la irradiación de un sueño de opio, una aérea y espiritual visión, más extraordinariamente divina que todas las fantasías que poblaban los ensueños de las hijas de Delos. Sin embargo, sus facciones no se definían en el molde corriente que se nos ha enseñado falsamente a admirar en las clásicas obras del paganismo. "No existe belleza exquisita," dice Bacon, Lord Verúlam, hablando con sinceridad de las diferentes formas y caracteres de belleza, "sin algo de extraordinario en sus proporciones." Así, aun cuando yo sabía que las facciones de Ligeia no eran de regularidad clásica; aun cuando podía percibir que su belleza era, en verdad, "exquisita," y sentía mucho de "extraordinario" en ella, he procurado en vano descubrir en qué consistía la irregularidad y determinar mi percepción de lo "extraordinario." Examinaba el contorno de la alta y pálida frente: era irreprochable; y ¡cuán fría me parece esta palabra aplicada a su divina majestad! ¡La piel rivalizando con el marfil más puro, la requerida amplitud y reposo, la encantadora prominencia cerca de las sienes; y luego, las trenzas color plumaje de cuervo, sedosas, abundantes y naturalmente rizadas, dignas del homérico epíteto de "jacintianas!" Miraba las delicadas líneas de la nariz; y sólo en los graciosos medallones hebreos he observado semejante perfección. Tenían la misma frescura de superficie, idéntica tendencia aquilina apenas perceptible, las mismas ventanillas de curva armoniosa que dicen de la elevación del espíritu. Contemplaba la dulce boca. Allí se fijaba, en verdad, el triunfo de todo lo divino: la soberbia curva del labio superior; la suave y voluptuosa indolencia del inferior; los hoyuelos que regocijaban y el color que hablaba; los dientes resplandeciendo detrás con brillantez casi asombrosa y reflejando rayos de luz inmaculada en su sonrisa serena y plácida, a la par que incomparablemente radiante y embriagadora entre todas las sonrisas. Observaba la forma de la barba; y encontraba también aquí la suave amplitud, la dulzura y majestad, la redondez y espiritualidad de los griegos; y el contorno que el dios Apolo reveló sólo en sueños a Cleomenes, el hijo del ateniense. Y en seguida penetraba en los grandes ojos de Ligeia.

No había modelos de ojos en la remota antigüedad. Puede ser también que en aquellos ojos de mi amada residiera el secreto a que alude Lord Verúlam. Eran, según creo, mucho más grandes que los ojos ordinarios de nuestra raza. Eran también más redondos que los más redondos entre los ojos de gacela de la tribu de Nourjahad. Sin embargo, sólo a intervalos, en momentos de intensa excitación, se notaba esta peculiaridad en Ligeia. Y en aquellos momentos su belleza aparecía (quizá únicamente en mi exaltada fantasía), como la hermosura de seres ultraterrenales, como la hermosura fabulosa de las huríes de los turcos. Sus pupilas eran del negro más luciente, y lejos, en contorno, se rizaban las larguísimas pestañas de azabache. Las cejas, de dibujo ligeramente irregular, eran de igual color. Lo que encontraba yo de "extraordinario" en los ojos de Ligeia consistía, sin embargo, en algo de naturaleza diferente de la forma, el color o la brillantez; algo que, después de todo, me veo obligado a referir a la *expresión.* ¡Ah, palabras sin significado, tras de cuya vasta amplitud de sonido atrincheramos nuestra ignorancia de lo espiritual! ¡La expresión de los ojos de Ligeia! ¡Cuánto he meditado acerca de esto durante horas enteras! ¡Cuánto he luchado por evocarla en el transcurso de toda una noche de verano! ¿Qué era aquello, aquello más profundo que el manantial de Demócrito, aquello que había lejos, muy lejos dentro de las pupilas de mi adorada? ¿Qué era *aquello?* Estaba poseído de la pasión de escudriñarlo. ¡Aquellos ojos! ¡aquellos orbes inmensos, brillantes, divinos! Llegaron a convertirse para mí en las estrellas gemelas de Leda, y yo para ellas en el más apasionado de los astrólogos.

No hay sensación más irritante entre las mil anomalías de la mente que el hecho, a que jamás se ha prestado atención en los colegios, según creo, de que en el esfuerzo para rememorar cualquiera cosa olvidada por largo tiempo, llegamos a menudo hasta *el borde mismo* de la reminiscencia, sin poder al cabo traer a la memoria lo que deseamos. Así, ¡cuán frecuentemente durante el curso de un intenso escrutinio de los ojos de Ligeia, sentía que me aproximaba al conocimiento pleno de su expresión, lo sentía cerca, pero no en mi poder aún, y al fin volvía a escaparse por completo! Y (¡oh, extrañeza! ¡oh, misterio entre todos!) encontraba en los objetos más comunes del universo un círculo de analogías con esta expresión. Quiero decir que en el período subsecuente a la toma de posesión de mi espíritu por la hermosura de Ligeia, que reinaba allí como en un trono, experimentaba al contacto de muchas existencias del mundo material un sentimiento semejante al que me producían siempre sus inmensas y luminosas pupilas. No me es posible, sin embargo, definir ni analizar este sentimiento, ni siquiera observarlo con claridad. Reconocía su expresión algunas veces, permitid que lo repita, en el rápido desarrollo de una vid, en la contemplación de una falena, una mariposa, una crisálida, un arroyo de agua corriente. La he sentido en el océano, en la caída de un meteoro. La he encontrado en la mirada de personas de mucha edad. Y hay en los cielos una o dos estrellas, una especialmente, de sexta magnitud, doble y cambiante, que se encuentra cerca de la estrella mayor de Lira, en la cual, en medio de un examen telescópico, me di cuenta también de este sentimiento. Me he sentido lleno de su fuerza al escuchar ciertos sones de instrumentos de cuerda, y muchas veces leyendo determinados pasajes de algunos libros. Recuerdo muy bien un trozo de una obra de Jóseph Glánvill que, quizá simplemente en razón de su originalidad (¿quién podría decirlo?), nunca dejaba de inspirarme el mismo sentimiento. "La voluntad está allí yacente, mas no muerta. ¿Quién conoce los misterios de la voluntad en todo su poder? Porque Dios es solamente una inmensa voluntad dominando todas las cosas por virtud de su intensidad. El hombre no es vencido por los ángeles, ni siquiera por la muerte completamente, sino en razón de la flaqueza de su frágil voluntad."

Un lapso de varios años y la reflexión consiguiente me han permitido trazar una remota relación entre este pasaje del moralista inglés y una faz del carácter de Ligeia. Cierta *intensidad* de pensamiento, acción o palabras era quizá en ella el resultado, o el indicio por lo menos, de aquella enorme fuerza de voluntad que durante nuestras largas relaciones no encontró oportunidad de demostrar su existencia de manera más palpable. Entre todas las mujeres que he conocido, ella, la exteriormente tranquila, la siempre plácida Ligeia, era presa con mayor violencia de los buitres tumultuosos de la pasión devoradora. Y sólo podía yo formarme idea del alcance de aquella pasión por la milagrosa dilatación de sus ojos que a la vez me deleitaba y amedrentaba; por la mágica melodía, modulación, claridad y dulzura de su voz, muy queda; y por la apasionada energía de las ardientes palabras que pronunciaba, doblemente conmovedoras por el contraste con su manera de proferirlas.

He hablado de los conocimientos de Ligeia: eran inmensos, como jamás pudiera imaginarlos en ninguna mujer. Era profundamente instruída en los idiomas clásicos, y nunca la sorprendí en falta en los modernos lenguajes de Europa, hasta donde mis conocimientos alcanzaban. A decir verdad, ¿se equivocó alguna vez Ligeia aun en los temas más admirados, por cuanto más abstrusos, de la jactanciosa erudición académica? ¡Cuán maravillosa, cuán extraordinariamente se ha definido para mí este lado de su naturaleza, tan sólo en los últimos tiempos! Decía que su saber era tan vasto como jamás pude suponerlo en una mujer; mas ¿dónde existe el hombre que, como ella, haya atravesado triunfalmente los vastos dominios de la ciencia moral, de la física y de las matemáticas? Yo no comprendía entonces lo que ahora percibo con toda claridad: que los conocimientos de Ligeia eran gigantescos, asombrosos; sin embargo, sabía bastante de su supremacía moral para renunciar a mi propio criterio con infantil confianza y dejarme guiar por ella en el caótico mundo de las investigaciones metafísicas en que me ocupaba con gran interés durante los primeros años de nuestro matrimonio. ¡Con qué inmenso triunfo, con qué vívido deleite, con cuánto de todo aquello que es etéreo en la esperanza, sentía, al inclinarse ella sobre mí en los estudios, sin buscarla ni comprenderla, aquella deliciosa mirada dilatándose por grados ante mis ojos; y a través de cuyo largo, radiante y virgen sendero podría al fin alcanzar la meta de una sabiduría demasiado adorablemente preciosa para no estar vedada a los mortales!

¡Imaginad ahora cuán agudo sería el pesar con que contemplé años más tarde cómo brotaron alas a mis justas esperanzas, y volaron con ella a la inmensidad! Sin Ligeia, yo era como un niño extraviado tentando en la obscuridad. Su presencia, las lecturas que ella acometía sola, iluminaban vívidamente los innumerables misterios de la ciencia del trascendentalismo en que me hallaba sumergido. Faltándome la lumbre radiante de sus ojos, los caracteres antes brillantes y dorados volvíanse más opacos que el plomo saturnino. Y aquellos ojos brillaban cada vez menos y con menor frecuencia sobre las páginas que yo leía. Ligeia estaba enferma. Los extraños ojos refulgían con resplandor demasiado glorioso; los pálidos dedos adquirían los tonos de transparente cera de la tumba; y las azules venas de su elevada frente hinchábanse y bajaban impetuosamente a impulsos de la más ligera emoción. Veía que la muerte se acercaba, y luché desesperadamente con el inflexible Azrael. Y, con gran estupor de mi parte, noté que la lucha de mi apasionada esposa era aun más enérgica que la mía. Muchos rasgos de su altivo carácter me habían dejado la impresión de que la muerte no aportaría para ella sus habituales terrores; pero no era así. Las palabras son impotentes para dar idea exacta de la fortaleza y tesón con que contendió a brazo partido con las Sombras. Yo gemía de angustia al contemplar este espectáculo. Hubiera querido suavizar su fin, hubiera querido razonar; pero, en la intensidad de su ardiente anhelo de vivir, vivir, *solamente* vivir, ensayar cualquier solaz o razonamiento habría sido la locura más estupenda. Sin embargo, sólo en el último momento, entre las congojas convulsivas de su elevado espíritu, se conmovió la placidez exterior de su continente. Su voz hízose más y más débil, más y más velada; pero no quisiera recordar el extraño significado de aquellas palabras tan quedamente pronunciadas. Mi cerebro se extraviaba mientras escuchaba extasiado una melodía sobrenatural, hipótesis y aspiraciones que jamás conoció antes la humanidad.

No podía dudar de que Ligeia me amaba; y era fácil comprender que en un corazón como el suyo el amor debía reinar con pasión extraordinaria. Pero sólo en su muerte me impresionó plenamente la fuerza de su sentimiento. Oprimía mis manos durante largas horas y desplegaba ante mí los tesoros de su alma, que eran ya idolatría más que apasionada devoción. ¿Qué había hecho yo para merecer la bendición de tales confesiones? Y ¿qué había hecho para merecer el anatema de perder a mi adorada en la hora misma de recibirlas? No puedo soportar detenerme más tiempo en este tema. Séame permitido decir tan sólo que, en el abandono tan femenino de Ligeia en su amor, ¡ay de mí, tan poco merecido, tan liberalmente ofrendado! comprendí al fin la razón de su ardiente y salvaje anhelo por aquella vida que ahora se le escapaba con tanta rapidez. Esta violenta aspiración, este extraordinario deseo de vivir, *solamente* vivir, es lo que me encuentro incapaz de describir, no tengo frases suficientes para expresarlo.

A las doce de la noche en que Ligeia desapareció, llamándome perentoriamente a su lado con la cabeza, me pidió que recitara ciertos versos compuestos por ella misma no hacía muchos días. Obedecí. Los versos eran como sigue:

¡He aquí finalmente una noche de gala,
después de los recientes años desolados!
Un tropel de ángeles, envueltos en velos,
ahogados en llanto,
acude al teatro,
para ver un drama de esperanza y miedo,
mientras suspira la orquesta
la música infinita del espacio.

. . . .

Bufones en lo alto con disfraz de dioses
gruñen y murmuran agitándose
en continuo y veloz revoloteo.
Son sólo títeres movidos
por seres poderosos e informes
que cambian a su antojo el escenario
y hacen brotar al golpe de sus alas de cóndor
¡Invisible Dolor!

. . . .

¡Oh, el drama abigarrado!
¡Estad seguros de que no lo olvidaréis!
Con su Fantasma siempre perseguido
por una muchedumbre que jamás lo alcanza,
siguiendo el mismo eterno círculo
que conduce al punto de partida;
un drama de Locuras y Maldades
y que tiene al Horror por desenlace.

. . . .

Pero ¡ved! ¡Entre la algazara de los cómicos,
y desde los desiertos bastidores,
aparece arrastrándose una forma
color rojo de sangre!
La forma se retuerce,
se retuerce devorando a los bufones
que padecen angustias espantosas;
y los querubes lloran
ante el monstruo que se goza en sangre humana.

. . . .

Apáganse las luces.
El drama ha concluído.
Sobre las temblorosas formas de la escena,
con rapidez igual que una borrasca,
cae el telón: un paño funerario.
Y los espíritus tristes y dolientes,
al levantar el vuelo,
recuerdan que aquel drama trágico es "El Hombre,"
y su héroe se llama
Gusano, el Vencedor.

"¡Oh, Dios mío!" sollozó a medias Ligeia, alzándose y levantando los brazos a lo alto con movimiento espasmódico, al terminar yo estas líneas. "¡Oh, Dios! ¡Oh, Padre divino!

¿Deberán estas cosas suceder así? ¿Nunca ha de ser vencido este vencedor? ¿No somos carne y hueso de Ti mismo? ¿Quién, quién conoce los misterios de la voluntad en todo su poder? El hombre no es vencido por los ángeles, ni siquiera por la muerte completamente, sino en razón de la flaqueza de su frágil voluntad."

Entonces, exhausta por la emoción, dejó caer los blancos brazos, y se dirigió solemnemente hacia su lecho de muerte. Y cuando lanzaba sus últimos suspiros brotó, mezclado con ellos, un murmullo de sus labios. Inclinando mis oídos hasta su boca, distinguí nuevamente las palabras finales del pasaje de Glánvill. "El hombre no es vencido por los ángeles, ni siquiera por la muerte completamente, sino en razón de la flaqueza de su frágil voluntad."

Murió; y yo, deshecho hasta el polvo por el pesar, no pude soportar más tiempo el desolado aislamiento de mi morada en la triste y decadente ciudad de los alrededores del Rhin. No carecía de lo que el mundo denomina riquezas. Ligeia me había traído más, mucho más, de lo que representa el ordinario lote de los mortales. Por consiguiente, después de algunos meses de viajes fatigosos y sin objeto, compré e hice reparar una abadía, que no nombraré, en uno de los más agrestes y menos frecuentados parajes de la bella Inglaterra. El tétrico y fantástico tamaño del edificio, el aspecto casi salvaje del dominio, los numerosos recuerdos melancólicos y de antiguo venerados que se relacionaban con la posesión tenían mucho de común con el sentimiento de amargo abandono que me llevaba a esta remota e insociable comarca del reino. Sin embargo, aun cuando el exterior de la abadía, con su marchito verdor colgando por todas partes, sufrió pequeña alteración, me complací, con una especie de perversidad infantil, y tal vez con la débil esperanza de aliviar mis pesares, en desplegar en el interior una magnificencia casi regia. Tenía desde la infancia una afición especial a esta clase de locuras, la que volvió a mí como una extravagancia provocada por el dolor. ¡Ay de mí! ¡Comprendo ahora cuánto había de incipiente insania en el derroche de aquellas exquisitas y fantásticas draperías, en las solemnes esculturas egipcias, en la original mueblería y cornisas, en los recamados bizarros diseños de los tapices de oro! Había llegado a esclavizarme por completo en los lazos del opio, y mis obras y mis órdenes tomaban el colorido de mis sueños. Mas no debo detenerme a detallar tales absurdos. Permitidme solamente hablar de la cámara por siempre maldita a la que, en un momento de alienación mental, llevé desde el altar como mi esposa, como la sucesora de la inolvidable Ligeia, a la rubia, de ojos azules, Lady Rowena Trevanion, de Tremaine.

No existe la más pequeña parte de la arquitectura y decoración de aquella cámara que no esté ahora visible ante mis ojos. ¿Dónde estaban las almas de los altivos antepasados de la familia de mi novia, cuando por su ansia de oro permitieron atravesar el umbral de una habitación, decorada en *tal* manera, a una doncella, su hija muy amada? He dicho que recuerdo minuciosamente los detalles de aquella cámara (aunque olvido en forma deplorable los asuntos de mayor entidad), a pesar de que no había estilo especial ni conexión alguna en su caprichoso arreglo, que pudiera contribuir a que se conserve en la memoria. La habitación, situada en una alta torrecilla del castillo de la abadía, era de forma pentagonal y de gran tamaño. Ocupando todo el frente sur del pentágono, había una ventana única, una lámina inmensa de cristal pulido de Venecia, un solo trozo de vidrio plomizo, de manera que los rayos del sol o de la luna, al atravesarla, arrojaban un resplandor fantástico sobre los objetos del interior. En la parte superior de esta enorme ventana extendía su tejido una antigua vid que colgaba de los macizos muros del torreón. El techo, de tétrico roble, era excesivamente alto, abovedado y primorosamente esculpido con los tipos más extravagantes y grotescos de un estilo mitad gótico, mitad druídico. Del dibujo central de esta sombría cúpula pendía, de una cadena de oro de largos eslabones, un inmenso incensario del mismo metal, de modelo sarraceno, y con muchas perforaciones combinadas en tal forma que oscilaba dentro y fuera de ellas, como dotada de serpentina vitalidad, una continua sucesión de fuegos de colores.

Divanes orientales y candelabros dorados veíanse por varios lados; y había también un lecho, el lecho nupcial, de sólido ébano esculpido, ejemplar indio, muy bajo, y con un dosel semejando una urna funeraria. En cada uno de los ángulos del cuarto se levantaba un gigantesco sarcófago de negro granito, extraído de las tumbas de los reyes frente a Lúxor, y con su antigua cubierta exornada de esculturas de tiempo inmemorial. Pero en la tapicería de la cámara, sobre todo, se mostraba, ¡ay de mí! la fantasía capital de todo aquello. Los elevados muros, de altura gigantesca y casi desproporcionada, estaban revestidos de arriba abajo en amplios pliegues de una tapicería pesada y casi sólida, del mismo tejido que descollaba como alfombra en el pavimento, como cubierta en los divanes y en el lecho de ébano, como drapería en el dosel y como magníficas volutas en las cortinas que cubrían parcialmente la ventana. El tejido era de la más rica tela de oro. Estaba salpicado por todas partes, a intervalos irregulares, de arabescos de un pie de diámetro, laborados sobre la tela en dibujos del más puro negro de azabache. Pero aquellas figuras ostentaban su verdadero estilo arabesco solamente cuando se las contemplaba desde cierta línea visual. Por una disposición bastante generalizada ahora, pero que se remonta a un período de gran antigüedad, se las había dotado de aspecto cambiante. Para el que entraba en la habitación tenían simplemente la apariencia de monstruosidades; pero, al avanzar un poco más, su forma cambiaba gradualmente; y paso a paso, al dar la vuelta en la cámara, veíase rodeado el visitante de una sucesión interminable de los horrendos fantasmas que pueblan las supersticiones normandas, o que toman cuerpo en los ensueños infernales de los monjes. El efecto fantástico se acrecentaba con la introducción de una corriente de aire artificial detrás de las draperías, que prestaba al conjunto lúgubre e inquietadora animación.

En salones semejantes, en cámara nupcial como la que acabo de describir, pasé con la castellana de Tremaine las impías horas del primer mes de matrimonio, horas que transcurrieron sin mayores perturbaciones. No pude dejar de apercibirme, sin embargo, de que mi mujer temía los fieros impulsos de mi carácter, que me amaba poco, y trataba de esquivarme; pero esto me produjo más bien placer que cualquier otro sentimiento. La detestaba con odio demoniaco más que humano. Mi memoria retrocedía (¡oh! ¡con cuánta intensidad de pesar!) a Ligeia, la bien amada, la augusta, la bella, la desaparecida. Gozaba con las reminiscencias de su pureza, su erudición, su elevación de espíritu, su naturaleza etérea, su apasionado e idolátrico amor. Y entonces ardía mi espíritu plena y libremente con fuego mayor aún que el que a ella la consumía. En la exaltación de mis sueños de opio (porque habitualmente estaba sumido en los efectos de esta substancia), llamábala en voz alta por su nombre en el silencio de la noche, o en los lugares más recónditos del valle durante el día, como si por medio de mi salvaje anhelo, de la pasión solemne, del ardor nostálgico que me consumía por la muerta, pudiera yo volverla a la senda que había abandonado sobre la tierra. (¡Ah! ¿era posible que *esto* fuera para siempre?)

Al iniciarse el segundo mes de matrimonio, Lady Rowena se sintió atacada de repentino malestar, del cual se recobraba con lentitud. La fiebre que la consumía hacía sus noches intranquilas; y en su inconsciente estado de media vigilia, hablaba de ruidos, de movimientos dentro y alrededor de la cámara de la torrecilla; lo cual deduje yo que no tenía otro origen que el desarreglo de su mente o quizá la influencia fantasmagórica de la misma habitación. Al fin entró en convalecencia; luego se restableció por completo. Pero, apenas hubo transcurrido un breve período, un nuevo acceso, más violento que el primero, la arrojó de nuevo en el lecho del dolor; y de este segundo ataque nunca llegó a recobrarse su constitución, débil en todo tiempo. Su enfermedad asumió desde entonces caracteres alarmantes y la más severa persistencia, desafiando la ciencia y los desvelos de los médicos. Con la exacerbación del malestar crónico que la aquejaba, y que aparentemente había dominado su naturaleza hasta el punto de que era imposible combatirlo con medios humanos, observé también una exacerbación análoga en la irritación nerviosa de su temperamento, y en su excitabilidad por causas triviales de temor. Habló de nuevo, ahora más a menudo y con mayor insistencia, de ruidos, ligeros ruidos, y del movimiento inusitado de las draperías, a que había aludido anteriormente.

Una noche, a fines de septiembre, propuso a mi atención este angustioso tema con más énfasis aún de lo acostumbrado. Acababa de despertar de un sueño agitado, durante el cual estuve espiando, con sentimiento mezcla de ansiedad y de temor, los efectos que se retrataban en su adelgazado semblante. Sentéme al lado del lecho de ébano, sobre uno de los divanes de la India. Ella se enderezó a medias y habló, en ardiente murmullo, de los sonidos que en aquel mismo instante *oía*, pero que yo no podía escuchar, de los movimientos que ella *veía*, pero que yo no podía percibir. El aire soplaba fuertemente detrás de las draperías y quise demostrarle algo que, dejadme confesarlo, yo mismo no creía por completo: que aquellos suspiros inarticulados y aquellas suaves variaciones de las figuras sobre el muro no eran sino los efectos naturales y ordinarios de las ráfagas de aire. Pero una palidez mortal, extendiéndose sobre su rostro, vino a probarme que eran infructuosos mis esfuerzos para tranquilizarla. Parecía que estaba a punto de desfallecer, y no había criados al alcance de la voz. Recordé el sitio donde se había depositado una ánfora de vino ligero ordenado por los médicos, y me apresuré a atravesar el aposento para procurárselo. Pero, al detenerme debajo de la luz del incensario, dos circunstancias de naturaleza sorprendente atrajeron mi atención. Sentí que algún objeto palpable aunque invisible había pasado ligeramente cerca de mí; y observé sobre la dorada alfombra, en el centro precisamente del resplandor suntuoso del incensario, una sombra, sombra débil, vaga, angelical, algo semejante a lo que podría definirse como la sombra de una sombra. Pero yo estaba aturdido con los efectos de una dosis exagerada de opio y no me preocupé de estas cosas, ni hablé de ellas a Rowena. Habiendo encontrado el vino, crucé de nuevo la habitación, llené una copa y la aproximé a los labios de la desfalleciente señora. Habíase recobrado un tanto, sin embargo, y cogió ella misma el vaso, mientras yo me hundía en un diván cercano con los ojos fijos en su semblante. En este momento oí distintamente un paso ligero sobre la alfombra y cerca del lecho; y un segundo después, en el acto en que Rowena levantaba la copa hasta sus labios, vi (o quizá soñé que veía), vi caer dentro del recipiente, como de algún surtidor invisible en la atmósfera del cuarto, tres o cuatro grandes gotas de un líquido brillante color de rubí. Si yo vi esto, no lo vió Rowena. Bebió el vino sin vacilar, y yo me abstuve de hablarle de este incidente que, bien considerado, debe haber sido únicamente el resultado de una exaltada fantasía, en mórbida actividad por el terror de la dama, por el opio y por la hora.

Pero no pudo escapar a mi propia percepción el hecho de que, inmediatamente después de la absorción de las gotas color de rubí, sufrió un rápido acrecentamiento el malestar de mi mujer; a tal punto que, tres noches más tarde, las manos de sus camareras la preparaban para la tumba; y a la cuarta, me encontré solo con su amortajado cadáver, sentado en aquella cámara fantástica que la recibió como mi esposa. Extravagantes visiones, engendradas por el opio, revoloteaban como sombras a mi alrededor. Mirábalas con ojos inquietos posarse sobre los sarcófagos en los ángulos de la habitación, sobre las cambiantes figuras de la tapicería y entre el serpenteo de los fuegos diversamente coloreados en el incensario que pendía en el centro de la habitación. Mis miradas se dirigieron entonces, recordando los incidentes de una de las noches anteriores, al espacio debajo de los rayos del incensario, donde había percibido el débil reflejo de una sombra. No estaba allí ahora, sin embargo; y, respirando con más libertad, torné mis ojos hacia la rígida y pálida figura que yacía sobre el lecho. Entonces se apoderaron de mi mente millares de remembranzas de Ligeia, y sentí en el alma, con la violencia tumultuosa de una inundación, todo el agudo e intolerable dolor con que la había visto *a ella* así amortajada. La noche transcurría; y en tanto yo continuaba mirando el cuerpo de Rowena con el pecho lleno de amargos pensamientos por la única y supremamente bien amada.

Sería la media noche, o más temprano quizá, o quizá más tarde, porque no me había dado cuenta del tiempo transcurrido, cuando un suspiro suave y apagado, pero muy distinto, me sorprendió en medio de mi ensueño. *Sentí* que venía del lecho de ébano, del lecho mortuorio. Escuché en una agonía de supersticioso terror; mas no hubo repetición del sonido. Esforcé mi visión tratando de descubrir cualquiera moción del cuerpo, pero no se percibía ni la más ligera. Sin embargo, no podía engañarme. *Había oído* el rumor, aunque débil, y mi alma se había despertado dentro de mí. Deliberada y persistentemente conservé mi atención fija sobre el cadáver. Muchos minutos transcurrieron, sin embargo, antes de que se presentara ninguna circunstancia que pudiese arrojar luz sobre el misterio. Hízose al fin evidente que un ligerísimo, muy débil, matiz de colorido subía a las mejillas y a lo largo de las pequeñas venas hundidas de los párpados. Dominado por una especie de horror o pavor inexplicable, para expresar enérgicamente el cual no existen palabras suficientes en el lenguaje humano, sentí que mi corazón cesaba de latir y que mis miembros se volvían rígidos sobre el asiento. Pero el sentimiento del deber contribuyó al fin a devolverme mi presencia de ánimo. No podía dudar por más tiempo de que nos habíamos precipitado en los preparativos, que Lady Rowena vivía todavía. Era necesario procurar una reacción inmediata; pero la torrecilla estaba lejos de la parte de la abadía habitada por los criados, y nadie se encontraba al alcance de la voz. No había forma de llamarlos sin abandonar la habitación por algunos minutos, y no podía aventurarme a proceder así. De consiguiente, luché solo en mis esfuerzos para atraer el espíritu todavía en suspenso. Tras corto tiempo, sin embargo, pudo notarse que se presentaba una recidiva: desapareció el color de las mejillas y párpados dejando una palidez mayor aún que la del mármol; los labios se recogieron y fruncieron nuevamente en la expresión lúgubre de la muerte; una repulsiva y viscosa frialdad extendióse con rapidez en toda la superficie del cuerpo; y sobrevino casi instantáneamente la acostumbrada e inflexible rigidez mortal. Me dejé caer estremeciéndome en el diván del cual me había lanzado tan súbitamente, y me entregué de nuevo a la apasionada vigilia de los recuerdos de Ligeia.

Una hora transcurrió de esta manera cuando (¿sería posible!) oí por segunda vez un vago rumor que partía del lado del lecho. Escuché con horror extremado. El sonido dejóse oír de nuevo: era un suspiro. Me precipité sobre el cuerpo, y vi, vi distintamente un temblor de los labios. Un minuto después abriéronse descubriendo una hilera de perlados dientes. La admiración luchaba ahora en mi pecho con el terror que antes reinaba como soberano. Sentí que mi vista se obscurecía, que la razón se me escapaba; y debido sólo a un violento esfuerzo pude al fin reconquistar el dominio de mis nervios para emprender la tarea que el deber me señalaba. Mostrábase ahora una especie de brillo parcial sobre la frente, las mejillas y la garganta; un calor perceptible se apoderaba del cuerpo; y dejábase sentir así mismo un ligero latido del corazón. La dama *vivía;* y con ardor redoblado me dediqué a la labor de resucitarla. Golpeé y humedecí sus sienes y sus manos, e hice uso de todos los medios que la experiencia y mis frecuentes lecturas sobre medicina pudieron sugerirme. Pero en vano. Súbitamente el color se desvaneció; cesaron las pulsaciones; reasumieron los labios la expresión de la muerte; y un instante después el cuerpo tomó la helada viscosidad, el color lívido, la rigidez intensa, la depresión de las líneas y todas las horrendas peculiaridades del que hubiera sido durante varios días un huésped de la tumba.

Y de nuevo me sumergí en las visiones de Ligeia; y otra vez (¿qué puede maravillar el que tiemble mientras escribo?), *otra vez*llegó a mis oídos un suspiro desde el lecho de ébano. Mas ¿por qué detallar minuciosamente los horrores indecibles de aquella noche? ¿Por qué detenerme a relatar cómo, una y otra vez, casi hasta el amanecer, repitióse este horrendo drama de la vuelta a la vida; cómo cada terrorífica recidiva era aparentemente seguida por una muerte más inflexible e irremediable; cómo cada agonía llevaba, al parecer, el sello de una lucha con algún enemigo invisible; y cómo cada lucha era seguida de un extraño cambio en la apariencia personal del cadáver! Dejadme llegar a la conclusión.

La mayor parte de esta horrible noche había transcurrido en esta forma, y la que había estado muerta revivió una vez más, ahora con mayor fuerza que nunca, aunque se levantaba de disolución más pavorosa que todas las anteriores en su desesperanza al parecer irremediable.

Yo había cesado hacía tiempo de moverme y de luchar y continuaba rígidamente sentado en el diván, presa desamparada de un torbellino de violentas emociones, de las cuales el extremado pavor era quizá la menos terrible, la menos devastadora. El cadáver, repito, conmovióse de nuevo y más vigorosamente que antes. Los matices de la vida brotaron con insólita energía en el semblante; los miembros se suavizaron; y, salvo que los párpados continuaban apretadamente unidos y que los vendajes y draperías funerarias prestaban todavía su sello de ultratumba a la figura, podía soñar que Rowena había escapado positivamente de las garras de la muerte. Pero si aun no hubiese admitido tal idea, era imposible dudarlo más largo tiempo al ver que, levantándose del lecho, vacilante, con débiles pasos, los ojos cerrados, y semejante a una persona en un acceso de somnambulismo, aquella cosa amortajada avanzó intrépida y palpablemente hasta el centro de la habitación.

No temblé; no me moví; porque una multitud de fantasías inenarrables relacionadas con el aire, la estatura, el continente de la figura, se apoderó en tropel de mi cerebro, paralizandome y convirtiéndome en piedra. No me moví; pero contemplé la aparición. Había un desorden insensato en mis pensamientos, un tumulto imposible de aplacar. ¿Podía ser, en verdad, la *viviente* Rowena quien se encontraba frente a mí? ¿Podía *absolutamente*, ser Rowena, la rubia, de ojos azules, Lady Rowena Trevanion, de Tremaine? ¿Por qué, *por qué* lo había de dudar? El vendaje estaba apretadamente colocado cerca de la boca; pero ¿podía aquella no ser la boca de la viva castellana de Tremaine? ¿Y las mejillas? Había rosas como en la plenitud de la vida; sí, en rigor, éstas podían ser las lindas mejillas de la señora de Tremaine vuelta a la vida. ¿Y la barba, con sus hoyuelos, como en plena salud, ¿podía no ser suya? Pero entonces, *¿habíase vuelto más alta después de su enfermedad?* ¡Qué locura tan imposible de expresar se apoderaba de mí con estos pensamientos! ¡Un salto, y me arrojé a sus pies! Estremeciéndose a mi contacto, dejó caer de su cabeza el vendaje funerario que la envolvía, y se deslizaron en la iluminada atmósfera de la cámara, pesadas masas de cabello largo y desordenado. *¡Era más negro que el ala del cuervo a la media noche!* Y entonces, abriéronse suavemente *los ojos* de la figura que se hallaba delante de mí. "¡Aquí, entonces, en verdad!" proferí en un gran clamor. "¿Puedo acaso equivocarme? ¿lo podría jamás? ¡Estos son los redondos, los negros y extraños ojos de mi perdido amor, de Lady, ¡oh! de *Lady Ligeia!*"

LA MÁSCARA DE LA MUERTE ROJA

LA "Muerte Roja" había devastado largo tiempo la comarca. Jamás epidemia alguna habíase mostrado tan horrenda ni fatal. La sangre era su distintivo y su Avatar, el horror bermejo de la sangre. Producía agudos dolores, vértigos repentinos, y luego, abundante hemorragia de los poros, y la descomposición final. Las manchas escarlata en el cuerpo, y especialmente en el rostro de las víctimas, eran el entredicho fatal que las arrojaba lejos de la asistencia y simpatía de sus semejantes. Y el ataque de la peste—su proceso y su terminación—era sólo cuestión de media hora.

Pero el príncipe Próspero era afortunado, intrépido y sagaz. Cuando sus dominios se encontraron despoblados por mitad, convocó a su presencia a un millar de alegres y vigorosos amigos entre los caballeros y damas de su corte, y retiróse con ellos a la reclusión más completa en una de sus almenadas abadías. Era ésta de amplia y magnífica estructura, creación de la propia augusta y excéntrica fantasía del monarca. Circundábanla fuertes y elevadas murallas, provistas de puertas de hierro. Una vez que entraron los cortesanos, se trajeron hornos y pesados martillos y quedaron soldados los cerrojos. Habíase resuelto no dejar medio de ingreso ni salida a los repentinos impulsos de frenesí o desesperación de los que se hallaban dentro. La abadía estaba ampliamente aprovisionada; y con tales precauciones los cortesanos podían desafiar el temor al contagio. El mundo exterior podía cuidar de sí mismo. Al mismo tiempo era locura apesadumbrarse o pensar en ello. El príncipe había previsto todas las formas de placer. Había bufones, trovadores, bailarines de ballet, músicos, vino y belleza. Todo esto y la salvación se hallaban dentro. Fuera quedaba la "Muerte Roja."

Hacia la terminación del quinto o sexto mes de aislamiento, y mientras la peste arrasaba furiosamente afuera, el príncipe Próspero entretenía a sus amigos con un baile de máscaras de inusitada magnificencia.

Era una escena voluptuosa, en verdad, esta mascarada. Pero, ante todo, dejadme describir los salones en que se realizaba. Eran siete cámaras, todo un departamento imperial. En muchos palacios, sin embargo, tales piezas forman una serie larga y recta mientras las puertas de dobleces se abren contra los muros a cada lado, de manera que la vista pueda abarcarlas en toda su extensión. Pero aquí todo era muy distinto, como podía esperarse de la afición del duque por lo bizarro. Las habitaciones estaban tan irregularmente dispuestas que la visual podía abrazar muy poco más de una al mismo tiempo. Presentábase una curva aguda cada veinte o treinta yardas, y a cada curva, el aspecto era completamente diferente. A la derecha y a la izquierda, en el centro de los muros, una estrecha y elevada ventana gótica, daba a un pasillo cerrado que seguía las revueltas del departamento. Estas ventanas eran de vidrios de colores en combinación con el tono dominante de la decoración de la cámara sobre la cual se abrían. La del extremo oeste, por ejemplo, estaba entapizada de azul; y de azul vívido eran los cristales de las ventanas. La segunda pieza estaba decorada y entapizada de púrpura, y aquí los cristales eran color de púrpura. La tercera cámara era verde, e igual color ostentaban las ventanas. La cuarta estaba amueblada y alumbrada en tono anaranjado; la quinta de blanco; la sexta de violado. La séptima habitación estaba severamente revestida de tapicerías de terciopelo negro que cubrían el techo y caían a lo largo de los muros en pesados pliegues sobre una alfombra de igual color e idéntico tejido. Pero, en esta cámara solamente, el color de las ventanas no correspondía al matiz de la decoración. Los cristales eran allí escarlata, de un tono vivo de sangre. Ahora bien; en ninguna de las siete habitaciones había lámpara o candelabro alguno entre la profusión de adornos de oro esparcidos acá y allá o pendientes del techo. No se veía luz de ninguna clase que emanara de arañas o bujías dentro de las cámaras. Pero en los corredores que rodeaban la serie, veíase, delante de cada ventana, un pesado trípode sustentando un brasero de fuego que proyectaba sus rayos a través del coloreado cristal, iluminando alegremente la habitación y produciendo con sus reflejos multitud de graciosas y fantásticas apariciones. Mas hacia el lado del oeste, o sea en la cámara negra, el efecto del fuego que corría sobre las negras colgaduras, penetrando a través de los cristales teñidos de color de sangre, era extraordinariamente lúgubre, y daba tan sombrío aspecto a la figura de los que entraban, que muy pocos de la compañía eran suficientemente intrépidos para traspasar sus umbrales. En esta pieza había también un gigantesco reloj de ébano que se erguía apoyado contra el muro occidental. Su péndulo oscilaba con triste y pausado movimiento; y cuando las manecillas habían recorrido todo el circuito de la esfera y la hora iba a sonar, venía desde las profundidades bronceadas del reloj un sonido alto y claro y extremadamente musical, en verdad, pero de entonación y énfasis tan peculiares que, a cada lapso de una hora, los músicos de la orquesta se veían obligados a detenerse instantáneamente en su ejecución para escuchar el sonido; y los bailarines cesaban en sus evoluciones; todo lo cual provocaba un breve desconcierto en la alegre compañía; pudiendo observarse que mientras los ecos del reloj vibraban todavía, los más jóvenes palidecían, y los de mayor edad y más serenos pasaban su mano por la frente como en medio de algún confuso ensueño o meditación. Mas apenas cesaba la vibración, ligeras carcajadas brotaban por todas partes en la asamblea; los músicos mirábanse unos a otros y sonreían de su propia nerviosidad y locura, comprometiéndose mutuamente en voz queda a que la próxima campanada del reloj no les produciría emoción semejante; y luego, pasado el lapso de los sesenta minutos (que representan tres mil seiscientos segundos del Tiempo que vuela), repetíase el sonido del reloj, y repetíase igual desconcierto, el mismo temblor y meditación de una hora antes.

Pero, a pesar de todo, era aquélla una brillante y magnífica fiesta. La estética del duque era original. Tenía un gusto refinado para la combinación de efectos y colores. Desdeñaba la decoración que sólo se gobierna por la moda. Sus ideas eran atrevidas y desordenadas y sus concepciones ostentaban bárbaro esplendor. Algunos le habrían calificado de loco. Sus admiradores, sin embargo, sabían que no era así; pero se hacía necesario oírle, verle, y palparle para estar *seguros* de que se encontraba en su juicio.

El príncipe había dirigido personalmente, en su mayor parte, la decoración fantástica de las siete cámaras, con motivo de su gran festival; y había decidido según su propia inspiración el carácter de la mascarada. A buen seguro que los disfraces eran extravagantes. Mucho brillo y relumbrón; mucho de agresivo y fantasmagórico; mucho de lo que de entonces acá se ha observado después en*Ernani*. Encontrábanse figuras arabescas con miembros y accesorios extraños. Había fantasías delirantes como las creaciones de un loco. Había mucho de belleza, mucho de ingenio, mucho de bizarría, algo de terrorífico y no poco de lo que podía inspirar aversión. Acá y allá en las siete cámaras discurrían muchos desvaríos, en verdad; desvaríos que serpeaban entrando y saliendo, tomando el colorido de las habitaciones y haciendo pensar que la música descabellada de la orquesta era el eco de sus pasos. A poco, dió la hora el reloj de ébano colocado en el salón de terciopelo. Y entonces todo quedó silencioso y en suspenso, dejándose oír únicamente la voz del reloj. Los desvaríos quedaron rígidos y helados en su inmovilidad. Mas pronto se desvanecieron los ecos de las campanadas, cuya duración había sido apenas de un instante; y una risa ligera, velada a medias, flotó tras ellos mientras se apagaban. Otra vez comienza la música, viven los desvaríos, y más risueños que nunca se deslizan por doquier, apropiándose los tintes de las ventanas coloreadas por los rayos que reflejan las trípodes. Pero ninguna de las máscaras se aventura hasta el séptimo salón hacia el occidente; porque la noche avanza; y una luz más bermeja penetra a través de los rojos cristales; y la negrura de la tétrica drapería causa pavor; y todo aquel que huella la negra alfombra de la cámara escucha resonar las campanadas del reloj de ébano con sordo estruendo y énfasis más solemne que el que perciben los oídos de los que se entregan a la alegría en habitaciones más lejanas. Pero en los demás salones había densa muchedumbre y batía febrilmente el corazón de la vida. Y el regocijo remolineaba sin cesar, hasta que al cabo brotó del reloj el son de media noche. Y entonces se suspendió la música, como he dicho; detuviéronse las evoluciones de los bailarines y reinó como antes una medrosa paralización de la alegría. Esta vez eran doce las campanadas que debía dar el reloj; por esto aconteció quizá que, con mayor tiempo, brotaran más recuerdos en la imaginación de algunos pensativos concurrentes a la fiesta. Y quizá por esto aconteció también que, antes de que el eco de la duodécima campanada hubiérase hundido en el silencio, muchas personas advirtieran la presencia de un enmascarado que no había llamado hasta aquel momento la atención de los circunstantes. Y habiéndose extendido en un cuchicheo el rumor de su aparición, levantóse en toda la sociedad un expresivo zumbido o murmullo de sorpresa y desaprobación, primero, de terror; de horror, y de repulsión finalmente.

Podría suponerse que en una reunión de fantasmas como la que he descrito, ninguna aparición ordinaria tendría el poder de excitar tal sensación. En verdad, la libertad de esta mascarada nocturna parecía extraordinaria; pero el personaje en cuestión mostrábase más herodiano que el propio Herodes; y había traspasado los límites, casi indefinidos, del decoro del príncipe. Existen ciertas cuerdas que no pueden tocarse sin emoción siquiera sea en el corazón de los más empedernidos. Aun respecto de aquellos completamente abandonados, para quienes la vida y la muerte son igualmente burlescas, hay ciertos temas en los cuales no es permitido bromear. Toda la compañía parecía profundamente convencida de que en el porte y disfraz del extranjero no existía ingenio ni oportunidad. La figura era alta y delgada, y estaba envuelta de arriba abajo en atavíos funerarios. La máscara que ocultaba su semblante tenía tal semejanza con el aspecto de un cadáver, que el más minucioso escrutinio habría tenido dificultad en descubrir el fraude. Mas todo esto podía haberse aceptado, ya que no aprobado, por los locos invitados al sarao; pero el enmascarado había ido hasta asumir el tipo de la Muerte Roja. Sus vestiduras estaban manchadas de sangre; y el ancho rostro ostentaba en todas sus facciones las señales del horrible escarlata.

Cuando las miradas del príncipe Próspero cayeron sobre este atroz fantasma, que con lento y solemne movimiento, como para caracterizar mejor su papel, discurría acá y allá entre los concurrentes, vióse le convulso en el primer momento con un fuerte estremecimiento de terror o de repulsión; pero inmediatamente su faz enrojeció a impulsos de la rabia.

—¿Quién se atreve?—preguntó con voz enronquecida a los cortesanos que le rodeaban;—¿quién se atreve a insultarnos con esta grotesca blasfemia? ¡Cogedle y desenmascaradle! ¡Veamos a quién hemos de colgar mañana desde las almenas al levantarse el sol!—

Encontrábase el príncipe Próspero en la cámara azul, hacia el este, cuando profería estas palabras. Su voz repercutió sonora y distintamente en las siete salas, pues el príncipe era hombre osado y vigoroso, y la música había callado a un movimiento de su mano.

Encontrábase en el salón azul con un grupo de pálidos cortesanos a su alrededor. Mientras pronunciaba aquellas palabras, hubo al principio un ligero movimiento del grupo hacia el intruso que se encontraba al alcance en aquel momento; y quien entonces, con firme y deliberado paso, se aproximó al que hablaba. Pero, debido al desconocido pavor que la insensata arrogancia del enmascarado había inspirado a toda la concurrencia, ninguno se atrevió a poner la mano sobre él; de modo que pudo acercarse sin obstáculos hasta una yarda de distancia de la persona del príncipe; y, mientras la vasta asamblea, movida como por un solo impulso, se recogía desde el centro hasta los muros de la habitación, dirigióse el enmascarado libremente, con el mismo paso solemne y mesurado que le distinguió desde el primer momento, del salón azul al púrpura; del púrpura al verde; del verde al anaranjado; de aquí al blanco; y siguió todavía al violado, sin que se hubiera hecho movimiento alguno para detenerle. Entonces el príncipe Próspero, enloquecido por la rabia y la vergüenza de su momentánea cobardía, atravesó precipitadamente las seis cámaras sin que nadie le siguiera, a consecuencia del terror mortal que les había sobrecogido. Llevaba en alto una daga desenvainada, y habíase acercado impetuosamente hasta tres o cuatro pies de la figura que huía, cuando al llegar ésta al extremo de la cámara de terciopelo, volvióse repentinamente e hizo frente a su perseguidor. Oyóse un agudo grito; el puñal resbaló centelleando sobre la negra alfombra en la cual, un instante después, caía postrado de muerte el príncipe Próspero. Entonces algunos de los asistentes a la fiesta, reuniendo el salvaje valor de la desesperación, precipitáronse a la cámara negra, y cogiendo al enmascarado, cuya alta figura continuaba erguida e inmóvil en la sombra del reloj de ébano, sintiéronse poseídos de indecible horror al encontrar que los ornamentos de la tumba y la máscara de cadáver que sacudían con violenta rudeza, no estaban sostenidos por forma tangible alguna.

Y entonces se reconoció la presencia de la Muerte Roja. Había entrado de noche como un ladrón. Y uno a uno se desplomaron en los salones regados de sangre los disipados cortesanos, muriendo todos en la postura desesperada de su caída. Y la vida del reloj de ébano terminó con la del último de la alegre partida. Y el fuego de los trípodes se extinguió. Y la Obscuridad y la Ruina y la Muerte Roja conservaron dominio ilimitado sobre todo el reino.

EL CRIMEN DE LA RUE MORGUE

El canto de las sirenas, o el nombre que asumió Aquiles para ocultarse entre las mujeres, son cuestiones difíciles de dilucidar, en verdad, pero que no se encuentran fuera de toda conjetura.

—Sir Thomas Browne: *Urn-burial.*

LAS facultades mentales llamadas analíticas son poco susceptibles de análisis en sí mismas. Las apreciamos puramente en sus efectos. Sabemos, entre otras cosas, que cuando se poseen en capacidad extraordinaria procuran a su poseedor intensos goces. De igual manera que el hombre vigoroso se precia de su fuerza física deleitándose en ejercicios que pongan sus músculos en acción, el analizador se gloria en la actividad mental que *desembrolla.* Deriva placer aun de la circunstancia más trivial que ponga en juego sus talentos. Es aficionado a enigmas, acertijos y jeroglíficos, manifestando en las soluciones un grado tal de *sutileza* que parece inexplicable a la ordinaria sagacidad. El resultado, obtenido únicamente por el espíritu y esencia del método, afecta en verdad cierto aire de adivinación. La facultad de resolver se fortalece mucho, verosímilmente, con el estudio de las matemáticas, especialmente en sus ramos superiores, los que con marcada injusticia y solamente a causa de sus operaciones retrógradas se han denominado analíticos como calificativo de excelencia. Sin embargo, el cálculo no es el análisis propiamente dicho. Un jugador de ajedrez, por ejemplo, ejercita el uno sin hacer uso del otro. De lo que se desprende que el juego de ajedrez se desconoce en gran manera en sus efectos mentales. No escribo ahora un tratado sobre la materia, sino unas cuantas observaciones sin propósito definido, simplemente para que sirvan de prólogo a una narración original; mas aprovecharé de paso la ocasión de asegurar que las principales facultades reflexivas de la inteligencia se ejercen más eficaz y decididamente en el discreto juego de damas que en la frivolidad laboriosa del ajedrez. En este último, en que las piezas tienen bizarros y diversos movimientos con valor diferente y variable, lo que es solamente complejo se confunde con lo profundo, error bastante común en realidad. La atención se excita poderosamente en este juego. Si se distrae por un momento, se comete en el acto algún descuido que se traduce en perjuicio o en derrota. Siendo los movimientos permitidos no sólo múltiples sino envolventes, la posibilidad de los descuidos se multiplica; y en nueve casos sobre diez vence aquel que tiene mayor facultad de concentración, a despecho quizá de mayor sutileza en su adversario. En el juego de damas, por el contrario, en que el movimiento es único y tiene pequeña variación, las probabilidades de inadvertencia disminuyen y, conservando la atención casi libre, se obtienen las ventajas con relación a la mayor penetración. Para ser menos abstracto: supongamos un juego de damas en que las piezas se hayan reducido a cuatro reinas y donde verdaderamente no pueda esperarse ninguna inadvertencia. Es obvio que siendo los jugadores de igual fuerza sólo podrá obtenerse la victoria por algún movimiento *recherché*, resultado de algún esfuerzo intelectual. Privado de los recursos ordinarios, el analizador se arroja sobre el espíritu de su adversario, se identifica con él, y frecuentemente descubre así de una ojeada el único recurso, sencillo a veces hasta el absurdo, por medio del cual puede inducirle en error o precipitarle por falta de cálculo.

El *whist* ha sido famoso largo tiempo por su influencia sobre lo que llamamos facultad calculadora; y muchos hombres de mentalidad superior se han deleitado en este juego mientras esquivaban la frivolidad del ajedrez. Sin duda alguna ningún otro juego ejercita tanto como el whist la facultad del análisis. El mejor jugador de ajedrez en todo el mundo no puede aspirar a ser sino el mejor jugador de ajedrez; mientras que la habilidad en el whist significa capacidad para el éxito en todas las empresas importantes en que el talento compite con el talento. Cuando hablo de habilidad me refiero a aquella perfección que incluye el conocimiento de todas las fuentes de donde puede derivarse cualquier legítima ventaja. No sólo son éstas múltiples sino multiformes, y a menudo residen en repliegues del pensamiento inaccesibles por completo a la ordinaria comprensión. Observar atentamente es recordar con claridad; y a este respecto el reconcentrado jugador de ajedrez puede desempeñarse muy bien en el whist, pues que las reglas de Hoyle, basadas en el simple mecanismo del juego, son general y suficientemente comprensibles. De manera que tener retentiva y proceder "según el libro," son las cualidades estimadas comúnmente como la suma total de requisitos que distingue a un buen jugador. Pero en materia que traspasa los límites de las reglas ordinarias es donde se comprueba la sutileza del analizador. Silenciosamente reúne su capital de observaciones y deducciones. Quizá hacen lo mismo sus compañeros; y la diferencia en los resultados obtenidos reside en la calidad de la observación más bien que en la fuerza de las inducciones. Es indispensable el conocimiento de aquella que se debe observar. Nuestro jugador no se encierra en sí mismo; ni porque su objetivo sea el juego desdeña las inducciones que se desprenden de los detalles exteriores. Examina el aspecto de su compañero, comparándolo cuidadosamente con el de cada uno de sus adversarios. Observa el modo de arreglar las cartas en cada juego; descubriendo a menudo triunfo por triunfo y figura por figura por las miradas que dirigen los jugadores a cada una de las cartas. Percibe todos los cambios de fisonomía según el juego adelanta, formándose un capital de ideas con las diferentes expresiones de sorpresa, de triunfo y de pesar que manifiestan los jugadores. Por la manera de recoger las cartas en una baza deduce si la persona que la levanta puede hacer otra en el mismo palo. Reconoce la jugada fingida por el aire con que se arrojan las cartas sobre la mesa. Una palabra casual o inadvertida; la caída o voltereta accidental de una carta, con la ansiedad consiguiente o la negligencia para ocultarla; el recuento de las bazas con el orden de arreglo; el embarazo, vacilación, angustia o trepidación, todo ofrece a su percepción aparentemente intuitiva indicaciones sobre el verdadero estado del asunto. Después de haberse jugado las dos o tres primeras vueltas, encuéntrase en plena posesión del contenido de las cartas de cada jugador y desde aquel momento juega las suyas con absoluta precisión, como si el resto de la partida jugara a cartas vueltas.

La facultad analítica no debe confundirse con la simple ingeniosidad; porque si bien el analizador es ingenioso necesariamente, el hombre ingenioso es a menudo incapaz de analizar. La facultad de encadenar y combinar, por medio de la cual se manifiesta generalmente la ingeniosidad, y a la que han señalado los frenólogos, erróneamente a mi entender, un órgano separado juzgándola cualidad primitiva, hase encontrado con tanta frecuencia en aquellos cuyo cerebro está casi en los confines del idiotismo, que ha atraído la atención de los psicólogos en general. Entre la ingeniosidad y la habilidad analítica existe mucho mayor diferencia, en verdad, que entre la fantasía y la imaginación, aun cuando tienen caracteres de estricta analogía. Se advertirá, en efecto, que el ingenioso es siempre fantástico, en tanto que el *verdadero* imaginativo nunca procede sino por análisis.

La narración que sigue representará para el lector un ligero comentario de la proposición que acabo de sentar.

Durante mi residencia en París, en la primavera y parte del verano de 18—, conocí a Monsieur Auguste Dupín. Este caballero era de excelente, más aún, de ilustre familia; pero, debido a una sucesión de acontecimientos adversos, había llegado a tal extremo de pobreza que sucumbió la energía de su carácter y cesó de frecuentar la sociedad y de preocuparse por restaurar su fortuna. Por cortesía de sus acreedores conservaba todavía en su poder una pequeña porción de su patrimonio, con cuya renta arreglábase para procurarse lo indispensable con ayuda de la más estricta economía, prescindiendo por completo de todas las superfluidades. Los libros eran su único lujo, y en París se pueden conseguir a poco costo.

Nos encontramos por primera vez en una obscura librería de la rue Montmartre, donde la circunstancia de buscar ambos el mismo raro y valioso ejemplar nos hizo entrar en comunión más estrecha. Nos buscamos luego una y otra vez. Yo estaba profundamente interesado en la pequeña historia de familia que él me había relatado con aquel candor con que los franceses acostumbran entregarse, siempre que el tema tenga relación con su persona. Estaba atónito por la amplitud de sus conocimientos y, sobre todo, sentía mi alma inflamarse al contacto del ardiente fervor y la vívida frescura de su imaginación. Habiendo fijado mi residencia en París con cierto objeto determinado, comprendí que la sociedad de este hombre representaba para mí tesoros inapreciables, y así se lo dije francamente. Arreglamos al cabo que viviríamos juntos durante mi permanencia en aquella ciudad; y como mis condiciones monetarias eran algo más desahogadas que las suyas, me permitió tomar a mi cargo los gastos de alquilar y amueblar, en estilo que convenía a la melancolía fantástica de nuestro temperamento, una deteriorada y extravagante mansión situada en una parte lejana y desolada del Faubourg Saint-Germáin, la cual se encontraba deshabitaba hacía largo tiempo a causa de supersticiones que no nos cuidamos de inquirir, y vacilante hasta el punto de amenazar su ruina total.

Si nuestra manera de vivir en aquel sitio hubiera sido conocida en la sociedad, nos habrían juzgado locos, siquiera calificaran de inofensiva nuestra locura. Nuestro aislamiento era completo. No recibíamos visitantes. A decir verdad, había yo guardado cuidadosamente el secreto de mi retiro a mis antiguos compañeros; y en cuanto a Dupín, hacía muchos años que había dejado de conocer a nadie o ser conocido en París. Existíamos solamente dentro de nosotros mismos.

Una de las extravagancias de la fantasía de mi amigo (¿pues qué otro nombre podría darle?) era ser un enamorado ferviente de la Noche; y pronto caí en esta originalidad, como en todas las demás que le distinguían, entregándome con perfecto abandono a sus fantásticos caprichos. La negra diosa no podía acompañarnos de continuo; pero nosotros simulábamos su presencia. A las primeras luces de la mañana bajábamos las grandes persianas de nuestra vieja morada; encendíamos un par de cirios fuertemente perfumados que arrojaban solamente rayos muy débiles y fantásticos; y a su lumbre sumergíamos nuestras almas en el ensueño, leyendo, escribiendo o conversando hasta que el reloj nos anunciaba el advenimiento de la nueva Obscuridad. Entonces salíamos a la calle cogidos del brazo, continuando las conversaciones del día, vagando muy lejos hasta una hora avanzada, y tratando de encontrar entre las ardientes luces y las sombras de la populosa ciudad aquel refinamiento de excitación mental que la observación tranquila jamás puede procurar.

En tales ocasiones no podía dejar de percibir y admirar (aun cuando era lógico esperarlo de su poderosa imaginación) una habilidad analítica peculiar en Dupín. Parecía en verdad deleitarse en ejercitarla, si no precisamente en desplegarla; y no vacilaba en confesar el placer que aquello le proporcionaba. Jactábase ante mí, con risa baja y concentrada, de que muchos hombres tenían para él ventanas en el pecho; haciendo seguir a esta aserción pruebas directas y sorprendentes de su conocimiento perfecto de mis propias impresiones. Su manera de ser en tales momentos era rígida y absorta; sus ojos adquirían vaga expresión; en tanto que su voz, de registro poderoso de tenor, elevábase a un tiple que hubiera vibrado ásperamente si no fuera por su enunciación clara y perfectamente deliberada. Observando sus modales en estas ocasiones, varias veces me puse a meditar en la antigua filosofía de la doble personalidad, y me divertía imaginar un doble Dupín: el creador y el resolvente.

No supongáis, por lo que acabo de decir, que pienso descubrir un misterio o escribir algún romance. Lo que he manifestado con respecto al francés era simplemente el fruto de una imaginación exaltada y quizá mórbida. Pero un ejemplo dará mejor idea de la índole de sus observaciones en los momentos a que me refiero.

Vagábamos una noche por una calle larga y sucia en las cercanías del Palais Royal. Ocupados ambos aparentemente en nuestros propios pensamientos, hacía quince minutos por lo menos que no pronunciábamos una palabra. De repente saltó Dupín con esta frase:

—Es un mozo de pequeña estatura, es verdad, y estaría mejor en el Théâtre des Variétés.

—No hay duda,—repliqué inconscientemente, sin observar de pronto, tan absorto me encontraba en mis reflexiones, la forma extraordinaria en que Dupín coincidía con mis meditaciones. Un instante después me di cuenta de ello con profundo estupor.

—Dupín,—dije con gravedad,—esto sobrepasa mi comprensión. No vacilo en decir que estoy estupefacto y apenas puedo dar crédito a mis sentidos. ¿Cómo es posible que supierais que estaba pensando en...?—Y me detuve, para asegurarme por completo de que él sabía a quién me refería.

——...en Chantilly,—concluyó.—¿Por qué os detenéis? Estabais diciéndoos a vos mismo que su pequeña figura no es a propósito para la tragedia.—

Éste había sido precisamente el tema de mis reflexiones. Chantilly era un antiguo remendón de la rue Saint-Denis que, loco por la escena, lanzóse a representar el *rôle* de Jerjes en la tragedia de Crébillon del mismo nombre, y había sido puesto en la picota del pasquín por su atentado.

—Decidme, por Dios,—exclamé,—el método, si alguno puede haber, por medio del cual habéis podido sondear mi alma en esta circunstancia.—

A la verdad, estaba yo más impresionado de lo que quería expresar.

—El frutero fué,—replicó mi amigo,—quien os trajo a la conclusión de que el zapatero remendón no era de altura suficiente para Jerjes *et id genus omne.*

—¡El frutero? ¡Me asombráis! No conozco ningún frutero.

—El hombre que tropezó con vos cuando entrábamos a esta calle, hará tal vez quince minutos.—

Recordé entonces que, en efecto, un frutero que llevaba en la cabeza un cesto de manzanas casi me arroja a tierra por casualidad cuando pasamos de la rue C—— a la gran avenida en que entonces nos hallábamos; pero no podía imaginar lo que esto tenía que ver con Chantilly.

No había un átomo de charlatanería en Dupín.

—Os lo explicaré,—dijo,—y entonces comprenderéis todo con claridad. Trazaremos el curso de vuestras meditaciones desde el momento en que hablé hasta el encuentro con el frutero en cuestión. Los eslabones de la cadena corren así: Chantilly, Orión, el doctor Nichols, Epicuro, estereotomía, las piedras de la calle, el frutero.—

Hay pocas personas que no se hayan entretenido alguna vez en seguir los temas a través de los cuales su mente ha llegado a originales conclusiones. Esta ocupación resulta a menudo muy interesante; y aquél que por primera vez la ensaya se sorprende por la distancia, aparentemente ilimitada e incoherente, entre el punto de partida y la meta. ¡Cuál sería pues mi sorpresa al oír hablar al francés de esta manera y no poder menos de reconocer que decía la verdad! Él continuó:

—Hablábamos de caballos, si mal no recuerdo, en el momento de abandonar la rue C——. Éste fué el último tema de discusión. Al cruzar la calle, un frutero, con un gran cesto de manzanas en la cabeza, pasó rápidamente rozándonos y echando a rodar un montón de piedras de pavimentación reunidas en un sitio donde estaban reparando la calzada. Os detuvisteis sobre uno de los fragmentos, resbalasteis y os heristeis ligeramente el tobillo; aparecisteis después algo vejado, murmurasteis algunas palabras, volvisteis a mirar a la pila de piedras y luego quedasteis silencioso. Yo no puse atención particular en lo que hacíais; pero la observación vino después como una especie de necesidad.

Permanecisteis con los ojos fijos en tierra, mirando con expresión petulante los huecos y grietas del pavimento, de manera que pude deducir que pensabais en piedras hasta que llegamos a la pequeña callejuela llamada Lamartine, pavimentada por vía de ensayo con zoquetes sobrepuestos y remachados. Allí vuestro aspecto se animó, y, al advertir el movimiento de vuestros labios, no pude dudar de que pronunciabais la palabra "estereotomía," término aplicado con mucha afectación a esta clase de pavimento. Sabía yo que no podríais pensar en estereotomía sin recordar la atomía y, de consiguiente, la doctrina de Epicuro; y entonces, rememorando que no ha mucho discutíamos sobre este tema, y mencionaba yo la manera tan extraordinaria como poco notada en que van confirmándose las vagas conjeturas de este noble griego acerca de la reciente cosmogonía de las nebulosas, comprendí que no podríais evitaros de lanzar una mirada a la gran nebulosa de Orión, y ciertamente esperaba que así lo haríais. Mirasteis al cielo; y entonces estuve seguro de que había seguido correctamente vuestros pensamientos. Pero en la acerba diatriba que apareció en el Musée de ayer contra Chantilly, hacía el crítico algunas alusiones bochornosas sobre el cambio de nombre del zapatero remendón al calzarse el coturno, y citaba una línea latina que hemos comentado juntos a menudo y que dice:

Predidit antiquum litera prima sonum.

Os había dicho alguna vez que se refería a Orión, que antiguamente se escribía Urión; y por cierta mordacidad relacionada con esta explicación, estaba seguro de que no la habríais olvidado. Era claro, por consiguiente, que habíais de combinar las dos ideas de Orión y de Chantilly. Pude observar que las combinabais por la clase de sonrisa que apareció en vuestros labios. Pensabais en la inmolación del pobre remendón. Hasta aquel momento habíais conservado vuestra habitual manera de andar; pero os vi entonces erguiros en toda vuestra altura, y no pude menos que experimentar la certidumbre de que recordabais la diminuta figura de Chantilly. En este momento interrumpí vuestras meditaciones para observar que, en efecto, es un mozo muy pequeño Chantilly y que estaría mejor en el Théâtre des Variétés.—

Poco tiempo después de esta conversación, leíamos juntos cierta edición de la *Gazette des Tribunaux*, cuando atrajo nuestra atención el artículo siguiente:

CRIMEN EXTRAORDINARIO

Esta madrugada, a las tres más o menos, los habitantes del Quartier Saint-Roch despertaron de su sueño por una serie de alaridos terroríficos que partían, al parecer, de una casa de la rue Morgue que se sabía ocupada únicamente por Madame L'Espanaye y su hija, Mademoiselle Camille L'Espanaye. Después de algún retardo ocasionado por tentativas infructuosas para penetrar en la casa por los medios ordinarios, se logró forzar la puerta de entrada con una palanca de hierro, y ocho o diez de los vecinos entraron acompañados por dos gendarmes. A este tiempo los gritos habían cesado; pero mientras la partida se precipitaba por las escaleras del primer piso, pudieron escucharse dos o más voces ásperas en iracunda disputa, las cuales parecían provenir de la parte más elevada de la casa. Cuando el grupo llegó al segundo descanso de la escalera, había cesado el ruido y todo estaba perfectamente tranquilo. La partida se diseminó distribuyéndose por las diversas habitaciones. Al llegar a un vasto aposento en el fondo del cuarto piso, cuya puerta, cerrada por dentro con llave, también hubo de forzarse, presentóse un espectáculo que sobrecogió de espanto y estupor a todos los circunstantes.

El departamento aparecía en el más espantoso desorden, con los muebles destrozados y desparpajados en todas direcciones. Había un solo lecho, del cual se habían arrancado los colchones y los cobertores, que yacían arrojados en medio de la habitación. Sobre una silla veíase una navaja manchada de sangre. En el hogar había dos o tres gruesos mechones grises de cabello humano, manchados asimismo de sangre, y que parecían haber sido arrancados de raíz. En el suelo se encontraron cuatro napoleones, un pendiente de topacio, tres grandes cucharas de plata, tres más pequeñas de *métal d'Alger*, y dos saquillos de cuero que contenían cerca de cuatro mil francos en oro. Los cajones de un *bureau*, que había en una de las esquinas, estaban abiertos y aparentemente habían sido saqueados, aunque quedaban todavía en ellos muchos objetos. Se descubrió una pequeña caja de hierro bajo los cobertores en medio del aposento. Estaba abierta y tenía la llave en la cerradura. No encerraba sino unas cuantas cartas y papeles de poca importancia.

No se encontraba rastro de Mademoiselle L'Espanaye; mas, observándose gran cantidad de hollín en el hogar, hízose una pesquisa en la chimenea y ¡horror! encontróse allí el cuerpo de la hija que había sido lanzada cabeza abajo, haciéndose penetrar a viva fuerza por la estrecha abertura hasta una distancia considerable. El cadáver estaba caliente todavía. Examinándolo, se encontraron varias excoriaciones producidas indudablemente por la violencia con que había sido empujado para desembarazarse de él. Veíanse en el rostro profundos arañazos y en la garganta obscuras marcas y hondas huellas de uñas, como si la joven hubiera sido estrangulada.

Después de minuciosa investigación de todos y cada uno de los departamentos de la casa, sin nuevo resultado, la partida se encaminó a un pequeño patio embaldosado, a la espalda del edificio, donde se encontró el cadáver de la anciana señora con la garganta cortada en forma tan terrible que, al tratar de levantarla, cayó la cabeza completamente separada del tronco. El cuerpo y la cabeza aparecían horriblemente mutilados, al punto que el primero apenas si conservaba figura humana.

Hasta ahora no se descubre, parece, la más ligera huella para esclarecer este horrible misterio.

El siguiente día trajo el periódico estos detalles adicionales:

LA TRAGEDIA DE LA RUE MORGUE

Muchas personas han sido interrogadas con relación a este pavoroso y extraordinario asunto; mas nada se ha traslucido que pueda arrojar alguna luz sobre el misterio. Damos a continuación un extracto de los interrogatorios.

Pauline Dubourg, lavandera, declara que conocía hace tres años a ambas víctimas, habiendo estado todo este tiempo a cargo de su ropa. La anciana señora y su hija parecían estar en buenos términos, muy afectuosas mutuamente. Eran paga excelente. Nada podía decir respecto de su manera de vivir o medios de fortuna. Creía que Madame L. decía la buenaventura para sostenerse. Decíase que tenía dinero ahorrado. Nunca encontró a otras personas en la casa cuando venía a tomar la ropa o a entregarla. Estaba segura de que no tenían criada a domicilio. Parecía no haber muebles en la casa, con excepción de los del cuarto piso.

Pierre Moreau, tabaquero, declara que acostumbraba vender pequeñas cantidades de tabaco a Madame L'Espanaye hacía cerca de cuatro años. Había nacido en la vecindad y vivido siempre en el mismo barrio. La anciana y su hija ocupaban hacía más de seis años la casa en donde se encontraron los cadáveres. Antes estuvo ocupada por un joyero que subarrendaba los cuartos altos a varias personas. La casa era propiedad de Madame L. Habiéndose disgustado por el abuso de posesión de su arrendatario, vino ella misma a habitar la propiedad sin querer alquilar ningún departamento. La anciana era algo pueril. Los testigos habían visto a la joven unas cinco o seis veces durante los seis años. Ambas llevaban una vida muy retirada, y se decía que tenían dinero. Había oído en la vecindad que Madame L. decía la buenaventura; pero no lo creía. Nunca había visto a nadie atravesar la puerta, salvo la anciana y su hija, un mandadero una o dos veces, y un médico unas ocho o diez veces.

Muchas otras personas y vecinos testificaron de igual manera. A nadie se indicaba como visitante de la casa. Ignorábase si existían parientes de Madame L. y de su hija. Las persianas de las ventanas del frente rara vez se alzaban. Las de la parte posterior siempre estaban cerradas, con excepción del gran aposento del fondo en el cuarto piso. La casa era un buen edificio, no muy antiguo.

Isidore Muset, gendarme, declara que fué llamado a la casa a eso de las tres de la mañana, y encontró a la puerta veinte o treinta personas que trataban de entrar. La puerta se forzó al fin con una bayoneta, no con palanca de hierro. Tuvieron poca dificultad para abrirla porque era de dos hojas y no estaba asegurada por arriba ni por abajo. Los alaridos continuaron hasta que se abrió la puerta y luego cesaron repentinamente. Parecían gritos de una o varias personas en extrema angustia; eran fuertes y arrastrados, no rápidos ni cortos. Los testigos se dirigieron arriba. Al llegar al primer descanso de la escalera, oyeron dos voces en disputa acalorada e iracunda: la una, áspera y gruesa; la otra, mucho más chillona, una voz extraña. Pudo distinguir algunas palabras de la primera que era voz de un francés. Positivamente no era voz de mujer. Pudo distinguir las palabras "*sacré*" y "*diable*." La voz chillona pertenecía a un extranjero. No podría asegurar si era voz de hombre o de mujer. No pudo entender lo que decía, pero creía que el idioma era el español. El testigo describió el estado de la habitación y de los cadáveres conforme a nuestros informes de ayer.

Henri Duval, uno de los vecinos, y platero de profesión, declara que fué uno de los que primero penetraron en la casa. Corrobora en general el testimonio de Muset. Tan pronto como se forzó la entrada, cerraron de nuevo la puerta para impedir el paso a la multitud que se aglomeraba a pesar de lo avanzado de la hora. La voz chillona opina el testigo que era de un italiano. Seguramente no era de francés. No podría afirmar que fuera voz de hombre. Podía también ser de mujer. No conocía el italiano. No pudo distinguir las palabras, mas por la entonación estaba convencido de que quien hablaba era un italiano. Conocía a

Madame L. y a su hija. Había hablado con ambas a menudo. Estaba cierto de que la voz chillona no pertenecía a ninguna de las víctimas.

Odenhéimer, restaurador. Este testigo declaró espontáneamente. No sabiendo hablar francés, dió su testimonio por medio de un intérprete. Es natural de Ámsterdam. Pasaba por la casa en el momento de los alaridos. Se prolongaron por varios minutos, quizá diez. Eran largos y agudos, muy angustiosos. Fué uno de los que penetraron en la casa. Corroboró el anterior testimonio en todas sus partes, menos una. Estaba cierto de que la voz chillona era de hombre, un francés. No pudo distinguir las palabras pronunciadas. Eran fuertes y rápidas, desiguales, aparentemente lanzadas entre el temor y la cólera. La voz era desapacible, no tanto chillona como desapacible. No podría llamarse voz chillona. La voz gruesa decía a menudo "*sacré*," "*diable*," y una vez "*mon Dieu!*"

Jules Mignaud, banquero, de la firma Mignaud et Fils, rue de Loraine. Es el mayor de los Mignaud. Madame L'Espanaye tenía algunas propiedades. Había abierto cuenta en su casa de banca en la primavera del año... (ocho años antes). Hacía frecuentes depósitos de pequeñas sumas. No había girado hasta tres días antes de su muerte, que retiró personalmente cuatro mil francos. Esta suma se pagó en oro, y un empleado la trajo hasta la casa.

Adolphe Le Bon, empleado de Mignaud et Fils, declara que el día en cuestión, a eso de las doce, acompañó a su residencia a Madame L'Espanaye llevando los cuatro mil francos en dos talegos. Cuando se abrió la puerta, apareció Mademoiselle L., y le recibió uno de los saquillos mientras la anciana tomaba a su cargo el otro. Entonces él se inclinó y partió. No vió a nadie en la calle en ese momento. Es una calle atravesada, muy solitaria.

William Bird, sastre, declara que era uno de la partida que penetró en la casa. Es inglés. Ha vivido dos años en París. Fué uno de los primeros que subió la escalera. Oyó las voces que disputaban. La voz gruesa era de francés. Pudo distinguir varias palabras, pero no las recuerda todas. Percibió claramente "*sacré*" y "*mon Dieu!*" Hubo en aquel momento un ruido como de lucha entre varias personas, un ruido como de raspar y empujar. La voz chillona era muy fuerte, más fuerte que la gruesa. Seguramente no era voz de ningún inglés. Parecía ser de alemán. Quizá sí era voz de mujer. No entiende el alemán.

Habiéndose llamado por segunda vez a testificar a cuatro de aquellas personas, declararon que la puerta del aposento donde se encontró el cuerpo de Mademoiselle L. estaba cerrada por dentro cuando llegó la partida. Todo estaba perfectamente silencioso; no había lamentos ni ruidos de ninguna clase. Cuando se forzó la puerta, no se vió a nadie. Las ventanas de ambos cuartos, el del fondo y el del frente, estaban cerradas y aseguradas fuertemente por dentro. Una puerta entre las dos habitaciones estaba también cerrada, pero sin llave. La puerta que conducía del aposento del frente al pasadizo estaba cerrada, con la llave por el lado de adentro. Una pieza pequeña en el frente de la casa, en el cuarto piso, al principio del pasadizo, tenía la puerta entreabierta. Esta habitación estaba llena de lechos viejos, cajas y trastos por el estilo. Todo se removió y examinó cuidadosamente. No quedó una pulgada de terreno en la casa que no se escudriñara con la mayor minuciosidad. Las chimeneas se barrieron de arriba abajo con escobas. El edificio constaba de cuatro pisos y el desván. Una puerta corrediza en el techo estaba sólidamente enclavada y no parecía haberse abierto por varios años. El tiempo transcurrido entre el momento en que se oyeron las voces en disputa y el de la ruptura de la puerta del cuarto se fijaba diversamente por los testigos. Unos lo estimaban en tres minutos, mientras otros lo hacían llegar hasta cinco. La puerta se abrió con dificultad.

Alfonso Carcio, enterrador, declara que reside en la rue Morgue. Es español. Fué uno de la compañía que penetró en la casa. No subió las escaleras. Es nervioso y temía las consecuencias de una emoción. Oyó las voces que disputaban. La voz gruesa era de francés. No pudo distinguir lo que decía. La voz chillona pertenecía a un inglés, está seguro de ello. No conoce el inglés, pero juzga por el acento.

Alberto Montani, confitero, declara que se encontró entre los primeros que subieron la escalera. Oyó las voces en cuestión. La voz gruesa era de un francés. Comprendió varias palabras. El que hablaba parecía amonestar. No pudo entender ninguna palabra de la voz chillona. Hablaba de manera rápida y desigual. Cree que es la voz de un ruso. Corrobora el testimonio general. Es italiano. Jamás ha conversado con ningún natural de Rusia.

Varios testigos certificaron en su segunda declaración que las chimeneas de todos los aposentos del cuarto piso eran demasiado estrechas para admitir el paso de un ser humano. Por "escobas" querían significar escobillones cilíndricos como los que usan los deshollinadores. Estos escobillones se habían pasado de arriba abajo en todos los tubos de chimenea de la casa. No hay pasaje en la parte de atrás por donde pudiera haber escapado el asesino mientras la gente subía las escaleras. El cuerpo de Mademoiselle L'Espanaye estaba tan sólidamente embutido en la chimenea que apenas lograron bajarle los esfuerzos combinados de cuatro o cinco personas.

Paul Dumas, médico, declara que fué llamado al amanecer para examinar los cuerpos. Ambos yacían sobre el cañamazo del lecho en el aposento donde fué encontrada Mademoiselle L. El cuerpo de la joven tenía muchas magulladuras y excoriaciones. La circunstancia de haber sido embutido en la chimenea bastaría para explicar estas manifestaciones. La garganta estaba horriblemente lacerada. Aparecían huellas profundas de uñas precisamente debajo de la barba, y una serie de placas lívidas producidas a no dudarlo por la impresión de los dedos. El rostro estaba terriblemente amoratado y los ojos salientes de sus órbitas. La lengua veíase mordida en su mayor parte. Descubrióse una gran contusión en la cavidad del estómago, debida aparentemente a la presión de una rodilla. Según la opinión de M. Dumas, Mademoiselle L'Espanaye había sido estrangulada por una o varias personas desconocidas. El cadáver de la madre aparecía horriblemente mutilado. Los huesos de la pierna y el brazo derecho estaban cual más cual menos destrozados. La tibia izquierda hecha astillas, lo mismo que las costillas del lado izquierdo. Todo el cuerpo estaba espantosamente magullado y amoratado. No era posible explicarse cómo se habían infligido aquellas lesiones. Quizás alguna pesada clava de madera o una barra de hierro, una silla, cualquier arma pesada y obtusa, podría producir tales resultados, manejada por un hombre en extremo vigoroso. Ninguna mujer podía haber causado estas heridas con ninguna clase de arma. La cabeza de la víctima estaba enteramente separada del tronco cuando la vió el testigo, y mostraba asimismo grandes magulladuras. La garganta había sido cortada evidentemente con algún instrumento muy afilado, una navaja con toda probabilidad.

Alexandre Étienne, cirujano, fué llamado a la vez que M. Dumas para examinar los cuerpos. Corrobora el testimonio y la opinión del primero.

Nada nuevo se produjo de importancia, aunque varias otros personas fueron interrogadas. Jamás se había cometido en París asesinato tan misterioso, si de asesinato se trata, en verdad, en este caso. La policía está completamente desorientada, lo cual es muy raro en asuntos de esta naturaleza. No existe, sin embargo, la menor huella.

La edición de la tarde del mismo periódico decía que el quartier Saint-Roch continuaba en gran excitación, que la propiedad había sido cuidadosamente registrada y que se habían llevado a cabo nuevos interrogatorios, pero sin ningún éxito. Una nota de última hora manifestaba, sin embargo, que Adolphe Le Bon quedaba detenido aun cuando nada aparecía en contra suya más allá de los hechos mencionados.

Dupín se mostraba singularmente interesado en el desenvolvimiento de este proceso, a lo que podía yo traslucir por su actitud, porque no hacía comentario alguno. Solamente después de la noticia de la prisión de Le Bon inquirió mi opinión con respecto de los asesinatos.

Sólo pude convenir con todo París en considerarlos un misterio insoluble. No veía medio por el cual pudiera descubrirse al asesino.

—No debemos juzgar de los medios por este interrogatorio superficial,—dijo Dupín.—La policía de París, tan renombrada por su perspicacia, es astuta, pero nada más. No hay método en sus procedimientos, salvo el método del primer momento. Hace gala de grandes disposiciones; pero con mucha frecuencia se adaptan tan mal al objeto, que nos hace recordar a Monsieur Jordain pidiendo su*robe-de-chambre, pour mieux entendre la musique*. Los resultados obtenidos son admirables a menudo, pero se deben en su mayor parte a simple diligencia y actividad. Cuando estas cualidades no tienen aplicación, sus planes fracasan seguramente. Vidocq, por ejemplo, tenía buen golpe de vista y era perseverante. Pero, careciendo de la educación del raciocinio, erraba continuamente por la misma intensidad de sus investigaciones. Disminuía su poder visual por colocar el objeto demasiado cerca de sus ojos. Podía discernir quizá uno o dos puntos con extraordinaria claridad, pero al dedicarse a ellos especialmente, perdía de vista el tema en conjunto. Así sucede con las cosas demasiado profundas. Y la verdad no se halla siempre en el pozo. En efecto, por cuanto de la experiencia se desprende, creo, por el contrario, que se encuentra invariablemente en la superficie. La profundidad reside en los valles donde nosotros la suponemos, y no en la cima de las montañas donde la verdad se encuentra. La forma y el origen de errores de esta clase se concibe perfectamente comparándola a la contemplación de los cuerpos celestes. Mirar una estrella con rápida ojeada, examinarla en sentido lateral volviendo en aquella dirección la porción exterior de la retina más susceptible que la parte interior a las impresiones débiles de luz, es contemplar la estrella distintamente, apreciar mejor su brillo, brillo que se opaca justamente en proporción cuando dirigimos de lleno las miradas sobre el astro. Mayor número de rayos hiere la vista en este caso; pero en el primero hay capacidad más refinada de comprensión. Por causa de profundidad innecesaria debilitamos y ponemos en perplejidad nuestra mente; siendo posible, a la verdad, que la misma Venus llegue a desvanecerse en el firmamento como resultado de un escrutinio demasiado sostenido, demasiado concentrado o demasiado directo.

Tratándose de estos asesinatos, interroguémonos nosotros mismos antes de formarnos ninguna opinión. Una investigación del asunto nos servirá de distracción—(yo pensé que esta expresión, aplicada así, resultaba muy curiosa),—y además Le Bon me hizo un servicio en cierta ocasión por el cual le estoy agradecido. Iremos a ver la casa con nuestros propios ojos. Conozco a G——, el prefecto de policía, y no tendremos dificultad para obtener el permiso—.

Obtenida la autorización, nos encaminamos inmediatamente a la rue Morgue. Es una de las callejuelas miserables que se encuentran entre la rue Richelieu y la rue Saint-Roch. Era tarde cuando llegamos, pues este barrio está situado a gran distancia del que nosotros habitábamos. Encontramos la casa con facilidad, porque todavía contemplaban muchas personas con inútil curiosidad las cerradas persianas desde el lado opuesto de la calle. Era una de aquellas ordinarias casas parisienses, con su vestíbulo, en uno de cuyos costados veíase la garita de cristales con tablero corredizo en la ventanilla indicando la *loge du concierge*. Antes de entrar seguimos la calle hacia arriba, dimos vuelta a una callejuela, y luego de regreso pasamos por la espalda del edificio. Dupín examinaba entretanto los alrededores a la par que la casa con atención minuciosa, a la cual no encontraba yo el objeto.

Volviendo sobre nuestros pasos, nos encontramos al frente del edificio; llamamos y, después de mostrar nuestras credenciales, fuimos admitidos por los agentes de guardia. Subimos al aposento donde se había encontrado el cuerpo de Mademoiselle L'Espanaye, y donde todavía yacían las víctimas. Como de costumbre, habíase dejado subsistir el desorden de la habitación. No vi nada más allá de lo que indicaba la *Gazette des Tribunaux*. Dupín lo escudriñaba todo, sin exceptuar los cuerpos de las víctimas. Pasamos en seguida a las otras piezas y al patio, acompañados de un gendarme por todas partes. Esta pesquisa nos ocupó hasta el obscurecer, hora en que nos retiramos. De regreso a nuestro domicilio, mi compañero se detuvo un momento en las oficinas de uno de los diarios.

He dicho que mi amigo tenía múltiples genialidades, y que *je les ménageais*—esta frase no tiene equivalente en inglés. Por ahora su capricho consistía en declinar todo tema de conversación sobre el asesino hasta las doce del día siguiente. De súbito me preguntó si había observado algo peculiar en el sitio de aquellas atrocidades.

Su manera de recalcar la palabra "peculiar" me hizo estremecer sin saber por qué.

—No; nada *peculiar*,—respondí;—nada más, por lo menos, de lo que ambos leímos en el periódico.

—La *Gazette*,—replicó,—no ha penetrado, me figuro, todo el horror de la cosa. Mas descartad la vana opinión del periódico. Me parece que se considera insoluble este misterio por la misma razón que debía hacer que se le juzgue de fácil solución. Me refiero al carácter *outré* que le distingue. La policía está confundida por la aparente ausencia de motivo; no por el asesinato en sí mismo, sino por la atrocidad de este asesinato. Están confundidos también por la aparente imposibilidad de conciliar las voces oídas en la discusión con el hecho de que a nadie encontraron arriba sino el cadáver de Mademoiselle L'Espanaye, y que no hubiera forma de salida sin que pudiera notarlo la gente que subía. El desorden salvaje de la habitación: el cadáver embutido cabeza abajo en la chimenea; la espantosa mutilación del cuerpo de la anciana; todas estas consideraciones ya mencionadas, y otras que no necesito mencionar, han sido suficientes para paralizar la potencia policiaca, para desorientar completamente la famosa *penetración* de los agentes del gobierno. Han caído en el grosero y común error de confundir lo inusitado con lo abstruso. Mas, por esta misma desviación del plano ordinario, la razón descubre un camino, si le hay, en su persecución de la verdad. En investigaciones de naturaleza tal como las que ahora perseguimos, no debe uno preguntarse ¿qué ha pasado? sino ¿qué ha pasado que antes no había sucedido? En efecto, la facilidad con que llegaré, o he llegado ya, mejor dicho, a la solución del misterio, está en razón directa de su insolubilidad a los ojos de la policía.—

Miré de hito en hito a mi amigo, con mudo estupor.

—Estoy aguardando,—continuó, lanzando una ojeada a la puerta de nuestro departamento,—estoy aguardando a una persona que debe haber estado complicada en la perpetración de esta carnicería aun cuando no haya sido precisamente el asesino. Es inocente, según toda probabilidad, de la parte más grave de los crímenes cometidos. Confío en que mis deducciones sean exactas; porque allí he fundado la esperanza de conocer el enigma por completo. Espero a mi hombre aquí, en este cuarto, en cualquier momento. Es posible que no venga; pero todas las probabilidades están a favor de su venida. Si llega, será preciso detenerle. He aquí pistolas; ambos sabremos manejarlas si la ocasión lo demanda.—

Cogí las pistolas sin saber casi lo que hacía, y sin dar crédito a mis oídos, mientras Dupín proseguía como en un soliloquio. He hablado de su manera abstraída en tales ocasiones. Su discurso se dirigía a mí; pero su voz, aun cuando no era alta, tenía la entonación empleada generalmente cuando se habla con alguna persona a gran distancia. Sus ojos, de expresión vaga, fijábanse únicamente en el muro.

—Aquello de que las voces que disputaban,—decía,—oídas por la gente que subía las escaleras, no eran voces de mujer, está ampliamente comprobado por la evidencia. Esto descarta la duda de que la vieja señora hubiera asesinado primero a su hija para suicidarse después. Hablo de esto solamente para proceder con método; porque la fuerza de Madame L'Espanaye jamás habría podido llevar a cabo la tarea de encajar el cuerpo de su hija en la chimenea, como fué encontrado; y la naturaleza de las heridas en su propio cuerpo excluye toda idea de atentado contra sí misma. Luego, ha sido cometido el asesinato por tercera persona; y la voz de aquella o aquellas personas, es la que se oía en la discusión. Permitidme ahora hacer notar, no precisamente las declaraciones respecto de aquellas voces, sino lo que había de *peculiar* en aquellas declaraciones. ¿Observasteis en ello algo de peculiar?—

Insinué que, en tanto que todos los testigos estaban acordes en calificar la voz gruesa como perteneciente a un francés, había gran diferencia de opiniones acerca de la voz chillona o desapacible, como la definió uno de los testigos.

—Esto es la evidencia en sí misma,—dijo Dupín,—pero no es aún la peculiaridad de la misma evidencia. No habéis observado nada de particular. Y, sin embargo, había *algo* digno de ser observado. Los testigos, como habéis notado, estaban de acuerdo acerca de la voz gruesa: su testimonio ha sido unánime. Pero con respecto a la voz chillona, la peculiaridad consiste, no en que estuvieran en desacuerdo, sino en que cuando trataron de describirla un italiano, un inglés, un español, un holandés y un francés, cada uno de ellos la juzgó perteneciente a un extranjero. Todos estaban seguros de que no era la voz de un compatriota. Todos la comparan a la voz de un individuo que se expresara en idioma desconocido. El francés supone que es un español y "hasta podría haber distinguido algunas palabras *si supiera español*." El holandés asegura que era la voz de un francés; pero encontramos que, "*no sabiendo francés el testigo fué interrogado por medio de intérprete*." El inglés opina que "era voz de alemán," y no *conoce el alemán*. El español "está seguro" de que era un inglés, pero "juzga por el acento" también, "*pues no sabe inglés*." El italiano cree que es la voz de un ruso, pero "*jamás ha hablado con ningún ruso*." Más aún; otro francés difiere de opinión con el primero y está seguro de que la voz era de italiano, pero, "*no conociendo este idioma*, deduce por el acento, lo mismo que el español." Ahora bien; ¿qué voz tan singularmente extraña es ésta, que provoca declaraciones tan contradictorias? ¿En qué acentos se expresaba, para que naturales de las cinco principales divisiones de Europa no pudieran percibir nada familiar a sus oídos? Diréis que podía ser la voz de un asiático o de un africano. Ni africanos ni asiáticos abundan en París; mas, sin negar esta posibilidad, llamaré solamente vuestra atención a tres puntos. Uno califica la voz de desapacible más bien que chillona. Otros dos la definen como "rápida y desigual." Ninguna palabra, ningún sonido semejando palabras ha podido discernirse ni ha sido mencionado por los testigos.

—Yo no sé,—continuó Dupín,—qué clase de impresión he logrado llevar a vuestra mente; pero no vacilo en decir que las deducciones legítimas de esta parte tan sólo del testimonio, con referencia a la voz gruesa y a la voz chillona, bastan por sí mismas para engendrar la sospecha que debe encaminar el proceso de la investigación del misterio. Digo "deducciones legítimas," pero mi idea no queda así del todo definida. Intento expresar con ello que estas deducciones son las *únicas* razonables, y que la sospecha se levanta inevitablemente como simple resultado. No manifestaré aún esta sospecha. Sólo deseo que comprendáis que en mi mente ha tenido fuerza suficiente para dar forma definida, cierto giro particular, a mis investigaciones en el aposento.

Transportémonos ahora con la imaginación a dicho aposento. ¿Qué debemos buscar ante todo allí? El medio de salida empleado por los asesinos. No es mucho aventurar si aseguramos que ninguno de nosotros cree en acontecimientos sobrenaturales. Madame y Mademoiselle L'Espanaye no habían sido asesinadas por espíritus. Los malhechores eran de carne y hueso, y escaparon como seres de carne y hueso. ¿Cómo, entonces? Afortunadamente sólo hay un modo de dilucidar el punto, y este modo *tiene* que llevarnos a conclusiones definidas. Examinemos, uno por uno, los medios posibles de salida. Es evidente que los asesinos estaban en el aposento en que se encontró a Mademoiselle L'Espanaye, o al menos en el cuarto contiguo, cuando el grupo de gente subía las escaleras. Entonces, sólo tenemos que buscar las salidas de ambas habitaciones. La policía ha sondeado los pisos, los techos y la obra de albañilería de los muros en todas direcciones. No era posible que escapase a su vigilancia ninguna salida oculta. Pero no confiando en sus ojos, examiné con los míos propios. No existían salidas secretas. Las dos puertas que daban acceso a los cuartos por el pasadizo estaban cerradas con llave y tenían la llave por dentro. Volvamos a las chimeneas. Éstas, aunque de anchura ordinaria en los primeros ocho o diez pies sobre el hogar, no admitirían hasta la salida ni siquiera el paso de un gato grande. Siendo absoluta la imposibilidad de salida por los medios indicados, quedamos reducidos a las ventanas. Por las del cuarto del frente, nadie podría haber escapado sin ser visto de la multitud estacionada en la calle. Los asesinos tienen entonces que haber pasado por las ventanas de la pieza interior. Llegados a esta conclusión de manera inequívoca, no nos conviene como razonadores descuidar una serie de imposibilidades aparentes. Debemos probar únicamente que estas aparentes "imposibilidades" en realidad no son tales.

Hay dos ventanas en la habitación. Una de ellas está completamente libre de muebles y del todo visible. La parte inferior de la otra queda oculta por la cabecera de la pesada cuja colocada exactamente en aquella dirección. La primera ventana se encontró firmemente asegurada por dentro. Resistió todo el empuje de los que trataron de levantarla. Habíase abierto con barreno un gran hueco a la izquierda del marco, y un grueso clavo estaba profundamente incrustado allí casi hasta la cabeza. Examinando la otra ventana, se encontró incrustado un clavo semejante; y fracasó del mismo modo una vigorosa tentativa para levantar el bastidor. La policía quedó completamente satisfecha de que la escapatoria no había tenido lugar por aquel lado. Y, en consecuencia, se juzgó inútil retirar los clavos y abrir las ventanas.

Mi pesquisa particular fué más minuciosa por la razón a que antes he aludido; porque yo sabía que aquél era el punto en que debía probarse que la imposibilidad aparente no existía en realidad. Comencé a deducirlo así a *posteriori*. Los asesinos habían escapado indudablemente por una de aquellas ventanas. Siendo así, no era posible que aseguraran por dentro los bastidores en la forma en que se encontraron: consideración que, en razón de ser tan obvia, detuvo las pesquisas de la policía en este terreno. Y sin embargo, los bastidores estaban asegurados. De consiguiente, debían tener la facultad de cerrarse por *sí mismos*. No había forma de evadir esta conclusión. Me dirigí a la ventana libre, extraje el clavo con cierta dificultad, y procuré levantar el bastidor. Resistió todos mis esfuerzos como yo me lo esperaba. Debía existir un resorte oculto, estaba seguro ahora; y esta comprobación de mis deducciones me convenció de que mi raciocinio era correcto, aun cuando todavía existieran circunstancias misteriosas con relación a los clavos. Una pesquisa minuciosa hízome descubrir el resorte oculto. Oprimílo, y satisfecho con mi descubrimiento, me abstuve de levantar el bastidor.

Coloqué nuevamente el clavo en su sitio y me dediqué a observarlo con atención. Una persona que pasara a través de esta ventana podía haberla cerrado de nuevo haciendo jugar el resorte; pero no era posible volver a colocar el clavo en su sitio.

El resultado era claro y estrechaba de nuevo el campo de investigación. Los asesinos *debían* haber escapado por la otra ventana. Suponiendo, en tal caso, que el resorte de los bastidores funcionara de igual modo, como era probable, debía existir alguna diferencia entre los clavos o, por lo menos, en la manera de colocarlos. Encaramándome en el cañamazo del lecho, miré atentamente por encima de la cabecera la segunda ventana. Pasando la mano por detrás, descubrí pronto y oprimí el resorte que, como lo había juzgado de antemano, era enteramente igual a su compañero. Busqué entonces el clavo. Era tan grueso como el otro y encajaba aparentemente de la misma manera, hundido hasta la cabeza.

Diréis que estaba confundido; pero si lo creéis así habéis equivocado la naturaleza de mis inducciones. Usando una frase de cazador, diré que no había "fallado" una sola vez. Ni un momento había perdido el rastro. No había grietas en ningún eslabón de la cadena. Había seguido la pista al secreto hasta su resultado final; y este resultado era el clavo. Tenía en todo sentido, he dicho, la misma apariencia que su compañero de la otra ventana; pero esta circunstancia era nula en absoluto, por concluyente que pudiera parecer, al compararse con la certidumbre de que allí, en aquel punto, desaparecían las huellas. Debe haber algo raro en el clavo, pensé. Lo palpé; y la cabeza, con cerca de una pulgada de punta quedó entre mis manos. El resto continuaba en el agujero, donde se había roto. La fractura era antigua, porque el borde estaba cubierto de orín, y procedía evidentemente de algún martillazo que introdujo a medias la cabeza en el borde superior de la parte baja del bastidor. Coloqué de nuevo cuidadosamente esta cabeza en el hueco de donde la había cogido, y su semejanza con un clavo perfecto era completa; la rotura quedaba invisible. Oprimiendo el resorte, levanté suavemente el bastidor algunas pulgadas; la cabeza se alzó con el marco continuando segura en su puesto. Cerré la ventana, y la apariencia del clavo resultaba otra vez perfecta.

Así, el enigma estaba resuelto. El asesino había escapado por la ventana que daba sobre el lecho. Cayendo espontáneamente en su sitio, o cerrada quizás a propósito, quedó asegurada por el resorte; y la firmeza del resorte produjo el error de la policía que juzgó provenía del clavo la resistencia, considerando innecesario pesquisas ulteriores.

El problema siguiente era la forma de descenso. Sobre este punto me encontraba ya satisfecho desde nuestro paseo alrededor del edificio. A cinco pies y medio más o menos de la ventana en cuestión se eleva un pararrayos. Desde este poste habría sido difícil para cualquiera alcanzar la ventana, no digo entrar. Observé, sin embargo, que las persianas del cuarto piso eran de aquella clase particular que los carpinteros parisienses llaman *ferrades*, forma muy poco usada en la actualidad, pero que se ve con frecuencia en las casas antiguas de Lión y de Burdeos. Son semejantes a una puerta ordinaria de una sola hoja, excepto en su mitad superior hecha en forma de celosía, o labrada a manera de enrejado; ofreciendo así excelente apoyo para los manos. En esta casa las persianas tienen muy bien tres pies y medio de anchura. Cuando las divisé desde la parte trasera del edificio, estaban ambas abiertas hasta la mitad, es decir, formando ángulo recto con el muro. Es probable que la policía haya examinado como yo la espalda de la casa; pero de ser así, no advirtió la gran anchura de las persianas, o no le prestó por lo menos la debida consideración. En efecto, persuadidos de que no había salida de este lado, naturalmente descuidaron examen más minucioso. Era claro para mí, sin embargo, que la persiana correspondiente a la ventana situada a la cabecera del lecho llegaría a cerca de dos pies de distancia del pararrayos, si se dejaba caer por completo sobre el muro. Era también evidente que poniendo en juego un grado extraordinario de vigor y de audacia, podía efectuarse la entrada por la ventana escalando el pararrayos. Una vez llegado a la distancia de dos pies y medio (suponiendo que la persiana estuviera abierta en toda su extensión), podía encontrar el ladrón sólido apoyo en el enrejado. Demos pues por sentado que escaló el poste afirmando los pies contra el muro, y que lanzándose de allí intrépidamente hizo oscilar la persiana en forma de cerrarla; y suponiendo que la ventana estuviese abierta, pudo deslizarse él mismo dentro de la habitación.

Deseo que tengáis especialmente presente que me refiero a un grado extraordinario de vigor como requisito esencial para el éxito de hazaña tan difícil y arriesgada. Mi designio es demostrar, primero, que la cosa era realizable; pero segunda y *principalmente*, necesito impresionar vuestra mente con el carácter *extraordinario*, casi sobrenatural, de la agilidad que era capaz de llevarla a cabo.

Diréis indudablemente, usando lenguaje legista, que para hacer comprensible el caso, debería más bien disminuir que acrecer la apreciación de la fuerza necesaria para ejecutarlo. Éste puede ser el método legista, pero no es el del raciocinio. Mi objeto final es descubrir la verdad. Mi propósito inmediato, conduciros a poner de acuerdo aquel vigor *extraordinario* a que acabo de referirme, con la voz chillona, desapacible y desigual sobre cuya nacionalidad no han podido convenir siquiera dos personas, y en cuya enunciación no ha podido discernirse silabeo alguno.—

A estas palabras cierta vaga e informe concepción de la idea de Dupín revoloteó en mi mente. Parecíame encontrarme al borde de la comprensión, como sucede a veces que nos sentimos al mismo borde del recuerdo sin llegar al fin a dar forma a las reminiscencias. Mi amigo continuó:

—Observaréis,—dijo,—que he tratado el asunto desde la manera de salida hasta la de acceso. Mi intención era sugerir que ambos se habían efectuado de igual forma y por el mismo punto. Volvamos ahora al interior del aposento. Observemos aquí el aspecto de la decoración. Los cajones del tocador, dicen, habían sido saqueados, aunque muchos artículos de adorno quedaban todavía allí. Esta conclusión es absurda. Es simplemente una proposición bastante necia y nada más. ¿Cómo podían saber que los objetos encontrados en los cajones no eran todos los que allí se hallaban de ordinario? Madame L'Espanaye y su hija llevaban una vida muy retirada, no recibían visitas, salían rara vez, tenían en suma poca oportunidad para muchos cambios de atavío. Los objetos que se encontraron eran, por lo menos, de tan buena calidad como los demás que usaban aquellas señoras. Si el ladrón hubiera cogido alguno, ¿por qué no había de tomarlos todos? En una palabra, ¿por qué abandonar cuatro mil francos en oro para embarazarse con un paquete de trapos? El oro se había abandonado. Casi toda la suma indicada por Monsieur Mignaud, el banquero, fué encontrada en talegos en el suelo. Quiero, por consiguiente, que descartéis la disparatada idea de *motivo* engendrada en el cerebro de la policía por aquella parte del testimonio que habla de dinero entregado a las puertas de la casa. Coincidencias diez veces más notables que la entrega del dinero y el asesinato cometido dentro del tercer día, suceden en todos los momentos de nuestra vida, sin llamar la atención siquiera sea superficialmente. Las coincidencias representan en general grandes tropiezos en la vía de aquellos pensadores que no están acostumbrados a sondear la teoría de las probabilidades, teoría a que se deben los resultados más gloriosos de la investigación humana para mayor gloria de la ilustración. En el caso actual, si el oro hubiese desaparecido, el hecho de haberse entregado tres días antes habría sido algo más que coincidencia. Habría corroborado la idea del motivo. Mas, bajo las verdaderas circunstancias, si creemos que el oro fué la causa del crimen, tendríamos que juzgar al criminal tan idiota e incapaz como para abandonar a la vez su oro y su motivo.

Conservando ahora cuidadosamente en mira los puntos hacia los cuales he dirigido vuestra atención: aquella voz peculiar, aquella extraordinaria agilidad y la chocante ausencia de motivo en un crimen tan singularmente atroz, demos una ojeada al asesinato en sí mismo. Tenemos aquí una mujer estrangulada por la fuerza de las manos y encajada cabeza abajo en una chimenea. Los asesinos no emplean ordinariamente tales medios. Y menos aún, disponen de los cadáveres en semejante forma. Convendréis conmigo en que había algo excesivamente *outré*, algo irreconciliable completamente con las nociones comunes del impulso humano en la manera de arrojar este cuerpo por la chimenea, aun cuando queramos suponer al autor el más depravado de los hombres. Pensad asimismo ¡cuán enorme debe haber sido la fuerza capaz de empujar *hacia arriba* el cadáver en cavidad tan estrecha que apenas fué suficiente el esfuerzo reunido de varios hombres para arrastrarlo *hacia abajo!*

Volvamos luego a las otras manifestaciones de este vigor maravilloso. Había en el hogar madejas, gruesas madejas, de grises cabellos humanos arrancados de raíz. Conocéis la fuerza enorme que requiere arrancar juntas siquiera veinte o treinta hebras de pelo. Visteis, lo mismo que yo, las madejas a que se alude. Las raíces (¡repugnante espectáculo!) estaban adheridas a fragmentos de piel del cráneo, muestra irrefutable de la fuerza prodigiosa que se había desplegado para arrancar quizá medio millón de hebras a la vez. El cuello de la anciana no solamente se había cortado, sino que la cabeza estaba separada por completo del tronco: el instrumento había sido una sencilla navaja. Observad también la ferocidad *brutal* de estas circunstancias. No digo nada de las magulladuras del cuerpo de Madame L'Espanaye. Monsieur Dumas y su digno coadjutor Monsieur Étienne, han declarado que fueron producidas por algún instrumento obtuso; y estos caballeros tienen muchísima razón. El instrumento obtuso fué evidentemente el enlosado pavimento del patio donde fué arrojada la víctima desde la ventana que daba sobre el lecho. Esta idea, por sencilla que parezca, escapó a la policía por la misma razón que no advirtió la anchura de las persianas; pues que la circunstancia de los clavos obstruyó herméticamente su percepción acerca de la posibilidad de que las ventanas hubieran sido abiertas en cualquier forma.

Si, además de todo esto, reflexionamos debidamente en el desorden peculiar de aquella habitación, llegaremos a combinar las diversas ideas de una agilidad asombrosa, una fuerza sobrehumana, una ferocidad brutal, una carnicería sin objeto, un horror que toca en lo *grotesco*, absolutamente extraño a toda humanidad, y una voz de entonación extranjera a los oídos de hombres de muchas naciones y desprovista de toda pronunciación distinta e inteligible. ¿Qué resultado se desprende? ¿Qué impresión hace todo esto en vuestra mente?—

Sentí un escalofrío en los huesos cuando Dupín me dirigió esta pregunta.

—¡Un loco, ha sido un loco el autor de estos asesinatos!—exclamé;—algún maníaco escapado de cualquier *maison de santé* de las cercanías.

—En cierto modo,—replicó,—vuestra idea no está desprovista de razón. Pero la voz de los locos, aun en sus más furiosos paroxismos, jamás ha concordado con la descripción de la voz peculiar oída arriba. Los locos tienen alguna nacionalidad, y su lenguaje, aunque incoherente en su fraseología, tiene siempre la coherencia del silabeo. Además, el pelo de los locos no es semejante al que tengo entre las manos. Desenredé este pequeño mechón de entre los dedos rígidos y crispados de Madame L'Espanaye. Decidme lo que pensáis acerca de esto.

—¡Dupín!—exclamé, completamente enervado;—¡este pelo es de lo más raro; esto no es cabello *humano!*

—Ni yo he dicho que lo fuera,—repuso él;—pero antes de decidir este punto querría que miraseis el pequeño croquis que he delineado en este papel. Es un facsímile de lo que se ha descrito en cierta parte del testimonio como "obscuras marcas y profundas huellas de uñas" en la garganta de Mademoiselle L'Espanaye; y en otra declaración, la de Messieurs Dumas y

Étienne, como "una serie de manchas amoratadas producidas evidentemente por la impresión de los dedos."

—Observaréis—continuó mi amigo, extendiendo el papel ante mis ojos sobre la mesa,—que este dibujo da la idea de un apretón firme y fijo. No hay el menor *deslizamiento* aparente. Cada dedo ha conservado, probablemente hasta la muerte de la víctima, la espantosa posición en que se había incrustado. Procurad ahora colocar vuestros dedos al mismo tiempo en las respectivas impresiones que aparecen.—

Procuré en vano hacer lo que me indicaba.

—Quizá no ensayamos convenientemente este punto,—insistió mi amigo.—El papel está extendido en una superficie plana y la garganta humana es cilíndrica. He aquí un trozo de madera cuya circunferencia es más o menos igual a la del cuello. Envolved allí el dibujo y ensayad de nuevo.—

Hice como me decía; pero la dificultad era todavía mayor que antes.

—¡Esto,—exclamé,—no es la huella de una mano humana!

—Leed ahora este pasaje de Cuvier,—replicó Dupín.

Contenía una relación minuciosa y la descripción anatómica general del gran orangután leonado de las islas de las Indias Orientales. La gigantesca estatura, la fuerza y agilidad prodigiosas, la ferocidad salvaje y las propensiones imitativas de este mamífero son bastante conocidas por todos. Comprendí inmediatamente todos los horrores del asesinato.

—La descripción de los dedos,—dije al terminar la lectura,—corresponde exactamente a este dibujo. Es evidente que sólo un orangután, y de la especie indicada, podría haber impreso las huellas que habéis delineado. El mechón de pelo rojizo es idéntico también al color del animal descrito por Cuvier. Mas no llego a penetrar los detalles de este horrible misterio. Además, se oyeron *dos*voces en la disputa, y una de ellas era incontestablemente la de un francés.

—Es verdad; y recordaréis una expresión que los testigos atribuyen casi unánimemente a esta voz; la exclamación "*mon Dieu!*" Esta expresión, de acuerdo con las circunstancias, ha sido justamente definida por uno de los testigos, Montani el confitero, como reproche o amonestación amistosa. Sobre estas dos palabras he fundado, de consiguiente, mis mayores esperanzas para la solución completa del enigma. Un francés conocía el crimen. Es posible, y a la verdad más que probable, que fuera inocente de toda participación en la sangrienta hazaña que se realizaba. El orangután puede habérsele escapado. Puede haberle perseguido hasta el aposento; pero bajo las terribles circunstancias que sobrevinieron, le fué probablemente imposible capturarlo. Está todavía perdido. No proseguiré haciendo conjeturas; no tengo derecho de darles otro nombre, puesto que los ligeros matices de reflexión en que están basadas arrojan apenas luz suficiente para mi propia comprensión, y no puedo pretender, de consiguiente, hacerlos perceptibles a ninguna otra persona. Llamémoslas conjeturas y hablemos de ellas como tales. Si el francés aludido es, como creo, inocente de esta atrocidad, el anuncio que dejé anoche, al regresar a casa, en las oficinas de *Le Monde*, periódico dedicado a los intereses marítimos y muy buscado por los marineros, le traerá verosímilmente a nuestra morada.—

Alargóme un papel en donde leí lo siguiente:

CAPTURADO

En el Bois de Boulogne, en las primeras horas de la mañana del —— presente (la mañana del crimen), un gran orangután leonado de la especie de la isla de Borneo. El propietario, que se asegura ser un marinero perteneciente a un buque maltés, puede recoger el animal, siempre que lo identifique satisfactoriamente y pague algo por su captura y manutención. Acudid al Número ——, Rue ——, Faubourg Saint-Germain,—— piso tercero.

—¿Cómo es posible,—pregunté,—que sepáis que el hombre es un marinero y que pertenece a un buque maltés?

—No lo *sé*,—repuso Dupín.—No estoy seguro de ello. Sin embargo, he aquí un pequeño fragmento de cinta que, a juzgar por su forma y su aspecto grasoso, se ha usado evidentemente para atar el cabello en esas largas *queues* a que son tan aficionados los marineros. Mas aún; este nudo pueden hacerlo muy pocos marineros, siendo peculiar de los malteses. Recogí la cinta al pie del pararrayos. No puede haber pertenecido a ninguna de las víctimas. Después de todo, aun cuando estuviere equivocado en las inducciones provocadas por esta cinta, respecto de que el francés sea un marinero de algún buque maltés, no hay ningún mal en decirlo en el anuncio. Si estoy equivocado, él supondrá sencillamente que voy errado por cualquiera circunstancia que no se tomará el trabajo de inquirir.

Pero de acertar, habré conseguido un gran triunfo. En efecto, sabedor del crimen aunque inocente, naturalmente vacilaría el francés en acudir al anuncio y reclamar el orangután. Pero razonará así: "Soy inocente; soy pobre; mi orangután es muy valioso; para cualquiera en mis circunstancias representa una fortuna; ¿por qué había de perderlo por vanas aprensiones de peligro? Está allí, a mi alcance. Ha sido encontrado en el Bois de Boulogne, a gran distancia del lugar de los asesinatos. ¿Cómo puede sospecharse que un estúpido animal haya cometido el crimen? La policía ha fracasado; no ha podido encontrar la más ligera huella. Aun cuando siguieran la pista al animal, sería imposible que probaran mi conocimiento del suceso o que me implicaran en la culpabilidad por haberlo sabido. De otro lado, *me conocen*. El anunciador me designa como dueño del animal. No sé hasta qué punto puedan llegar sus datos acerca de mi persona. Si rehuyo reclamar una propiedad de tanto valor y de la cual se me conoce como dueño, haré sospechoso por lo menos al orangután. No es buena diplomacia atraer la atención sobre mí ni sobre el animal. Acudiré al anuncio, recogeré mi orangután y lo tendré encerrado hasta que haya pasado todo el alboroto."—

En este momento oímos pasos en la escalera.

—Tened al alcance vuestras pistolas,—dijo Dupín;—pero no hagáis uso de ellas ni las mostréis, sino cuando os dé la señal.—

Se había dejado abierta la puerta de la casa, y el visitante entró sin llamar, avanzando algunos peldaños en la escalera. Ahora, sin embargo, parecía vacilar. Luego, le oímos descender. Dupín se dirigía rápidamente hacia la puerta cuando advertimos que regresaba de nuevo. No retrocedió ya, sino que avanzó por el contrario con decisión y golpeó la puerta de nuestro aposento.

—Adelante,—dijo Dupín, en tono placentero y jovial.

Un individuo entró. Era un marinero, evidentemente: alto, grueso y musculoso, y con cierto aspecto de intrepidez no del todo desprovisto de atractivo. Su rostro, muy tostado por el sol, estaba medio oculto por las patillas y el *mustachio*. Llevaba un gran garrote de roble, mas no parecía tener armas de otra clase. Inclinóse desmañadamente, lanzándonos un "buenas tardes," con acento francés que, aunque sonaba un poco a Neufchatel, revelaba bastante su origen parisién.

—Sentaos, amigo mío,—dijo Dupín.—Supongo que venís por el orangután. Mi palabra, casi os envidio su posesión; un animal muy hermoso e indudablemente de gran valor. ¿Qué edad le suponéis?—

El marinero respiró largamente, como hombre que se ve libre de peso intolerable, y replicó en tono firme:

—No sabría decirlo con exactitud; pero no puede tener más de cuatro o cinco años. ¿Lo guardáis aquí?

—Oh, no; no tenemos aquí comodidad para conservarlo. Está en un establo de la rue Dubourg, muy cerca de este barrio. Se os entregará mañana. ¿Estáis dispuesto, por supuesto, a identificar la propiedad?

—Seguramente que sí, señor.

—Sentiré separarme del animal,—dijo Dupín.

—No imagino que os hayáis tomado esta molestia en balde, señor. No podría esperarlo. Estoy dispuesto a recompensar el hallazgo del animal, es decir, una cosa razonable.

—Bien,—replicó mi amigo,—eso está muy bien, seguramente. ¡Dejadme pensar! ¿qué pediré? ¡Oh! Voy a decíroslo. Mi recompensa será ésta. Vais a darme todos los detalles que sepáis acerca de esos asesinatos de la rue Morgue.—

Dupín pronunció las últimas palabras en voz muy baja y con gran tranquilidad. Con igual mesura se adelantó también hacia la puerta, la cerró, y puso la llave en su faltriquera. Sacó luego una pistola de su pecho y la colocó sobre la mesa sin la menor precipitación.

El semblante del marinero se encendió como si le acometiera un acceso de asfixia. Levantóse y aseguró el garrote; pero un instante después se dejó caer sobre la silla, temblando violentamente y con aspecto mortal. No pronunció una sola palabra. Yo le compadecía desde el fondo de mi corazón.

—Amigo mío,—dijo Dupín en tono afectuoso,—os alarmáis sin motivo, realmente. No intentamos haceros daño alguno. Yo sé perfectamente que sois inocente de las atrocidades de la rue Morgue. No negaré, sin embargo, que en cierto modo os encontráis complicado en ellas. Por lo que os he dicho comprenderéis que he tenido datos sobre este asunto, datos que jamás podríais imaginar. Ahora la cosa se presenta de esta manera. Nada habéis hecho que pudierais haber evitado; nada ciertamente que os haga culpable. Ni siquiera sois culpable de robo, cuando podríais haber robado impunemente. Nada tenéis que ocultar, ni tenéis razón alguna para hacerlo. De otro lado, todos los principios de honor os obligan a confesar lo que sabéis. Un hombre inocente se encuentra ahora en prisión acusado de un crimen del cual vos podéis señalar el perpetrador.—

El marinero había recobrado en gran parte su presencia de ánimo mientras Dupín pronunciaba estas palabras; mas todo el aplomo había desaparecido de su continente.

—¡Así Dios me ayude!—exclamó tras breve pausa.—Os diré todo lo que sé de este asunto, mas no puedo esperar que creáis siquiera la mitad; loco sería, en verdad, si tal pensara. Sin embargo, soy inocente, y mi último suspiro será muy limpio si muero por esta causa.—

Lo que dijo en substancia fué lo siguiente. Había realizado últimamente un viaje al archipiélago indio. Un grupo, del cual formaba parte, desembarcó en Borneo y siguió al interior en excursión de placer. Él y un camarada cogieron al orangután. Muerto su compañero, pasó el animal a su exclusiva propiedad. Después de muchas dificultades en su viaje de regreso, ocasionadas por la intratable ferocidad de su cautivo, logró al fin instalarlo con seguridad en su propio domicilio en París, donde tratando de evitar la desagradable curiosidad de los vecinos, lo tuvo cuidadosamente encerrado hasta que se recobrara de una herida en el pie causada por una astilla a bordo del buque. Su designio posterior era venderlo.

Volviendo a su casa después de una fiesta de marineros, en la noche, o más bien en la mañana del crimen, encontró al animal instalado en su propio dormitorio, en donde se había introducido forzando la puerta de un pequeño gabinete contiguo en el cual pensaba su amo tenerle seguramente confinado. Navaja abierta en mano, se hallaba sentado frente al espejo ensayando la operación de afeitarse en que probablemente sorprendió alguna vez a su dueño, mirando por el agujero de la llave. Aterrorizado al ver arma tan peligrosa en poder de animal tan feroz y tan apto para manejarla, el hombre quedó sin saber que hacer durante los primeros momentos. Acostumbraba, sin embargo, dominar al orangután con ayuda de un látigo, y a este medio recurrió en aquella circunstancia. Apenas el animal le divisó lanzóse a la puerta del aposento, luego a las escaleras, y por una ventana, desgraciadamente abierta, se arrojó a la calle.

El francés le siguió lleno de desesperación. El orangután, todavía con la navaja abierta en la mano, deteníase de vez en cuando para mirar hacia atrás y gesticular a su perseguidor hasta que éste llegaba casi a alcanzarle. Entonces echaba a correr de nuevo. De esta manera continuó la caza por largo tiempo. Las calles estaban desiertas y en silencio profundo, pues eran cerca de las tres de la mañana. Atravesando una callejuela a espaldas de la rue Morgue, llamó la atención del fugitivo una luz que brillaba en la ventana abierta del aposento de Madame L'Espanaye, en el cuarto piso del edificio. Abalanzándose hacia la casa, advirtió el pararrayos, lo escaló con agilidad inconcebible, se asió de la persiana que caía completamente sobre el muro, y por este medio lanzóse directamente a la cabecera de la cuja. Todo esto no había ocupado el espacio de un minuto. El orangután empujó otra vez la persiana dejándola abierta cuando se introdujo en la habitación.

El marinero quedó a la vez regocijado y perplejo. Tenía ahora la esperanza de capturar a la fiera, que difícilmente podría escapar de la trampa en que se había metido a no ser por el poste que encontraría interceptado a la salida. De otro lado, había muchos motivos de ansiedad al pensar en lo que podría hacer dentro de la casa. Esta última reflexión indujo al hombre a seguir al fugitivo. Un pararrayos no es difícil de escalar, especialmente para un marinero; pero cuando llegó a la altura de la ventana, que quedaba bastante lejos hacia la izquierda, vióse obligado a detenerse; lo más que pudo hacer fué alzarse un poco para echar una ojeada al interior de la habitación. Al mirar, casi perdió su punto de apoyo a impulsos de su excesivo horror. Entonces fueron aquellos horribles alaridos que despertaron a todos los habitantes de la rue Morgue. Madame L'Espanaye y su hija, en traje de dormir, estaban aparentemente arreglando algunos papeles en la caja de hierro de que antes se ha hecho mención, y que habían rodado hasta el medio del aposento. Estaba abierta, y su contenido yacía a un lado en el suelo. Las víctimas estaban sentadas de espaldas a la ventana; y por el tiempo transcurrido entre el acceso de la fiera y los alaridos, se comprende que no notaron su presencia en el primer momento. El golpe de la persiana pudo atribuirse al viento, naturalmente.

Cuando el marinero alcanzó a mirar adentro, el gigantesco animal había cogido a Madame L'Espanaye por el cabello, que llevaba suelto como si hubiera estado peinándose, y blandía la navaja ante su rostro imitando los ademanes de un barbero. La hija yacía privada de movimiento: se había desmayado. Los gritos y la lucha de la anciana, durante la cual le fueron arrancados los cabellos, convirtieron en ira los hasta entonces pacíficos propósitos del orangután. Con deliberado empuje de su brazo musculoso separó casi completamente la cabeza del tronco. La vista de la sangre enardeció su ira convirtiéndola en frenesí. Rechinando los dientes y echando fuego por los ojos, lanzóse sobre el cuerpo de la joven e incrustó sus temibles garras en la garganta de Mademoiselle L'Espanaye reteniendo su aliento hasta que expiró. Sus miradas furtivas y salvajes fijáronse entonces en la cabecera del lecho sobre la cual pudo distinguir el rostro de su amo, rígido por el horror. La furia de la fiera, que no dudaba que su amo llevaba aún el temible látigo, se convirtió instantáneamente en pavor. Consciente de merecer castigo, parecía deseosa de ocultar sus sangrientas hazañas y se removía en torno del aposento en agonía nerviosa de agitación, echando abajo los muebles y destrozándolos en su ir y venir, y arrancando y tirando al suelo los cobertores y colchones del lecho. Por último, se apoderó primero del cuerpo de la hija y lo embutió en la chimenea en la forma en que fué encontrado; y luego, del de la vieja señora arrojándolo inmediatamente por la ventana.

Al aproximarse el orangután con su mutilada carga, el marinero se lanzó despavorido al pararrayos, y precipitándose más que deslizándose hasta el suelo se apresuró a regresar a su domicilio, temiendo las consecuencias de aquella carnicería, y prescindiendo con satisfacción, en medio de su terror, de toda preocupación por la suerte del animal. Las palabras oídas por el grupo que subía las escaleras eran las exclamaciones de horror y espanto del francés, mezcladas a los alaridos demoníacos de la fiera.

Queda muy poco que añadir. El orangután escapó probablemente por el pararrayos momentos antes del forzamiento de la puerta. Debe haber cerrado la ventana al salir. Fué capturado después por su mismo dueño, que obtuvo por él una fuerte suma en el Jardin des Plantes. Le Bon fué puesto en libertad inmediatamente que se relataron estos acontecimientos en el despacho del prefecto de policía, acompañados de algunos comentarios de Dupín. El funcionario de policía, a pesar de sus buenas disposiciones hacia mi amigo, no pudo ocultar su desagrado por el giro que había tomado este asunto; y aun se dejó arrastrar a una o dos frasecillas sarcásticas respecto de la conveniencia de que cada cual se preocupe de aquello que le importe.

—Dejadle hablar,—dijo Dupín, que no juzgó necesario replicar.—Dejadle hacer frases: esto aligerará su conciencia. Estoy satisfecho de haberle derrotado en su propio terreno. A pesar de todo, su fracaso en la solución de este misterio no es tan sorprendente como él se imagina; porque en verdad nuestro amigo el prefecto es más astuto que profundo. No hay cuerpo en su sabiduría. Es como si fuera todo cabeza y nada de miembros, como los retratos de la diosa Laverna; o a lo más, todo cabeza y busto como el bacalao. Pero es una buena persona, después de todo. Le admiro especialmente por sus golpes maestros de inversión, a lo que debe su reputación de habilidad. Me refiero al método que practica "*de nier ce qui est, et d'expliquer ce qui n'est pas*."

EL GATO NEGRO

NO espero ni solicito fe para la narración tan sencilla como extravagante que está a punto de brotar de mi pluma. Locura sería en verdad el esperarlo, pues que mis propios sentidos rechazan su evidencia. Sin embargo, no estoy loco, ni estoy soñando, de seguro. Mas debo morir mañana y quiero hoy aligerar el peso de mi alma. Mi propósito inmediato es presentar llana y sucintamente a los ojos del lector, sin comentario de ninguna clase, una serie de simples acontecimientos domésticos. En sus consecuencias, estos acontecimientos me han aterrorizado, me han torturado, me han deshecho. A pesar de todo, no trataré de interpretarlos. Para mí sólo han representado el Horror; para muchos otros serán quizá no tanto terribles como *baroques*. Es posible que se encuentre después algún entendimiento que reduzca mi fantasma a los límites de lo vulgar; algún entendimiento más sereno, más lógico y mucho menos excitable que el mío, capaz de percibir en las circunstancias que expreso lleno de pavor, simplemente la sucesión ordinaria de las causas y efectos más naturales.

Desde mi niñez híceme notar por la docilidad y ternura de mi temperamento. La bondad de mi corazón revestía caracteres de delicadeza tan exquisita, que me hacía el blanco de las burlas de mis compañeros. Era particularmente afecto a los animales, y mis padres condescendían con esta inclinación procurándome gran diversidad de favoritos, a los que consagraba la mayor parte de mi tiempo; y nunca era tan feliz como cuando les alimentaba y acariciaba. Esta peculiaridad de mi carácter aumentó en la adolescencia, y aun en la virilidad derivaba de aquella fuente muchos de mis mejores goces. Apenas necesito explicar a los que hayan sentido afección por algún perro fiel e inteligente la intensidad de placer que produce este sentimiento. Existe en el amor generoso y abnegado de un irracional algo que va directamente al corazón de aquel que haya tenido ocasión de comprobar a menudo la ruin amistad y la lealtad tan deleznable del hombre.

Me casé joven y tuve la suerte de encontrar en mi mujer inclinaciones semejantes a las mías. Observando mi afición por los animales domésticos, no perdía ella ocasión de procurarse los más lindos. Teníamos pájaros, peces dorados, un perro fino, conejos, un pequeño mono y *un gato*.

Era éste un enorme y hermoso animal, enteramente negro, e inteligente hasta un grado excepcional. Al ocuparnos de su inteligencia, mi mujer, que tenía gran fondo de superstición, hacía frecuentes alusiones al antiguo concepto popular que considera brujas disfrazadas a todos los gatos negros. No que prestara ella fe a esta creencia; y si menciono la idea, es por la sencilla razón de que la recuerdo ahora de pasada.

Plutón, que así se llamaba el gato, era el preferido entre los diversos favoritos y mi compañero habitual de juegos. Solamente yo le alimentaba, y él acostumbraba seguirme por todas partes dentro de la casa; siéndome difícil evitar que hiciera lo propio también por las calles.

Nuestra amistad continuó así por varios años, durante los cuales, y a impulsos del demonio Intemperancia (me ruborizo al confesarlo), mi temperamento y mi carácter sufrieron radical alteración hacia el mal. Día por día hacíame más taciturno e irritable, y guardaba menos consideración a los demás. Aun me permitía usar con mi mujer un lenguaje destemplado, llegando después hasta la violencia personal. Mis favoritos hubieron de sentir, naturalmente, este cambio de disposición. No solamente les descuidaba, sino que abusaba de ellos. Todavía conservaba Plutón, sin embargo, ciertas prerrogativas que me impedían maltratarle, como lo hacía sin escrúpulo de ninguna clase con el mono, los conejos y aun el perro, cuando por cariño o por casualidad se atravesaban en mi camino. Pero la enfermedad avanzaba—¡el Alcohol es semejante a una enfermedad!—y al fin hasta Plutón que se volvía viejo, e impertinente en consecuencia, comenzó a sufrir los efectos de mi mal temperamento.

Una noche en que regresaba a casa muy embriagado, después de una orgía en una de mis guaridas habituales en la ciudad, se me ocurrió que el gato evitaba mi presencia. Cogíle entonces; y, en su terror por mi violencia, me infirió una pequeña heridamordiéndome la mano. Instantáneamente se apoderó de mí una furia demoniaca. No me conocía a mí mismo. Mi alma prístina parecía haber escapado en aquel momento de mi cuerpo; y una maldad diabólica, nutrida por la ginebra, estremecía todas mis fibras. Saqué un cortaplumas del bolsillo de mi chaleco, abríle, y deliberadamente arranqué de su órbita uno de los ojos del animal. ¡Me avergüenzo, me quemo, me horrorizo, al escribir esta abominable atrocidad!

Cuando al día siguiente volví a la razón, después de haber dormido los humos de la orgía nocturna, experimenté un sentimiento mitad de horror mitad de remordimiento por el crimen cometido; pero era apenas un sentimiento débil y equívoco que no llegó a conmover mi ánima. Me sumergí de nuevo en los excesos y ahogué pronto en vino la memoria de mi hazaña.

Al mismo tiempo el gato se recobraba lentamente. El hueco vacío del ojo presentaba, es verdad, terrible aspecto; pero el animal no parecía sufrir ningún dolor. Iba y venía por la casa como de costumbre; mas, como era de esperarse, huía aterrorizado a mi aproximación. Tenía yo todavía bastante corazón para sentirme apenado por esta evidente prueba de desafecto de parte de un ser que tanto me había amado en otro tiempo. Pero este sentimiento se convirtió pronto en irritación. Y se presentó entonces, para confirmar mi depravación final e irrevocable, el espíritu de Perversidad. De este espíritu no se ocupa la filosofía. Sin embargo, no estoy tan cierto de la existencia de mi alma como de que la perversidad es uno de los impulsos primitivos del corazón humano: una de las facultades primordiales e indivisibles que definen la orientación del carácter del hombre. ¿Quién no se ha sorprendido cien veces cometiendo alguna acción vil y torpe por la sola razón de que *no debería* hacerlo? ¿No existe acaso en nosotros, cierta perpetua inclinación a violar la *Ley*, contra todo el torrente de nuestro buen criterio, y sólo porque comprendemos que tiene razón de ser? El espíritu de perversidad, decía, vino a poner el colmo a mi depravación. Aquella ansia infatigable del alma de *vejarse a sí misma*, de violentar su propia naturaleza, de hacer el mal por puro gusto, me impulsaba continua y tenazmente a consumar el daño que había infligido al inofensivo animal. Una mañana, a sangre fría, pasé un lazo a su cuello y lo colgué de la rama de un árbol; lo ahorqué con lágrimas que corrían de mis ojos y el remordimiento más amargo que laceraba mi corazón; lo ahorqué *porque* sabía que me había amado y *porque* sentía que no me había dado motivo de ofensa; lo ahorqué *porque* comprendía que al hacerlo así cometía un pecado, un pecado mortal que exponía mi alma a encontrarse, si tal era posible, más allá de la gracia infinita del Dios más misericordioso y más terrible.

En la noche del día en que cometí esta crueldad, desperté a los gritos de incendio. Las cortinas de mi cama estaban convertidas en llamas. Toda la casa ardía. Con gran trabajo pudimos escapar de esta conflagración mi mujer, mi criada y yo. Todas mis riquezas desaparecieron repentinamente, y desde entonces me entregué a la desesperación.

Estoy por encima de la flaqueza de establecer relación alguna de causa y efecto entre el desastre y la atrocidad cometida. Pero refiero una cadena de acontecimientos y no quiero dejar ningún eslabón incompleto. Al día siguiente del incendio visité las ruinas. Todos los muros, con excepción de uno, se habían desplomado. El que continuaba en pie era la pared no muy gruesa de una habitación situada en el centro de la casa, y contra la cual descansaba antes la cabecera de mi lecho. El estuco había resistido allí en gran parte la acción del fuego, hecho que atribuí a su reciente aplicación. Densa muchedumbre se había apiñado cerca de este muro, y muchas personas parecían examinar cierta parte con viva y minuciosa atención. Las palabras "¡extraño!" "¡singular!" excitaron mi curiosidad. Me aproximé, y pude observar la figura de un *gato* gigantesco grabado como al bajo relieve sobre la blanca superficie. La impresión se había fijado allí con detalles verdaderamente maravillosos. Veíase una cuerda al rededor del cuello del animal.

Cuando se presentó por primera vez ante mis ojos esta aparición—pues difícilmente podía considerarla de otro modo—mi sorpresa y mi terror fueron extremados. Pero al fin vino la reflexión en mi ayuda. Recordé que había ahorcado al gato en un jardín contiguo a la casa. A la voz de fuego, el jardín se llenó de gente inmediatamente; y una de aquellas personas cortó sin duda la cuerdade que pendía el animal, arrojándolo a mi aposento por alguna ventana abierta. Probablemente esto se hizo con el propósito de despertarme. El desplome de los otros muros comprimió seguramente contra el estuco fresco a la víctima de mi crueldad; y la cal de la mezcla, combinada con el amoniaco del cuerpo, y por efecto de las llamas, había producido la figura que allí aparecía.

A pesar de que tranquilicé prontamente mi razón, ya que no mi conciencia, acerca del hecho sorprendente que acabo de manifestar, no dejó por ello de hacer profunda impresión en mi mente. Durante largos meses no pude librarme del fantasma del gato; y en este período se apoderó también de mi espíritu cierto vago sentimiento que se asemejaba al remordimiento aunque en realidad no lo fuera. Llegué hasta deplorar la pérdida del animal y a buscar a mi alrededor, en los abyectos lugares que frecuentaba habitualmente, otro favorito de la misma especie y hasta cierto punto de apariencia semejante para reemplazarle.

Una noche en que me hallaba sentado, medio embrutecido, en uno de aquellos antros de infamia, atrajo repentinamente mi atención un objeto negro que reposaba en lo alto de uno de los enormes barriles de ginebra o de ron que constituían el principal mueblaje del departamento. Había estado mirando fijamente por varios minutos la parte superior del barril, y lo que causaba mi mayor sorpresa era la circunstancia de no haber advertido antes el objeto en cuestión. Acerquéme, y le toqué. Era un gato negro, muy grande, tan grande como Plutón y semejante a él en todos sus detalles con excepción de uno solo. Plutón no tenía un pelo blanco en ninguna parte del cuerpo, mientras este gato tenía un gran grupo de manchas blancas de forma indefinida que le cubría casi todo el pecho.

Al tocarle yo, se levantó prontamente, comenzó a hilar de contento, se restregó contra mi mano, y pareció deleitarse con mi atención. Éste era pues el ser que andaba yo tratando de encontrar. Inmediatamente propuse su compra al tabernero, quien manifestó no ser su dueño: no conocía al gato; jamás lo había visto antes.

Continué acariciándole, y cuando me preparaba a regresar a mi domicilio, el animal mostró disposición de acompañarme. Le permití hacerlo así, deteniéndome de vez en cuando a darle palmaditas antes de proseguir. Cuando llegamos a la casa se domesticó inmediatamente, haciendo al punto grandes migas con mi mujer.

Por lo que a mí toca, pronto sentí despertarse dentro de mí cierta antipatía por el animal. Era justamente lo contrario de lo que esperaba; pero, no sé cómo ni por qué, su evidente afección me repugnaba y me hastiaba. Poco a poco este sentimiento de tedio y repugnancia se convirtió en odio acerbo. Evitaba al animal; pero cierta sensación de vergüenza y el recuerdo de mi crueldad anterior me impedían maltratarlo. Durante varias semanas no lo golpeé, ni lo traté con violencia en forma alguna; pero gradualmente, muy gradualmente, llegué a mirarlo con aversión intolerable, y a huir en silencio de su odiosa presencia como de un hálito pestilente.

Lo que aumentó indudablemente mi aversión por el animal fué el descubrimiento, a la mañana siguiente de haberle traído a casa, de que, a semejanza de Plutón, se hallaba privado de un ojo. Esta circunstancia, sin embargo, lo hizo más caro a mi mujer, quien, como dije antes, poseía en alto grado aquella humanidad de sentimientos que había sido en otro tiempo uno de mis rasgos distintivos y fuente de muchos sencillos y puros placeres.

Con mi odio por el gato parecía aumentar, sin embargo, su predilección por mí. Seguía mis pasos con pertinacia tal que sería difícil hacer comprender al lector. Dondequiera que me sentase se acurrucaba bajo la silla o saltaba sobre mis rodillas cubriéndome de sus repugnantes caricias. Si me levantaba a pasear, se metía entre mis pies casi haciéndome caer; o clavando en mis vestidos sus largas y afiladas garras, se encaramaba de este modo hasta mi pecho. En tales momentos, aun cuando hubiera deseado aplastarlo de un golpe, sentíame cohibido para hacerlo, parte por el recuerdo de mi crimen anterior, mas principalmente, dejadme confesarlo al fin, por el *terror* absoluto que me inspiraba el animal.

Este terror no era precisamente de daño físico; y sin embargo, no sabría cómo definirlo. Me siento casi avergonzado de confesar (sí, aun en esta celda de criminal, estoy casi avergonzado de confesar) que el espanto y el horror que el gato me inspiraba se aumentaban por una quimera de lo más fantástica que es posible imaginar. Mi mujer me había llamado la atención más de una vez sobre la índole de la mancha de pelo blanco de que he hablado, y que constituía la única diferencia visible entre este extraño animal y el que yo había ahorcado. El lector recordará que esta marca, aunque grande, era al principio indefinida; mas por pequeños grados, grados casi imperceptibles, y que mi razón luchó mucho tiempo por rechazar como fantasías, había asumido al fin rigurosa claridad de líneas. Representaba ahora un objeto que me estremezco de nombrar; y por eso, sobre todo, aborrecía y temía, y me habría librado del monstruo de buena gana, *si me hubiera atrevido;* representaba ahora, decía, la imagen de algo espantoso, una cosa horrible, ¡el*Patíbulo!*—¡oh, lúgubre y funesta máquina de horror y de crimen, de agonía y de muerte!

Y me encontraba yo verdaderamente desventurado, más allá de los límites de miseria que es dado soportar a la pobre humanidad. ¡Y había de ser una bestia irracional, a cuyo semejante destruí con menosprecio; había de ser una *bestia irracional* quien me causara a *mí*, a mí, un hombre, formado a imagen del supremo Dios, este sufrimiento intolerable! ¡Ah! ¡Ni de día ni de noche volví jamás a saborear la bendición del descanso! ¡Durante el día la bestia no me dejaba solo un momento; y en la noche despertaba a cada instante de sueños de terror insuperable para sentir sobre mi rostro el ardiente aliento de *la cosa*, y su flácido peso oprimiendo eternamente mi corazón como pesadilla encarnada que no tenía el poder de sacudir!

Bajo la presión de tortura semejante sucumbieron los pocos restos del bien dentro de mí. Los malos pensamientos eran mi sola compañía, los más negros y depravados pensamientos. La acostumbrada irritabilidad de mi carácter aumentó hasta el aborrecimiento de todas las cosas y de toda la humanidad; mientras mi mujer, sin una queja, era ¡ay de mí! la víctima diaria y paciente de los súbitos, frecuentes e incontenibles arranques de furia a que entonces me abandonaba ciegamente.

Un día me acompañaba ella en algún recorrido casero por los sótanos del viejo edificio que nuestra pobreza nos compelía a habitar. El gato me seguía por las escaleras, y haciéndome casi precipitar, me exasperó hasta la locura. Cogiendo un hacha, y olvidando en medio de mi ira el terror infantil que hasta entonces había detenido mi mano, asesté un golpe al animal, que le habría sido fatal instantáneamente a caer como yo lo deseaba.

Pero la mano de mi mujer desvió el golpe. Arrastrado por su intervención a ira más que demoniaca, desasí el brazo que ella me sujetaba y hundí el hacha en su cabeza. Cayó muerta en el sitio, sin un gemido.

Cometido el horroroso asesinato, me dediqué sin tardanza y con entera deliberación a la tarea de ocultar el cadáver. Sabía bien que no podría sacarlo fuera de la casa, ni de día ni de noche, sin correr el riesgo de ser observado por los vecinos. Diversos proyectos se presentaron a mi imaginación. A veces pensaba en cortar el cuerpo en menudos fragmentos y hacerlos desaparecer por medio del fuego. Otras, resolvía cavar una sepultura en el suelo del sótano. Luego, deliberaba sobre si sería conveniente arrojarlo al pozo del patio; o empacarlo como mercadería en un cajón con los requisitos acostumbrados, y buscar un mozo de cuerda que lo sacara fuera de la casa. Finalmente di con lo que me pareció expediente mejor que todos los anteriores. Determiné emparedarlo en el sótano, como se dice que hacían con sus víctimas los monjes de la edad media.

La cueva se adaptaba muy bien para tal objeto. Sus muros estaban construídos con gran solidez, y recientemente habían sido revocados con una mezcla que la humedad de la atmósfera no había dejado endurecer. Existía, además, en uno de los muros una protuberancia causada por cierta falsa chimenea u hogar que se había rellenado para nivelarla con el resto del sótano. No puse en duda el que fácilmente se podría remover los ladrillos en aquel sitio, colocar allí el cuerpo y disponer el muro en su forma primitiva de manera que nadie pudiera percibir nada sospechoso.

Mis cálculos no me engañaron. Con ayuda de una barra de hierro arranqué fácilmente los ladrillos, y depositando cuidadosamente el cadáver contra la pared interior, lo mantuve en esta posición mientras que, con poco trabajo, volvía a rehacer el muro conforme se encontraba anteriormente. Procurándome argamasa, arena y filamentos con las precauciones posibles, preparé un compuesto que no pudiera distinguirse del enlucido antiguo y lo coloqué esmeradamente sobre el nuevo enladrillado. Al concluir, me sentí satisfecho de mi obra. El muro no ofrecía la más ligera señal de haberse removido. Recogí los fragmentos del suelo con el cuidado más minucioso. Miré triunfante en torno y me dije a mí mismo: "¡Aquí, por lo menos, mi labor no ha sido en vano!"

Me preocupé en seguida de buscar al animal que había causado tanta desventura, porque al fin había resuelto firmemente deshacerme de él. Si me hubiera sido dado encontrarle en aquel momento, su suerte no habría sido dudosa; mas parecía que el taimado gato, alarmado por la violencia de mi cólera, evitaba afrontar mi actual disposición. Es imposible describir o imaginar la intensa sensación de reposo bienaventurado que produjo en mi pecho la ausencia de esta detestada criatura. Tampoco apareció en la noche; y así, por una vez siquiera, desde su llegada a la casa, dormí con sueño profundo y tranquilo; *dormí*, ¡ay, a despecho del asesinato que pesaba sobre mi alma!

Transcurrieron el segundo y el tercer día, y mi atormentador no se presentó. Respiré de nuevo como hombre libre. ¡El monstruo, en su terror, había abandonado la casa para siempre! ¡No lo vería más! ¡Mi felicidad era suprema! La perversidad de mi negro crimen me molestaba apenas. Tuvieron lugar algunos interrogatorios que fueron contestados fácilmente. Aun se procedió a una pesquisa; mas, por supuesto, nada pudieron descubrir. Creía ya asegurada mi felicidad futura.

Hacia el cuarto día después del asesinato, se presentó en la casa inopinadamente un grupo de la policía y procedió de nuevo a verificar rigurosa investigación en el edificio. Seguro como me hallaba de que mi escondrijo era inescrutable, no sentí preocupación alguna. Los oficiales me ordenaron acompañarles en su pesquisa. No dejaron rincón ni esquina sin escudriñar. Al fin, por tercera o cuarta vez bajaron al sótano. Ni uno sólo de mis músculos se conmovió. Mi corazón latía tranquilamente como el de aquel que duerme en la inocencia. Paseé la cueva de un extremo al otro. Había cruzado los brazos sobre el pecho y vagaba sin inquietud de acá para allá. La policía se mostró enteramente satisfecha y se preparaba ya a partir. El júbilo era demasiado grande en mi corazón para poder refrenarlo. Me quemaba por decir algo, una palabra de triunfo siquiera, para afirmar más aún la certeza de mi inocencia.

"Caballeros," dije al fin, cuando el grupo comenzaba a subir las escaleras, "estoy deleitado al ver que vuestras sospechas se han desvanecido. Os deseo salud y un poquillo más de cortesía. A propósito, caballeros, ésta es una casa muy bien construída." (En mi rabioso deseo de decir algo con desenvoltura, apenas sabía ya lo que hablaba). "Hasta diré *admirablemente* bien construída. Estos muros—¿os vais, caballeros?—estos muros están edificados con gran solidez;" y entonces, por puro frenesí de bravata, golpeé pesadamente con un bastón que llevaba en la mano la misma construcción de ladrillos tras de la cual se encontraba el cadáver de la esposa de mi alma.

Pero ¡así me libre Dios y me defienda de las fauces del Enemigo! Apenas la repercusión de los golpes se ahogó en el silencio, cuando ¡una voz contestó dentro de la tumba! Un gemido, ahogado e interrumpido primero y semejante al llanto de un niño, que pronto se elevó convirtiéndose en grito largo, fuerte y sostenido, completamente anormal y nada humano; un alarido, un chillido lamentoso, mitad de horror y mitad de triunfo, como puede oírse brotar solamente del infierno, reuniendo el grito de agonía de los condenados y la exultación de los demonios por su condenación.

Sería locura hablar de mis sentimientos. Desfalleciente, retrocedí titubeando hasta el muro opuesto. Por un momento quedó inmóvil el grupo en las escaleras a causa de su extremo horror y espanto. En el momento inmediato una docena de brazos robustos atacaba el muro. Cayó completamente. El cadáver, ya descompuesto, y cubierto de grumos de sangre coagulada, permanecía erguido ante los ojos de los espectadores. Sobre su cabeza, con la roja boca distendida, y echando fuego por su único ojo, estaba la asquerosa bestia cuya astucia me indujo al asesinato, y cuya voz informe me entregaba al verdugo. ¡Había emparedado al monstruo dentro de la tumba!

UN DESCENSO POR EL MAELSTRÖM

Los métodos de Dios, tanto en las manifestaciones de la naturaleza como en las de su providencia, no se asemejan a los *nuestros;* ni los modelos que forjamos corresponden en manera alguna a la inmensidad, la sublimidad y la inescrutabilidad de sus obras, *más profundas aún que el manantial de Demócrito.*

—JÓSEPH GLÁNVILL.

HABÍAMOS llegado a la cima de la roca más elevada. Durante algunos minutos pareció el viejo demasiado exhausto para hablar.

"No hace mucho," dijo al cabo, "que hubiera podido yo guiaros en esta ruta tan bien como el más joven de mis hijos; pero hace cerca de tres años que me ocurrió un incidente que jamás ha sucedido a mortal alguno, o por lo menos, el hombre a quien le aconteciera no ha sobrevivido para contarlo; y las seis horas de angustioso terror que sufrí entonces me destrozaron de cuerpo y alma. Vos me creéis un anciano; mas no lo soy. Menos de un día fué necesario para cambiar en blancos estos cabellos que eran negros como el azabache, para debilitar mis miembros y aflojar mis nervios hasta el punto de que tiemblo al menor esfuerzo y me asusto de una sombra. ¿Imagináis que apenas puedo mirar desde este pequeño acantilado sin sentirme desvanecido?"

El "pequeño acantilado" de que hablaba, y sobre cuyo ápice habíase tendido negligentemente a descansar de manera que la parte más pesada de su cuerpo colgaba fuera, protegiéndose únicamente contra la caída con uno de sus codos que apoyaba en su escurridizo borde; este "pequeño acantilado" era un peñasco que se elevaba sobre un escarpado precipicio de rocas negras y pulidas, a mil quinientos o mil seiscientos pies sobre el mundo de escollos que se divisaba abajo. Nada me habría decidido a acercarme a media docena de yardas de su margen. En realidad, sentíame tan profundamente emocionado por la peligrosa posición de mi compañero, que me tiré al suelo de largo a largo, prendido de los arbustos que tenía cerca, y sin atreverme a mirar ni tan siquiera el cielo, mientras luchaba en vano conmigo mismo para persuadirme de que las propias bases de la montaña no estaban en peligro con la furia del viento. Pasó largo tiempo antes de que pudiera raciocinar lo suficiente para cobrar el valor de sentarme y mirar a la distancia.

"Debéis desprenderos de esas fantasías," decía el guía, "porque os he traído aquí para que podáis gozar del mejor punto de vista para apreciar el suceso a que antes hice alusión, y referiros la historia completa mientras contempláis el paraje a que se refiere.

"Nos encontramos," continuó, con aquella peculiar manera que le distinguía, "nos encontramos muy cerca de la costa noruega, a los sesenta y ocho grados de latitud, en la gran provincia de Nordland, y en el funesto distrito de Lofoden. La montaña sobre cuya cima nos encontramos es Helseggen, la Nebulosa. Ahora alzaos un poquillo, cogeos de la hierba, si os sentís desvanecido, así, y mirad el mar detrás de la zona de vapor que nos rodea."

Miré aturdidamente, y pude contemplar una ancha extensión del océano, cuyas aguas tenían tal color de tinta que me hizo recordar inmediatamente los relatos del *Mare Tenebrarum* del geógrafo nubio. La mente humana no podría concebir paisaje más desolado. A derecha e izquierda, tan lejos como la vista podía abarcar, extendíanse, semejando los baluartes del universo, hileras de pavorosas rocas negras y escarpadas, cuyo lúgubre aspecto se realzaba poderosamente con el bramido del oleaje que estrellaba contra ellas su blanca y fantástica cresta, aullando y lamentándose por toda la eternidad. Exactamente frente al promontorio sobre cuyo ápice nos encontrábamos, y a distancia de cinco o seis millas en el mar, podía distinguirse una isla pequeña y blanquizca; o hablando con más propiedad, podía discernirse su posición por la violencia de la marejada que la envolvía. A dos millas más o menos en dirección de tierra, levantábase otro islote más pequeño, horriblemente escarpado y estéril, y circundado a diversos intervalos por un hacinamiento de negras rocas.

El aspecto del océano, en el espacio comprendido entre la playa y el islote más distante, era muy inusitado. Aun cuando en aquel momento soplaban ráfagas de viento tan violentas hacia tierra que un bergantín al largo, muy lejos, se mantenía con todos los rizos tomados, y su casco entero se hundía constantemente fuera de la vista, no había, sin embargo, el menor oleaje, sino simplemente una especie de rápido, corto y enfurecido movimiento del agua en todas direcciones, tanto en sentido del viento como hacia cualquier otro lado. Apenas se veía espuma, excepto en la inmediata proximidad de las rocas.

"La isla que se ve a la distancia," resumió el anciano, "es llamada Vurrgh por los noruegos. La otra, a la mitad del camino, es Móskoe. Aquélla, a una milla al norte, es Ambaaren. Más lejos están Islesen, Hótholm, Keíldhelm, Suarven y Búckholm. Más allá todavía, entre Móskoe y Vurrgh, se encuentran Ótterholm, Flimen, Sandflesen y Stockolm. Éstos son los verdaderos nombres de las islas; pero la razón por la cual se haya pensado en denominarlas todas es cosa que vos no podréis comprender ni la comprendo yo tampoco. ¿Oís algo ahora? ¿Notáis algún cambio en el agua?"

Haría diez minutos más o menos que nos encontrábamos en lo alto de la roca de Helseggen, hasta donde habíamos subido por el interior de Lofoden, de manera que no pudimos ver el mar hasta que se ofreció de un golpe a nuestros ojos desde el ápice. En tanto que el viejo hablaba, advertía yo un fuerte ruido que iba en aumento, semejante al estruendo de un enorme rebaño de búfalos en alguna pradera americana; notando al mismo tiempo que el movimiento que los marinos denominan el *escarceo* del océano, convertíase rápidamente a nuestra vista en una corriente que se dirigía al este. Ante mis propios ojos adquiría esta corriente monstruosa velocidad. Cada minuto aumentaba su rapidez, su impetuosa precipitación. En cinco minutos el océano entero hasta Vurrgh hallábase poseído de furia desenfrenada e indomable; pero sobre todo entre Móskoe y la costa dominaba el tumulto mayor. Allí el vasto lecho de las aguas hendíase y se rasgaba en mil canales divergentes, estallaba repentinamente en convulsión frenética, hinchándose, hirviendo, silbando, girando en vórtices gigantescos e innumerables y precipitándose en remolinos hacia el este con rapidez que jamás asume el agua, excepto en caídas torrenciales.

En algunos minutos presentóse un cambio radical en la escena. La superficie general se niveló algo más, desaparecieron los remolinos uno a uno, mientras se marcaban rayas prodigiosas de espuma donde nada se veía un momento antes. Estas rayas al fin, extendiéndose a gran distancia, entraron a su vez en el movimiento giratorio de los remolinos desaparecidos y formaron la base de un vórtice mucho más vasto. Súbitamente, muy de súbito, todo aquello tomó vida definitiva y distinta en un circuito de más de una milla de diámetro. El extremo del remolino se marcaba por una ancha faja de brillante espuma; pero ni una sola partícula se deslizaba entre las fauces del terrorífico cañón: cuyo interior, hasta donde la mirada podía sondear, era un muro de agua, liso, negro y brillante, inclinándose sobre el horizonte en un ángulo de cuarenta y cinco grados más o menos, girando vertiginosamente en redondo con movimiento ondulatorio y circular, y lanzando a los aires una voz pavorosa mitad alarido mitad bramido, tal, que ni la potente catarata del Niágara levanta jamás al cielo en su agonía.

La montaña temblaba hasta su base, y la roca se bamboleaba. Me arrojé de cara contra el suelo sujetándome de las escasas hierbas, en el exceso de mi agitación nerviosa.

"Esto," dije al cabo al anciano, "esto *no puede* ser otra cosa que el gran remolino del Maelström."

"Así le llaman a veces," respondió él. "Nosotros los noruegos le llamamos Móskoe-ström, por la isla que está a mitad de su camino."

Los relatos ordinarios respecto de este vórtice no me habían preparado a lo que presenciaba. El de Jonás Ramus, quizá el más detallado entre todos, no procura la concepción más débil de la magnificencia y horror de la escena, ni de la intensa y asombrosa sensación de *novela* que confunde al observador. No estoy seguro del punto de dónde presenció el espectáculo el autor aludido, ni del momento en que aquello se realizó; pero seguramente no ha sido del ápice del Helseggen, ni durante una tempestad. Hay, sin embargo, ciertos pasajes en su descripción que pueden citarse en razón de los detalles, aunque su efecto sea excesivamente atenuado para dar la impresión de esta escena.

"Entre Lofoden y Móskoe," dice el escritor mencionado, "la profundidad del agua es de treinta y seis a cuarenta brazas; pero del otro lado, hacia Ver (Vurrgh), esta profundidad disminuye hasta el punto de no permitir el paso de un buque sin que corra el riesgo de estrellarse contra las rocas, lo cual sucede aun en el momento de mayor calma. A la hora del flujo, la corriente barre la zona comprendida entre Lofoden y Móskoe con rapidez tumultuosa; pero el estruendo de su impetuoso reflujo hacia el mar podría apenas igualarse por la más retumbante y temible catarata; escuchándose este ruido a muchas leguas a la redonda, y siendo el vórtice o remolino tan vasto y tan profundo, que si algún buque entrara dentro de su radio de atracción, sería cogido inevitablemente y arrastrado hasta el fondo, destrozándose allí contra las rocas; y podrían verse los fragmentos arrojados de nuevo a la playa al volver de la marea. Pero estos intervalos de tranquilidad tienen lugar solamente en el buen tiempo y a la vuelta del flujo y el reflujo, prolongándose alrededor de un cuarto de hora, después de cuyo tiempo se presenta de nuevo gradualmente la violencia del fenómeno. Cuando la corriente es más tumultuosa y su furia se aumenta con alguna tempestad, es peligroso encontrarse dentro de una milla en aguas de Noruega. Barcas, yates y buques de mayor calado hanse visto arrastrados por falta de cautela para mantenerse lejos de su atracción. Ha sucedido también frecuentemente que encontrándose ballenas cerca de la corriente, hayan sido arrebatadas por su violencia; y es imposible describir sus bramidos y resoplidos en aquel momento en medio de sus esfuerzos infructuosos para escapar. Cierta vez, un oso, tratando de atravesar a nado de Lofoden a Móskoe, fué cogido y arrastrado por la corriente, mientras rugía de manera horrible que pudo oírse hasta la playa. Gran cantidad de pinos y abetos, después de haber sido absorbidos por el remolino, vuelven a aparecer arriba, tan destrozados y batidos que parece que les hubieran brotado cerdas. Esto demuestra claramente que el fondo está formado de agudas rocas entre las cuales se estrellan los objetos de un lado a otro. La corriente está regulada por el flujo y reflujo del mar que cambia constantemente cada seis horas. El año 1645, temprano en la mañana del domingo de sexagésima, rayaba en tal furia el estruendo e impetuosidad del fenómeno, que las piedras de algunas casas de la costa cayeron por efecto de su violencia."

Con respecto a la profundidad del agua, no veo cómo haya podido especificarse en la inmediata proximidad del vórtice. Las "cuarenta brazas" deben referirse solamente a aquella parte del canal cerca de las playas de Móskoe o de Lofoden. La profundidad en el centro del Móskoe-ström debe ser enormemente mayor; y basta para comprobar este hecho la ojeada que es posible lanzar, siquiera lateralmente, a los abismos del remolino desde el pico más alto del Helseggen. Mirando desde aquella altura el rugiente Phlégeton no pude evitar una sonrisa al recordar la sencillez con que el honrado Jonás Ramus menciona, como algo muy difícil de creer, las anécdotas del oso y las ballenas; porque me parecía, en verdad, la cosa más evidente, que los buques de guerra de mayor calado que llegaran a encontrarse dentro de esta terrible vorágine, podrían resistirse tanto como una pluma en el huracán y serían arrebatados inmediatamente, sin la menor duda.

Las hipótesis para explicar este fenómeno, algunas de las cuales me parecían suficientemente plausibles en lectura, según recuerdo, se me presentaban en aquel momento a la imaginación con aspecto muy diferente y poco satisfactorio. La idea generalmente aceptada es que este vórtice, lo mismo que otros tres más pequeños en las islas de Férroe, "no tiene otra causa que el choque de las olas al levantarse y al caer, durante el flujo y el reflujo, sobre un parapeto de rocas y bajíos que confina el agua, de manera que se precipitan allí como una catarata; y de consiguiente, mientras más sube la marea más profunda es la caída, y el resultado lógico es un remolino o vórtice cuya prodigiosa succión está suficientemente comprobada por menores experimentos." Estas palabras son de la *Encyclopaedia Britannica.* Kírcher y otros imaginan que en el centro del canal del Maelström hay un abismo que penetra el globo y desemboca en alguna región remota, el golfo de Botnia se ha indicado casi definitivamente en cierta ocasión. Esta opinión, frívola en sí misma, era a la que más se inclinaba mi mente mientras observaba el fenómeno; y al mencionarla al guía, quedé algo sorprendido de oírle decir que aun cuando aquella era la idea casi universalmente acogida a este respecto por los noruegos, no era la suya, sin embargo. Como primera proposición declaró, a pesar de todo, su incapacidad de comprender el fenómeno; y en esto convine con él, pues aunque concluyente sobre el papel, toda explicación resulta ininteligible y aun absurda entre el retumbar del abismo.

"Habéis observado bastante el remolino ahora," dijo el viejo, "y si os arrastráis en redondo sobre la roca hasta poneros a sotavento para que llegue a vuestros oídos algo amortiguado el bramido de las aguas, os referiré una historia que os convencerá de que tengo motivos para saber algo del Móskoe-ström."

Me coloqué como deseaba, y el guía comenzó:

"Poseía yo, en compañía de mis dos hermanos, una embarcación pequeña, aparejada en goleta, con capacidad de setenta toneladas más o menos, en la cual teníamos la costumbre de ir a pescar entre los islotes que quedan más allá de Móskoe, cerca de Vurrgh. En todas las corrientes violentas del océano se encuentra buena pesca en su oportunidad, siempre que se tenga el valor suficiente para ir a buscarla; pero entre todos los mozos de la costa de Lofoden, éramos nosotros los únicos que salíamos regularmente a pescar a las islas, como os he dicho. El sitio acostumbrado por los pescadores está mucho más lejos, allá abajo, hacia el sur. Allí se encuentra pesca a todas horas sin gran peligro y es, por consiguiente, el lugar preferido. Sin embargo, los sitios elegidos por nosotros, aquí, entre las rocas, ofrecían no sólo la más delicada variedad de pesca, sino en mucha mayor abundancia; de manera que frecuentemente conseguíamos en un solo día lo que otros más tímidos en el oficio no podían reunir en toda una semana. En verdad, esto representaba para nosotros una especulación desesperada, en que el riesgo de la vida era la labor y el ánimo respondía como capital.

"Guardábamos la goleta en una ensenada a cinco millas más arriba de la costa respecto del lugar en que nos encontramos; y en el buen tiempo solíamos aprovechar de los quince minutos de calma para atravesar el canal principal del Móskoe-ström, muy lejos del vórtice, y ponernos luego al ancla allá por Ótterham o Sandflesen, donde el reflujo no es tan violento como en otras partes. Acostumbrábamos quedarnos allí hasta que se aproximaba el momento de la nueva marea, que teníamos en cuenta para regresar. Nunca salíamos a esta clase de expediciones sin contar con viento firme para el regreso, viento que estuviéramos seguros no había de fallar; y rara vez nos equivocamos en este punto. Dos veces solamente en seis años nos vimos obligados a pasar toda la noche al ancla a causa de calma chicha, lo que es raro, en verdad, en estos parajes; y otra vez tuvimos que quedarnos en aquellos sitios, muertos de hambre, casi una semana, debido a un viento huracanado que comenzó a soplar poco después de nuestro arribo y que ponía el canal demasiado tempestuoso para pensar en atravesarlo. En aquella ocasión hubiéramos sido arrebatados por el mar, a pesar de todo, pues los remolinos nos arrastraban en redondo con tal violencia que hubimos de encepar el ancla y comenzar a rastrearla; hasta que, afortunadamente, entramos en una de las innumerables corrientes atravesadas que se encuentran hoy aquí, mañana allí, la cual nos arrastró a sotavento de Flimen, donde pudimos abordar.

"No podría relataros la vigésima parte de las dificultades a que nos veíamos obligados a hacer frente en *el terreno*; es mal paraje para encontrarse allí, aun en el buen tiempo; pero nos dábamos maña para escapar sin accidentes de las garras del Móskoe-ström, aunque en ciertas ocasiones tenía el corazón en la boca cuando sucedía que lleváramos un minuto de retraso o de adelanto sobre la marea. A veces el viento no era tan fuerte al partir como lo habíamos calculado, y entonces avanzábamos menos de lo que habríamos deseado, mientras la corriente hacía ingobernable la embarcación. Mi hermano mayor tenía un hijo de dieciocho años, y por mi parte, tenía yo dos robustos mozos hijos míos. Ellos nos habrían ayudado muchísimo en algunas ocasiones para manejar los remos y luego para pescar; pero, aun cuando nosotros nos arriesgáramos voluntariamente, no teníamos alma de poner en peligro a los muchachos porque, hay que decirlo de una vez, el peligro era horrible; ésta es la verdad.

"Dentro de pocos días se cumplirán tres años desde que sucedió lo que voy a relataros. Era el 10 de agosto de 18—, día que la gente de este lado del mundo jamás olvidará, porque se desató el huracán más formidable que jamás envió el cielo. Y sin embargo, toda la mañana, y aun hasta avanzada la tarde, hubo una brisa sudoeste, suave y constante, mientras brillaba el sol en todo su esplendor; de manera que ni los marinos más viejos habrían podido pronosticar lo que iba a suceder.

"Nosotros tres, mis dos hermanos y yo, cruzamos hacia las dos de la tarde en dirección a las islas, y pronto tuvimos casi llena la embarcación de pescado fino que, según todos pudimos notarlo, abundaba mucho más aquel día que en todas las ocasiones que podíamos recordar. Eran justamente las siete, *por mi reloj*, cuando levamos ancla para regresar, contando con atravesar la peor parte del Ström en el intermedio de calma de las mareas, que sabíamos tendría lugar a las ocho.

"Salimos con viento fresco cuarto estribor, y durante algún tiempo corrimos el largo a gran velocidad sin soñar con peligros, porque no había en realidad la más pequeña razón para preverlos. De pronto, nos cogió en facha una ráfaga que venía del Helseggen. Era esto lo más inusitado, algo que jamás nos había sucedido, y comencé a sentirme inquieto, sin saber exactamente el porqué. Pusimos la embarcación al viento, pero sin poder absolutamente avanzar a causa de los remolinos; y estaba ya a punto de proponer que regresáramos a ponernos al ancla cuando, mirando a popa, observamos todo el horizonte cubierto de una nube singular de color de cobre, que se levantaba con aterradora velocidad.

"Al mismo tiempo cayó la brisa que nos había cogido y quedamos en calma chicha, impelidos por la corriente en todas direcciones. Este estado de cosas no duró, sin embargo, lo suficiente para dejarnos tiempo de meditar. En menos de un minuto la borrasca estaba sobre nuestras cabezas; en menos de dos, el cielo se encapotó completamente; y con esto, y la espuma que volaba, volvióse súbitamente tan obscuro que no podíamos vernos unos a otros en el barco.

"Sería locura intentar describir huracán tal como el que se desencadenó aquel día. Las más viejos marinos de Noruega jamás habían presenciado cosa parecida. Habíamos dejado diestramente correr las velas antes de que pudiera cogerlas la borrasca; pero a la primera ráfaga del vendaval, ambos mástiles cayeron por la borda como cortados de un golpe, llevándose consigo el palo mayor y al más joven de mis hermanos que se había hecho atar por seguridad.

"Nuestro barco era tan liviano como la pluma más tenue que jamás hubiera flotado sobre el mar. Tenía la cubierta completamente corrida, con una pequeña escotilla cerca de la proa, la que siempre acostumbrábamos cerrar al cruzar el Ström como precaución contra el mar agitado. Pero en esta ocasión pudimos habernos ido a pique inmediatamente, porque en ciertos momentos estábamos completamente cubiertos por el agua. No puedo decir cómo escapó entonces mi hermano mayor, porque jamás tuve oportunidad de averiguarlo. En cuanto a mí, tan pronto como nos armamos a la trinquetada, me tendí de plano sobre la cubierta con los pies en la estrecha regala de la borda del combés de proa, y apretando con las manos una argolla que había cerca del palo de trinquete. Simplemente el instinto me empujó a realizar todo esto, que indudablemente era lo mejor que podía hacer, pues estaba demasiado trastornado para pensar.

"Por momentos estábamos completamente inundados, como decía, y todo ese tiempo retenía yo el aliento sujetándome en la argolla. Cuando no pude resistir más, me levanté sobre las rodillas, sosteniéndome siempre con las manos, y así logré aclarar un poco mis ideas. En este momento nuestra pequeña embarcación daba una sacudida, exactamente como un perro cuando sale del agua, librándose así en cierto modo de las olas. Hacía yo esfuerzos por salir del estupor que me había dominado y determinar lo que podríamos hacer, cuando sentí que alguien me cogía del brazo. Era mi hermano mayor, y mi corazón saltó de alegría porque estaba cierto de que había perecido entre las olas; pero en seguida toda mi alegría se cambió en horror porque él, poniendo su boca sobre mi oído, gritó la sola palabra: *¡Móskoe-ström!*

"Nadie puede comprender lo que sentí en aquel momento. Me estremecí de pies a cabeza como si padeciera un violento acceso de calentura. Sabía bien lo que él quería decir con esta sola palabra; sabía bien lo que él trataba de hacerme comprender. ¡Con el viento que nos empujaba, íbamos directamente hacia el remolino del Ström y nada podía salvarnos!

"Como bien comprendéis, para cruzar el canal del Ström, tomábamos el camino muy arriba del remolino, aun en tiempo tranquilo, y luego aguardábamos y espiábamos cuidadosamente la marea; pero ¡ahora íbamos impelidos derechamente al abismo, a merced de semejante huracán! Es posible—pensé— que lleguemos allí justamente en el intermedio de las mareas, y entonces habrá alguna esperanza; pero en seguida me apostrofé por mi locura de soñar con esperanzas de ninguna clase. Sabía muy bien que estábamos perdidos, aunque nuestra embarcación hubiera sido diez veces más grande que un navío de noventa cañones.

"Por este tiempo el primer ímpetu de la tempestad se había calmado, o quizá no lo sentíamos tanto porque corríamos delante de ella; pero en todo caso, las aguas que al principio se mantenían bajas por el viento y continuaban planas y espumantes, levantábanse ahora tan altas como montañas. Un cambio singular mostrábase también en el cielo. Alrededor, en todas direcciones, estaba todavía tan negro como la pez, pero casi sobre nuestras cabezas se abrió de repente una grieta circular de firmamento claro, tan claro como nunca lo había contemplado antes, y de brillante azul profundo, a través del cual aparecía la luna llena con un resplandor que jamás le había conocido. Alumbraba todo con gran claridad a nuestro alrededor, mas ¡oh Dios! ¡qué escena la que ponía al descubierto!

"Hice entonces una o dos tentativas para hablar a mi hermano; pero a causa de algo que yo no podía comprender, el estruendo había aumentado de manera que no pude hacerle entender una sola palabra, a pesar de que gritaba en sus oídos con toda la fuerza de mi voz. Entonces sacudió la cabeza, pálido como un muerto, y levantó uno de sus dedos como si dijera: *¡Escucha!*

"Al principio no pude comprender lo que quería decir, mas luego un horrible pensamiento me asaltó. Saqué el reloj de mi faltriquera. No andaba. Miré la esfera a la luz de la luna, y rompí a llorar mientras lo arrojaba a lo lejos en el océano. *¡Se había parado a las siete! ¡Estábamos atrasados respecto de la marea, y el remolino del Ström estaba en plena furia!*

"Cuando un barco está bien construído, debidamente trincado y no lleva demasiado lastre, parece que las olas se deslizan bajo su quilla en una fuerte borrasca mientras las corre a lo largo, lo cual provoca la admiración de la gente de tierra, y es lo que en jerga marina se llama *correr las olas*.

"Bien; hasta entonces habíamos corrido el mar con bastante habilidad; pero en aquel momento nos cogió un gigantesco golpe de agua exactamente bajo la bovedilla, y nos arrebató conforme se elevaba, arriba, arriba, como si fuera a llegar hasta las nubes. Jamás hubiera creído que una ola pudiera levantarse a tal altura. Y luego caímos con un ímpetu, un declive y una sacudida tal que me hizo sentir náuseas y vértigos como si me precipitaran en sueños de lo alto de una gran montaña. Pero mientras estuvimos arriba tuve tiempo de arrojar una rápida ojeada alrededor, y esta ojeada fué más que suficiente. Comprendí en un momento nuestra posición exacta. El abismo del Móskoe-ström se encontraba a un cuarto de milla de distancia; pero era tan semejante en aquellos momentos al Móskoe-ström de todos los días como puede asemejarse el remolino que veis ahora a un simple canal de molino. Si no hubiera sabido dónde estábamos y lo que se nos esperaba, no habría reconocido el lugar. Como estaban las cosas, cerré los ojos involuntariamente por el horror. Mis párpados apretáronse uno contra otro como en un espasmo.

"No habrían transcurrido más de dos minutos cuando sentimos amansarse las olas súbitamente y nos encontramos envueltos en espuma. El barco dió una media vuelta cerrada sobre babor y se disparó como un rayo en su nueva dirección. En el mismo instante el ruido fragoroso del agua se ahogó completamente en una especie de trémulo alarido, semejante al que se podría imaginar lanzado por los tubos de escape de un millar de barcos dejando todos escapar el vapor al mismo tiempo. Estábamos entonces en el cinturón de marejada que rodea siempre al remolino; y yo pensaba, por supuesto, que un momento más nos precipitaría en aquel abismo que podíamos discernir sólo de manera indistinta a causa de la enloquecedora velocidad con que éramos arrastrados. El barco no parecía absolutamente hundirse en las aguas, sino deslizarse sobre la superficie del oleaje como una burbuja de aire. Su lado de estribor daba al remolino, y el de babor ocultaba a nuestra vista el mundo de océano que habíamos dejado atrás Elevábase como un gran muro movible entre nosotros y el horizonte.

"Puede parecer extraño, pero, sin embargo, yo me sentía más dueño de mí cuando nos encontramos en las mismas fauces del vórtice que cuando nos aproximábamos a su horror. Habiendo perdido toda esperanza, me libré de gran parte de aquel terror que me inutilizaba al principio. Sospecho que fué la desesperación lo que templó mis nervios.

"Quizá creeréis que soy jactancioso, pero lo que digo es la pura verdad. Comencé a meditar cuán magnífico era morir de esta manera, y qué gran locura era la mía en detenerme en mezquinas consideraciones sobre mi propia vida en presencia de esta maravillosa manifestación del poder de Dios. Creo que enrojecí de vergüenza cuando esta idea atravesó mi espíritu. Pasado algún tiempo, me sentí poseído de la más viva curiosidad acerca del interior del remolino. Y sentí positivamente el *deseo* de explorar sus profundidades aun a costa del sacrificio de mi vida que ello implicaba; siendo mi principal pesar la idea de que jamás podría relatar a mis viejos camaradas de la costa los misterios que hubiera descubierto. Indudablemente eran éstas extrañas fantasías para ocupar la mente de un hombre en tal situación; y he pensado después varias veces que sin duda las revoluciones del barco alrededor del remolino me habían vuelto algo tonto.

"Otra circunstancia contribuyó también a devolverme mi sangre fría; y fué la cesación del viento que no podía alcanzarnos en esta posición; pues, como vos mismo lo podéis apreciar, el cinturón de marejada está considerablemente más bajo que el nivel general del océano, que formaba entonces sobre nosotros una alta, negra y enorme protuberancia. Si jamás habéis estado en el mar en ocasión de una borrasca, no podéis formaros idea de la confusión de ideas que resulta del viento y la lluvia combinados. Ciegan, ensordecen y ahogan, quitándoos toda facultad de acción o de reflexión. Pero entonces nos hallábamos libres en gran parte de estas molestias; exactamente como el condenado a muerte goza en su prisión de las pequeñas prerrogativas que le estaban prohibidas cuando su sentencia era todavía incierta.

"Imposible sería decir cuántas veces recorrimos el circuito de aquella zona. Corrimos en redondo quizás una hora, volando más que flotando, y acercándonos gradualmente al centro del remolino, y luego cada vez más y más cerca de su horrendo margen. Durante todo este tiempo no me había desprendido del anillo. Mi hermano estaba a popa, sujetándose de un pequeño barril de agua vacío, atado fuertemente al cuartel de la bovedilla, y que era el único objeto que no hubiera sido barrido por el mar cuando nos cogió el primer golpe del temporal. Al aproximarnos al borde del abismo, abandonó su punto de apoyo y trató de acogerse a la argolla, de la cual, en la agonía de su terror, intentaba separar mis manos, como si no fuera suficientemente grande para prestarnos a los dos seguro apoyo. Nunca he sentido pesar tan profundo como cuando le vi acometer este acto, aunque sabía que estaba loco al intentarlo, furiosamente insano por la fuerza de su terror. No me ocupé, por cierto, de disputarle el sitio. Sabía demasiado bien que lo mismo daba que tuviéramos o careciéramos de un punto de apoyo; así, le abandoné el anillo y me dirigí a popa en busca del barril. No había entonces gran dificultad para realizar esto, porque el barco volaba en redondo con bastante firmeza y equilibrio sobre su quilla, oscilando solamente acá y allá con las inmensas ondulaciones y remolinos del vórtice. Apenas me había asegurado en mi nueva posición, cuando dimos un violento vuelco a estribor y nos precipitamos en el abismo. Murmuré una agitada plegaria y creí que todo había terminado. Como sentía el agobiador mareo del descenso, apreté instintivamente mi abrazo al barril, y cerré los ojos. Durante algunos segundos no me atreví a abrirlos, esperando la destrucción instantánea, y me maravillaba de no sentirme ya en luchas mortales dentro del agua. Pero transcurrió un momento, luego otro. Vivía todavía. La sensación de caída había cesado, y el movimiento del buque se parecía mucho al anterior, como cuando nos encontrábamos en el cinturón de marejada, con la diferencia de que ahora se notaba más tendido. Cobré valor, y contemplé otra vez la escena.

"Nunca olvidaré la sensación de espanto, de horror y admiración con la cual miraba en derredor. El barco parecía colgado como por arte de magia a media altura sobre el interior de un canal de vasta circunferencia y maravillosa profundidad, cuyos costados perfectamente lisos podían haberse confundido con el ébano, a no ser por la rapidez vertiginosa con que giraban en redondo, y por el fantástico y radiante esplendor que despedían a los rayos de la luna llena, los cuales, desde aquella abertura circular entre las nubes que antes he descrito, bañaban en un torrente de gloria dorada los negros muros yendo a perderse entre las más remotas profundidades del abismo.

"Al principio estaba demasiado confuso para observar nada con atención. El despliegue general de aterradora grandeza era todo lo que podía percibir. Cuando me recobré un poco, sin embargo, mis miradas se dirigieron instintivamente hacia abajo.

En aquella dirección me era posible obtener una perspectiva libre por la posición en que se encontraba la goleta sobre la inclinada superficie del vórtice. El barco se mantenía casi recto sobre su quilla; es decir, la cubierta estaba en plano paralelo con el agua, pero con declive de más de cuarenta y cinco grados, de manera que parecíamos acostados sobre la extremidad de nuestros baos. No pude menos de observar que, a pesar de todo, apenas tenía mayor dificultad para mantenerme en pie y caminar en esta posición que si hubiéramos estado en un plano horizontal; lo que era debido, supongo, a la velocidad de nuestras revoluciones.

"Los rayos de la luna parecían penetrar hasta el mismo seno del profundo golfo; pero no pude ver nada distintamente a causa de una espesa lluvia en que todo estaba envuelto, y sobre la cual se tendía un magnífico arco iris semejando el estrecho y vacilante puente que, según aseguran los musulmanes, es la única vía entre el Tiempo y la Eternidad. Esta lluvia o rocío, era ocasionada indudablemente por el choque de los grandes muros al confundirse en el fondo; pero no me atrevo a describir el alarido que brotaba hasta los cielos desde el centro de aquella profundidad.

"Nuestro primer salto en el abismo desde la zona espumosa arriba nos llevó a gran distancia en la pendiente; pero el descenso posterior no seguía la misma proporción absolutamente. Girábamos y girábamos en redondo, no con movimiento uniforme, sino en vertiginosas sacudidas y oscilaciones que nos arrojaban a veces solamente unas cincuenta yardas, mientras nos hacían otras recorrer casi todo el circuito del remolino. Nuestro progreso hacia abajo en cada revolución era lento mas perfectamente perceptible.

"Mirando en derredor sobre la vasta amplitud del líquido color de ébano que nos sostenía, pude notar que nuestro barco no era el único objeto que flotaba en el ámbito del torbellino. Encima y debajo de nosotros veíanse fragmentos de buques, grandes masas de maderaje, y troncos de árboles, con muchos otros pequeños artículos, como piezas de mueblería, cajas destrozadas, barriles y duelas. He aludido antes a la extraordinaria curiosidad que me había asaltado en lugar de mis terrores primitivos. Parecía aumentar ésta en mí a medida que se aproximaba más y más mi fatal sentencia. Comencé entonces a observar con extraño interés los numerosos objetos que flotaban en nuestra compañía. *Debo* haber estado delirante, porque hasta encontraba *distracción* en calcular la velocidad relativa de su variado descenso hacia el espumante fondo. Este abeto—me sorprendí diciendo una vez—será ciertamente el primero que dé el gran salto y desaparezca; quedando luego desconcertado al ver que los despojos de un buque mercante holandés le tomaban la delantera y se sumergían primero. Al fin, después de varios cálculos de esta naturaleza y de advertir que me engañaba en todos ellos, este hecho, el hecho repetido de mi invariable error, me inspiró una serie de ideas que hicieron nuevamente temblar mis miembros y batir con pesadez mi corazón.

"No era un nuevo terror lo que así me afectaba, sino al contrario la aurora de una incipiente y alentadora esperanza. Esta esperanza brotó en parte del recuerdo de lo que en otras ocasiones había presenciado, y en parte de la observación del momento. Rememoré que gran cantidad del material flotante regado en la costa de Lofoden había sido absorbido y vuelto a arrojar por el Móskoe-ström. En su mayor parte estaban aquellos despojos horriblemente destrozados, tan aplastados y ásperos que tenían solamente la apariencia de un montón de astillas; pero recordé también que había algunos que no estaban desfigurados en absoluto. Luego, no había a que atribuir esta diferencia, a menos que se supusiera que los fragmentos destrozados eran los únicos que habían sido *completamente absorbidos*; y que los otros, sea por haber entrado al torbellino en un período avanzado de la marea o por cualquiera otra razón, habían descendido tan lentamente después de su absorción, que no llegaron al fondo antes del momento en que cambiara la corriente del flujo o del reflujo, según las circunstancias. Concebí por último la posibilidad de que hubieran sido devueltos de esta manera por el remolino hasta el nivel del océano, sin sufrir la suerte de los que entraron primero o fueron absorbidos con mayor rapidez. Hice, además, tres importantes observaciones. La primera fué que, como regla general, mientras más grandes eran los cuerpos, más rápido era su descenso; la segunda que, entre masas de igual volumen, una esférica y otra de *cualquiera otra forma*, la superioridad de velocidad para descender correspondía a la esférica; y tercera que, entre dos cuerpos de igual tamaño, uno de ellos cilíndrico y el otro de cualquiera otra forma, el cilíndrico era absorbido más lentamente. Desde mi salvamento, he tenido varias conversaciones sobre este tema con un viejo maestro de escuela del distrito; y supe por él lo que significaban las palabras *esférico* y*cilíndrico*. Él me explicó también, aun cuando después haya olvidado la explicación, cómo lo que yo observé era verdaderamente la consecuencia natural de la forma de los fragmentos flotantes; y me mostró cómo sucedía que un cilindro arrastrado en un vórtice ofrece más resistencia para la succión y es absorbido con mayor dificultad que otro cuerpo de igual volumen y de cualquiera otra forma.[7]

"Hubo una circunstancia que hirió mi imaginación, haciéndome adelantar mucho en la vía de estas observaciones y volviéndome ansioso de ponerlas en práctica; y fué que a cada revolución dejábamos atrás algo semejante a un barril o quizá la verga o mástil de algún buque, mientras muchos otros objetos que habían estado a nuestro nivel cuando abrí los ojos por primera vez a las maravillas del abismo, encontrábanse ahora mucho más arriba de nosotros y parecían haber avanzado muy poco de su primera posición.

"No vacilé más. Resolví atarme fuertemente al tonel vacío que me servía de apoyo en aquel momento, y lanzarme con él al agua. Traté de llamar la atención de mi hermano señalando a los barriles que flotaban cerca de nosotros, e hice cuanto estuvo en mi poder para explicarle lo que intentaba acometer. Creo que al fin me comprendió; mas fuera éste o no el caso, sacudió la cabeza desesperadamente y rehusó abandonar su posición cerca de la argolla. Era imposible para mí llegar hasta él; la ocasión no admitía retardo; y así, con amarga lucha le abandoné a su suerte, atándome al tonel con las mismas cuerdas que le sujetaban a la bovedilla; y me precipité en el mar sin más vacilación.

"El resultado fué precisamente el que esperaba. Como soy yo mismo quien os relata esta historia; como veis que llegué a escapar; y como conocéis ahora la forma en que realicé mi salvación; y debéis, por consiguiente, anticiparos todo lo que me falta decir, llevaré mi historia rápidamente a su conclusión. Habría pasado una hora o algo así después que abandoné la goleta cuando, habiendo descendido a gran distancia debajo del sitio en que yo me encontraba, dió tres o cuatro giros violentos en rápida sucesión y, arrastrando a mi amado hermano en su seno, se precipitó de una vez para siempre en el caos de espuma del abismo. El barril al cual me había yo atado hallábase algo más abajo de la distancia media entre el fondo del torbellino y el punto en que yo salté fuera del barco, cuando se presentó un gran cambio en la índole del remolino. La pendiente de los costados se volvió cada vez menos inclinada. Los giros hiciéronse menos y menos violentos. Desaparecieron poco a poco la espuma y el arco iris; y el fondo del abismo pareció elevarse lentamente. El cielo estaba claro, el viento había caído, y la luna llena se ponía radiantemente en el oeste cuando me encontré en la superficie del océano, en frente de las playas de Lofoden y sobre el sitio en que el remolino del Móskoeström *había existido*. Era la hora de calma de la marea, pero todavía el mar se elevaba en olas como montañas por efecto del huracán. Me vi arrastrado violentamente hacia el canal del Ström, y en algunos minutos me arrebató la corriente abajo, hacia la costa donde estaban situadas las pesqueras de mis compañeros. Un bote me recogió exhausto de fatiga y, entonces que el peligro había ya pasado, mudo por el recuerdo de su horror. Los que me recibieron a bordo eran mis viejos camaradas y mis compañeros de todos los días; pero no me reconocieron, como tampoco habría yo reconocido a un viajero de la región de las sombras. Mi pelo, que había sido negro como el ala del cuervo el día anterior, estaba tan blanco como lo veis ahora. Dicen también que ha variado toda la expresión de mi fisonomía. Referíles mi historia; no la creyeron. Ahora os la relato a *vos*, sin esperanza de que le prestéis mayor fe de la que acostumbran otorgarle los alegres pescadores de Lofoden."

NOTAS:

[1] El sonido semejante de *antenas y estaño* en inglés provoca la equivocación del negro que no entiende mucho de requilorios de pronunciación.—*La Redacción.*

[2] Analogía de sonido y ortografía con kid, que en inglés significa cabrito.—*La Redacción.*

[3] Nombre análogo en letras y pronunciación a *Bishop*, que en inglés significa obispo.—*La Redacción.*

[4]

Su corazón es un laúd en pendiente,
Apenas se le roza, vibra.

[5] Sin pretensiones de traducir en verso las bellísimas rimas de Poe, hemos procurado expresar en simple prosa cadenciosa la idea encerrada en esta poesía y despertar algo de la emoción buscada por el autor.—*La Redacción.*

[6] Watson, el doctor Pércival, Spallanzani y especialmente el obispo de Llándaff.

[7] Véase Arquímedes: *De Incidentibus in Fluido*, libro 2.

Poemas

Prólogo de Rubén Darío

En una mañana fría y húmeda llegué por primera vez al inmenso país de los Estados Unidos. Iba el *steamer* despacio, y la sirena aullaba roncamente por temor de un choque. Quedaba atrás Fire Island con su erecto faro; estábamos frente a Sandy Hook, de donde nos salió al paso el barco de sanidad. El ladrante slang yanqui sonaba por todas partes, bajo el pabellón de bandas y estrellas. El viento frío, los pitos arromadizados, el humo de las chimeneas, el movimiento de las máquinas, las mismas ondas ventrudas de aquel mar estañado, el vapor que caminaba rumbo a la gran bahía, todo decía: *all right*. Entre las brumas se divisaban islas y barcos. Long Island desarrollaba la inmensa cinta de sus costas, y Staten Island, como en el marco de una viñeta, se presentaba en su hermosura, tentando al lápiz, ya que no, por falta de sol, a la máquina fotográfica. Sobre cubierta se agrupan los pasajeros: el comerciante de gruesa panza, congestionado como un pavo, con encorvadas narices israelitas; el clergyman huesoso, enfundado en su largo levitón negro, cubierto con su ancho sombrero de fieltro, y en la mano una pequeña Biblia; la muchacha que usa gorra de jockey, y que durante toda la travesía ha cantado con voz fonográfica, al són de un banjo; el joven robusto, lampiño como un bebé, y que, aficionado al box, tiene los puños de tal modo, que bien pudiera desquijarrar un rinoceronte de un solo impulso... En los Narrows se alcanza a ver la tierra pintoresca y florida, las fortalezas. Luego, levantando sobre su cabeza la antorcha simbólica, queda a un lado la gigantesca Madona de la Libertad, que tiene por peana un islote. De mi alma brota entonces la salutación:

«A ti, prolífica, enorme, dominadora. A ti, Nuestra Señora de la Libertad. A ti, cuyas mamas de bronce alimentan un sinnúmero de almas y corazones. A ti, que te alzas solitaria y magnífica sobre tu isla, levantando la divina antorcha. Yo te saludo al paso de mi *steamer*, prosternándome delante de tu majestad. ¡Ave: Good morning! Yo sé, divino icono, ¡oh, magna estatua!, que tu solo nombre, el de la excelsa beldad que encarnas, ha hecho brotar estrellas sobre el mundo, a la manera del *fiat* del Señor. Allí están entre todas, brillantes sobre las listas de la bandera, las que iluminan el vuelo del águila de

América, de esta tu América formidable, de ojos azules. Ave, Libertad, llena de fuerza; el Señor es contigo: bendita tú eres. Pero, ¿sabes?, se te ha herido mucho por el mundo, divinidad, manchando tu esplendor. Anda en la tierra otra que ha usurpado tu nombre, y que, en vez de la antorcha, lleva la tea. Aquélla no es la Diana sagrada de las incomparables flechas: es Hécate.»

Hecha mi salutación, mi vista contempla la masa enorme que está al frente, aquella tierra coronada de torres, aquella región de donde casi sentís que viene un soplo subyugador y terrible: Manhattan, la isla de hierro, Nueva York, la sanguínea, la ciclópea, la monstruosa, la tormentosa, la irresistible capital del cheque. Rodeada de islas menores, tiene cerca a Jersey; y agarrada a Brooklyn con la uña enorme del puente, Brooklyn, que tiene sobre el palpitante pecho de acero un ramillete de campanarios.

Se cree oír la voz de Nueva York, el eco de un vasto soliloquio de cifras. ¡Cuán distinta de la voz de París, cuando uno cree escucharla, al acercarse, halagadora como una canción de amor, de poesía y de juventud! Sobre el suelo de Manhattan parece que va a verse surgir de pronto un colosal Tío Samuel, que llama a los pueblos todos a un inaudito remate, y que el martillo del rematador cae sobre cúpulas y techumbres produciendo un ensordecedor trueno metálico. Antes de entrar al corazón del monstruo, recuerdo la ciudad, que vio en el poema bárbaro el vidente Thogorma:

Thogorma dans ses yeux vit monter des murailles de fer dont s'enroulaient des spirales des tours et des palais cerclés d'arain sur des blocs lourds; ruche énorme, géhenne aux lúgubres entrailles oú s'engouffraint les Forts, princes des anciens jours.

. . . .
. . . .

Semejantes a los Fuertes de los días antiguos, viven en sus torres de piedra, de hierro y de cristal, los hombres de Manhattan.

En su fabulosa Babel, gritan, mugen, resuenan, braman, conmueven la Bolsa, la locomotora, la fragua, el banco, la imprenta, el dock y la urna electoral. El edificio Produce Exchange, entre sus muros de hierro y granito, reúne tantas almas cuantas hacen un pueblo... He allí Broadway. Se experimenta casi una impresión dolorosa; sentís el dominio del vértigo. Por un gran canal, cuyos lados los forman casas monumentales que ostentan sus cien ojos de vidrio y sus tatuajes de rótulos, pasa un río caudaloso, confuso, de comerciantes, corredores, caballos, tranvías, ómnibus, hombres-sandwichs vestidos de anuncios y mujeres bellísimas. Abarcando con la vista la inmensa arteria en su hervor continuo, llega a sentirse la angustia de ciertas pesadillas. Reina la vida del hormiguero: un hormiguero de percherones gigantescos, de carros monstruosos, de toda clase de vehículos. El vendedor de periódicos, rosado y risueño, salta como un gorrión, de tranvía en tranvía, y grita al pasajero *¡intanrsooonwoood!*, lo que quiere decir, si gustáis comprar cualquiera de esos tres diarios, el *Evening Telegram*, *el Sun* o el *World*. El ruido es mareador y se siente en el aire una trepidación incesante; el repiqueteo de los cascos, el vuelo sonoro de las ruedas, parece a cada instante aumentarse. Temeríase a cada momento un choque, un fracaso, si no se conociese que este inmenso río que corre con una fuerza de alud, lleva en sus ondas la exactitud de una máquina. En lo más intrincado de la muchedumbre, en lo más convulsivo y crespo de la ola en movimiento, sucede que una lady anciana, bajo su capota negra, o una miss rubia, o una nodriza con su bebé, quiere pasar de una acera a otra. Un corpulento policeman alza la mano; detiénese el torrente; pasa la dama; ¡all right!

«Esos cíclopes...», dice Groussac; «esos feroces calibanes...», escribe Peladan. ¿Tuvo razón el raro Sar al llamar así a estos hombres de la América del Norte? Calibán reina en la isla de Manhattan, en San Francisco, en Boston, en Washington, en todo el país. Ha conseguido establecer el imperio de la materia desde su estado misterioso con Edison, hasta la apoteosis del puerco, en esa abrumadora ciudad de Chicago. Calibán se satura de wishky, como en el drama de Shakespeare de vino; se desarrolla y crece; y sin ser esclavo de ningún Próspero, ni martirizado por ningún genio del aire, engorda y se multiplica. Su nombre es Legión. Por voluntad de Dios suele brotar de entre esos poderosos monstruos algún sér de superior naturaleza, que tiende las alas a la eterna Miranda de lo ideal. Entonces, Calibán mueve contra él a Sicorax, y se le destierra o se le mata. Esto vio el mundo con Edgar Allan Poe, el cisne desdichado que mejor ha conocido el ensueño y la muerte...

¿Por qué vino tu imagen a mi memoria, Stella, alma, dulce reina mía, tan presto ida para siempre, el día en que, después de recorrer el hirviente Broadway, me puse a leer los versos de Poe, cuyo nombre de Edgar, harmonioso y legendario, encierra tan vaga y triste poesía, y he visto desfilar la procesión de sus castas enamoradas a través del polvo de plata de un místico ensueño? Es porque tu eres hermana de las liliales vírgenes, cantadas en brumosa lengua inglesa por el soñador infeliz, príncipe de los poetas malditos. Tú como ellas eres llama del infinito amor. Frente al balcón, vestido de rosas blancas, por donde en el Paraíso asoma tu faz de generosos y profundos ojos, pasan tus hermanas y te saludan con una sonrisa, en la maravilla de tu virtud, ¡oh, mi ángel consolador; oh, mi esposa! La primera que pasa es Irene, la dama brillante de palidez extraña, venida de allá, de los marea lejanos; la segunda es Eulalia, la dulce Eulalia, de cabellos de oro y ojos de violeta, que dirige al Cielo su mirada; la tercera es Leonora, llamada así por los ángeles, joven y radiosa en el Edén distante; la otra es Francés, la amada que calma las penas con su recuerdo; la otra es Ulalume, cuya sombra yerra en la nebulosa región de Weir, cerca del sombrío lago de Auber; la otra Helen, la que fué vista por la primera vez a la luz de perla de la Luna; la otra Annie, la de los ósculos y las caricias y oraciones por el adorado; la otra Annabel Lee, que amó con un amor envidia de los serafines del Cielo; la otra Isabel, la de los amantes coloquios en la claridad lunar; Ligeia, en fin, meditabunda, envuelta en un velo de extraterrestre esplendor... Ellas son, cándido coro de ideales oceánidos, quienes consuelan y enjugan la frente al lírico Prometeo amarrado a la montaña Yankee, cuyo cuervo, más cruel aun que el buitre esquiliano, sentado sobre el busto de Palas, tortura el corazón del desdichado, apuñaleándole con la monótona palabra de la desesperanza. Así tú para mí. En medio de los martirios de la vida, me refrescas y alientas con el aire de tus alas, porque si partiste en tu forma humana al viaje sin retorno, siento la venida de tu sér inmortal, cuando las fuerzas me faltan o cuando el dolor tiende hacia mí el negro arco. Entonces, Alma, Stella, oigo sonar cerca de mí el oro invisible de tu escudo angélico. Tu nombre luminoso y simbólico surge en el cielo de mis noches como un incomparable guía, y por claridad inefable llevo el incienso y la mirra a la cuna de la eterna Esperanza.

EL HOMBRE

La influencia de Poe en el arte universal ha sido suficientemente honda y transcendente para que su nombre y su obra no sean a la continua recordados. Desde su muerte acá, no hay año casi en que, ya en el libro o en la revista, no se ocupen del excelso poeta americano, críticos, ensayistas y poetas. La obra de Ingram iluminó la vida del hombre; nada puede aumentar la gloria del soñador maravilloso. Por cierto que la publicación de aquel libro, cuya traducción a nuestra lengua hay que agradecer al Sr. Mayer, estaba destinada al grueso público.

¿Es que en el número de los escogidos, de los aristócratas del espíritu, no estaba ya pesado en su propio valor, el odioso fárrago del canino Griswold? La infame autopsia moral que se hizo del ilustre difunto debía tener esa bella protesta. Ha de ver ya el mundo libre de mancha al cisne inmaculado.

Poe, como un Ariel hecho hombre, diríase que ha pasado su vida bajo el flotante influjo de un extraño misterio. Nacido en un país de vida práctica y material, la influencia del medio obra en él al contrario. De un país de cálculo brota imaginación tan estupenda. El dón mitológico parece nacer en él por lejano atavismo, y vese en su poesía un claro rayo del país del sol y azul en que nacieron sus antepasados. Renace en él el alma caballeresca de los Le Poer alabados en las crónicas de Generaldo Gambresio. Arnoldo Le Poer lanza en la Irlanda de 1327 este terrible insulto al caballero Mauricio de Desmond: «Sois un rimador.» Por lo cual se empuñan las espadas y se traba una riña, que es el prólogo de guerra sangrienta.

Cinco siglos después, un descendiente del provocativo Arnoldo, glorificará a su raza, erigiendo sobre el rico pedestal de la lengua inglesa, y en un nuevo mundo, el palacio de oro de sus rimas.

El noble abolengo de Poe; ciertamente, no interesa sino a «aquellos que tienen gusto de averiguar los efectos producidos por el país y el linaje en las peculiaridades mentales y constitucionales de los hombres de genio» según las palabras de la noble Sra. Whitman. Por lo demás, es él quien hoy da valer y honra a todos los pastores protestantes, tenderos, rentistas o mercachifles que llevan su apellido en la tierra del honorable padre de su patria Jorge Washington.

Sábese que en el linaje del poeta hubo un bravo sir Rogerio, que batalló en compañía de Strongbow, un osado, sir Arnoldo, que defendió a una *lady*, acusada de bruja; una mujer heroica y viril, la célebre *Condesa* del tiempo de Cromwell; y pasado sobre enredos genealógicos antiguos, un General de los Estados Unidos, su abuelo. Después de todo, ese sér trágico, de historia tan extraña y romancesca, dio su primer vagido entre las coronas marchitas de una comedianta, la cual le dio vida bajo el imperio del más ardiente amor. La pobre artista había quedado huérfana desde muy tierna edad. Amaba el teatro, era inteligente y bella, y de esa dulce gracia nació el pálido y melancólico visionario que dio al arte un mundo nuevo.

Poe nació con el envidiable dón de la belleza corporal. De todos los retratos que he visto suyos, ninguno da idea de aquella especial hermosura que en descripciones han dejado muchas de las personas que le conocieron. No hay duda que en toda la iconografía poeana, el retrato que debe representarle mejor es el que sirvió a Mr. Clarke para publicar un grabado que copiaba al poeta en el tiempo en que éste trabajaba en la empresa de aquel caballero. El mismo Clarke protestó contra los falsos retratos de Poe, que después de su muerte publicaron. Si no tanto como los que calumniaron su hermosa alma poética, los que desfiguran la belleza de su rostro son dignos de la más justa censura. De todos los retratos que han llegado a mis manos, los que más me han llamado la atención son el de Chiffart, publicado en la edición ilustrada de Quantin, de los *Cuentos extraordinarios*, y el grabado por R. Loncup, para la traducción del libro de Ingram por Mayer. En ambos, Poe ha llegado ya a la edad madura. No es, por cierto, aquel gallardo jovencito sensitivo que al conocer a Elena Stannard, quedó trémulo y sin voz como el Dante de la *Vita Nuova*....

Es el hombre que ha sufrido ya, que conoce por sus propias desgarradas carnes cómo hieren las asperezas de la vida. En el primero, el artista parece haber querido hacer una cabeza simbólica. En los ojos, casi ornitomorfos, en el aire, en la expresión trágica del rostro, Chiffart ha intentado pintar al autor del *Cuervo*, al visionario, al *unhappy Master*, más que al hombre. En el segundo hay más realidad: esa mirada triste, de tristeza contagiosa, esa boca apretada, ese vago gesto de dolor y esa frente ancha y magnífica en donde se entronizó la palidez fatal del sufrimiento, pintan al desgraciado en sus días de mayor infortunio, quizá en los que precedieron a su muerte. Los otros retratos, como el de Halpin para la edición de Amstrong, nos dan ya tipos de lechuguinos de la época, ya caras que nada tienen que ver con la cabeza bella e inteligente de que habla Clark. Nada más cierto que la observación de Gautier:

«Es raro que un poeta, dice, que un artista sea conocido bajo su primer encantador aspecto. La reputación no le viene, sino muy tarde, cuando ya las fatigas del estudio, la lucha por la vida y las torturas de las pasiones han alterado su fisonomía primitiva; apenas deja sino una máscara usada, marchita, donde cada dolor ha puesto por estigma una magulladura o una arruga.»

Desde niño, Poe «prometía una gran belleza.»

Sus compañeros de colegio hablan de su agilidad y robustez. Su imaginación y su temperamento nervioso estaban contrapesados por la fuerza de sus músculos. El amable y delicado ángel de poesía sabía dar excelentes puñetazos. Más tarde dirá de él una buena señora: «Era un muchacho bonito.»

Cuando entra a West Point hace notar en él un colega, Mr. Gibson, su «mirada cansada, tediosa y hastiada.» Ya en su edad viril, recuérdale el bibliófilo Gowans: «Poe tenía un exterior notablemente agradable y que predisponía en su favor: lo que las damas llamarían claramente bello.» Una persona que le oye recitar en Boston, dice: «Era la mejor realización de un poeta, en su fisonomía, aire y manera.» Un precioso retrato es hecho de mano femenina: «Una talla algo menos que de altura mediana, quizá, pero tan perfectamente proporcionada y coronada por una cabeza tan noble, llevada tan regiamente, que, a mi juicio de muchacha, causaba la impresión de una estatura dominante. Esos claros y melancólicos ojos parecían mirar desde una eminencia....». Otra dama recuerda la extraña impresión de sus ojos: «Los ojos de Poe, en verdad, eran el rasgo que más impresionaba, y era a ellos a los que su cara debía su atractivo peculiar. Jamás he visto otros ojos que en algo se le parecieran. Eran grandes, con pestañas largas y un negro de azabache: el iris acero gris, poseía una cristalina claridad y transparencia, a través de la cual la pupila negra azabache se veía expandirse y contraerse, con toda sombra de pensamiento o de emoción. Observé que los párpados jamás se contraían, como es tan usual en la mayor parte de las personas, principalmente cuando hablan; pero su mirada siempre era llena, abierta y sin encogimiento ni emoción. Su expresión habitual era soñadora y triste: algunas veces tenía un modo de dirigir una mirada ligera, de soslayo, sobre alguna persona que no le observaba a él, y, con una mirada tranquila y fija, parecía que mentalmente estaba midiendo el calibre de la persona que estaba ajena de ello.—¡Qué ojos tan tremendos tiene el señor Poe!—me dijo una señora. Me hace helar la sangre el verle darse vuelta lentamente y fijarlos sobre mí cuando estoy hablando».

La misma agrega: «Usaba un bigote negro, esmeradamente cuidado, pero que no cubría completamente una expresión ligeramente contraída de la boca y una tensión ocasional del labio superior, que se asemejaba a una expresión de mofa. Esta mofa era fácilmente excitada y se manifestaba por un movimiento del labio, apenas perceptible, y sin embargo, intensamente expresivo. No había en ella nada de malevolencia, pero sí mucho sarcasmo». Sábese, pues, que aquella alma potente y extraña estaba encerrada en hermoso vaso. Parece que la distinción y dotes físicas deberían ser nativas en todos los portadores de la lira. ¿Apolo, el crinado numen lírico, no es el prototipo de la belleza viril? Mas no todos sus hijos nacen con dote tan espléndido. Los privilegiados se llaman Goethe, Byron, Lamartine, Poe.

Nuestro poeta, por su organización vigorosa y cultivada, pudo resistir esa terrible dolencia que un médico escritor llama con gran propiedad «la enfermedad del ensueño». Era un sublime apasionado, un nervioso, uno de esos divinos semilocos necesarios para el progreso humano, lamentables cristos del arte, que por amor al eterno ideal tienen su calle de la amargura, sus espinas y su cruz. Nació con la adorable llama de la poesía, y ella le alimentaba al propio tiempo que era su martirio. Desde niño quedó huérfano y le recogió un hombre que jamás podría conocer el valor intelectual de su hijo adoptivo. El Sr. Allan—cuyo nombre pasará al porvenir al brillo del nombre del poeta—jamás pudo imaginarse que el pobre muchacho recitador de versos que alegraba las veladas de su *home*, fuese más tarde un egregio príncipe del Arte. En Poe reina el*ensueño* desde la niñez. Cuando el viaje de su protector le lleva a Londres, la escuela del dómine Brondeby es para él como un lugar fantástico que despierta en su sér extrañas reminiscencias; después, en la fuerza de su genio, el recuerdo de aquella morada y del viejo profesor han de hacerle producir una de sus subyugadoras páginas. Por una parte, posee en su fuerte cerebro la facultad musical; por otra, la fuerza matemática.
Su *ensueño* está poblado de quimeras y de cifras como la carta de un astrólogo. Vuelto a América, vémosle en la escuela de Clarke, en Richmond, en donde al mismo tiempo que se nutre de clásicos y recita odas latinas, boxea y llega a ser algo como un *champion* estudiantil; en la carrera hubiera dejado atrás a Atalanta, y aspiraba a los lauros natatorios de Byron. Pero si brilla y descuella intelectual y físicamente entre sus compañeros, los hijos de familia de la fofa aristocracia del lugar miran por encima del hombro al hijo de la cómica. ¿Cuánta no ha de haber sido la hiel que tuvo que devorar este sér exquisito, humillado

por un origen del cual en días posteriores habría orgullosamente de gloriarse? Son esos primeros golpes los que empezaron a cincelar el pliegue amargo y sarcástico de sus labios. Desde muy temprano conoció las asechanzas del lobo racional. Por eso buscaba la comunicación con la Naturaleza, tan sana y fortalecedora. «Odio, sobre todo, y detesto este animal que se llama Hombre», escribía Swift a Poe. Poe, a su vez, habla «de la mezquina amistad y de la fidelidad de polvillo de fruta (gossamer fidelity) del mero hombre». Ya en el libro de Job, *Eliphaz Themanita*, exclama: «¿Cuánto más el hombre abominable y vil que bebe como la inquietud?».

No buscó el lírico americano el apoyo de la oración; no era creyente, o, al menos, su alma estaba alejada del misticismo. A lo cual da por razón James Russell Lowell lo que podría llamarse la matematicidad de su cerebración. «Hasta su misterio es matemático para su propio espíritu». La Ciencia impide al poeta penetrar y tender las alas en la atmósfera de las verdades ideales. Su necesidad de análisis, la condición algebraica de su fantasía, hácele producir tristísimos efectos cuando nos arrastra al borde de lo desconocido. La especulación filosófica nubló en él la fe, que debiera poseer como todo poeta verdadero. En todas sus obras, si mal no recuerdo, sólo unas dos veces está escrito el nombre de Cristo. Profesaba, sí, la moral cristiana; y en cuanto a los destinos del hombre, creía en una ley divina, en un fallo inexorable. En él la ecuación dominaba a la creencia, y aun en lo referente a Dios y sus tributos, pensaba con Spinosa que las cosas invisibles y todo lo que es objeto del entendimiento no puede percibirse de otro modo que por los ojos de la demostración; olvidando la profunda afirmación filosófica: *Intelectus noster sic ¿de habet? ad prima entium quœ sunt manifestissima in natura, sicut oculus vespertillionis ad solem.* No creía en lo sobrenatural, según confesión propia; pero afirmaba que Dios, como Creador de la Naturaleza, puede, si quiere, modificarla. En la narración de la metempsícosis de Ligeia hay una definición de Dios, tomada de Granwill, que parece ser sustentada por Poe: Dios no es más que una gran voluntad que penetra todas las cosas por la naturaleza de su intensidad. Lo cual estaba ya dicho por Santo Tomás en estas palabras: «Si las cosas mismas no determinan el fin para sí, porque desconocen la razón del fin, es necesario que se les determine el fin por otro que sea determinador de la Naturaleza. Este es el que previene todas las cosas, que es sér por sí mismo necesario, y a éste llamamos Dios...» En la *Revelación Magnética*, a vuelta de divagaciones filosóficas, Mr. Vankirk—que, como casi todos los personajes de Poe, es Poe mismo—afirma la existencia de un Dios material, al cual llama materia suprema e imparticulada. Pero agrega: «La materia imparticulada, o sea Dios en estado de reposo, es en lo que entra en nuestra comprensión, lo que los hombres llaman espíritu». En el diálogo entre Oinos y Agathos pretende sondear el misterio de la divina inteligencia; así como en los de Monos y Una y de Eros y Charmion penetra en la desconocida sombra de la Muerte, produciendo, como pocos, extraños vislumbres en su concepción del espíritu en el espacio y en el tiempo.

Rubén Darío.

POEMAS

TRADUCCIÓN DE ALBERTO LASPLACES

ANNABEL LEE

Hace ya bastantes años, en un reino más
allá de la mar vivía una niña que podéis conocer
con el nombre de Annabel Lee. Esa niña
vivía sin ningún otro pensamiento que
amarme y ser amada por mí.

——

Yo era un niño y *ella* era una niña en ese
reino más allá de la mar; pero Annabel Lee
y yo nos amábamos con un amor que era más
que el amor; un amor tan poderoso que los
serafines del cielo nos envidiaban, a ella y a mí.

——

Y esa fué la razón por la cual, hace ya bastante
tiempo, en ese reino más allá de la mar
un soplo descendió de una nube, y heló a mi
bella Annabel Lee; de suerte que sus padres
vinieron y se la llevaron lejos de mí para encerrarla
en un sepulcro, en ese reino más allá de
la mar.

——

Los ángeles que en el cielo no se sentían ni
la mitad de lo felices que éramos nosotros, nos

envidiaban nuestra alegría a ella y a mí. He ahí
porque (como cada uno lo sabe en ese reino
más allá de la mar) un soplo descendió desde
la noche de una nube, helando a mi Annabel
Lee.

Pero nuestro amor era más fuerte que el
amor de aquellos que nos aventajan en edad
y en saber, y ni los ángeles del cielo ni los demonios
de los abismos de la mar podrán separar
jamás mi alma del alma de la bella Annabel
Lee.

Porque la luna jamás resplandece sin traerme
recuerdos de la bella Annabel Lee; y cuando
las estrellas se levantan, creo ver brillar los
ojos de la bella Annabel Lee; y así paso largas
noches tendido al lado de mi querida,—mi
querida, mi vida y mi compañera,—que
está acostada en su sepulcro más allá de la mar,
en su tumba, al borde de la mar quejumbrosa.
1849.

A MI MADRE

(*Soneto*)

Porque siento que allá arriba, en el cielo, los
ángeles que se hablan dulcemente al oído, no
pueden encontrar entre sus radiantes palabras
de amor una expresión más ferviente que la de
«*madre*», he ahí por qué, desde hace largo
tiempo os llamo con ese nombre querido, a ti
que eres para mí más que una madre y que
llenáis el santuario de mi corazón en el que la
muerte os ha instalado, al libertar el alma de
mi Virginia. Mi madre, mi propia madre, que
murió en buena hora, no era sino mi madre.
Pero vos fuisteis la madre de aquella que quise
tan tiernamente, y por eso mismo me sois
más querida que la madre que conocí, más
querida que todo, lo mismo que mi mujer era
más amada por mi alma que lo que esta misma
amaba su propia vida.

PARA ANNIE

———

¡Gracias a Dios! la crisis, el mal ha pasado y
la lánguida enfermedad ha desaparecido por
fin, y la fiebre llamada «vivir» está vencida.

———

Tristemente, sé que estoy desposeído de mi
fuerza, y no muevo un músculo mientras estoy
tendido, todo a lo largo. Pero, ¿qué importa?
Siento que voy mejor paulatinamente.

———

Y reposo tan tranquilamente, en el presente,
en mi lecho, que a contemplarme se me
creería muerto, y podría estremecer al que me
viera, creyéndome muerto.

———

Las lamentaciones y los gemidos, los suspiros
y las lágrimas son apaciguadas entre tanto
por esta horrible palpitación de mi corazón;
¡ah, esta horrible palpitación!

La incomodidad,—el disgusto—el cruel sufrimiento—han
cesado con la fiebre que enloquecía
mi cerebro, con la fiebre llamada «vivir»
que consumía mi cerebro.

———

Y de todos los tormentos, aquel que más
tortura ha cesado: el terrible tormento de la
sed por la corriente oscura de una pasión maldita.
He bebido de un agua que apaga toda
sed.

———

He bebido de un agua que corre con sonido
arrullador, de una fuente subterránea pero
poco profunda, de una caverna que no está
muy lejos, bajo tierra.

¡Ah! que no sea dicho jamás: mi cuarto
está oscuro, mi lecho es estrecho; porque
jamás ningún hombre durmió en lecho igual—y
para *dormir* verdaderamente, es en un
lecho como éste en el que hay que acostarse.

———

Mi alma tantalizada reposa dulcemente aquí,
olvidando, sin recordarlas jamás, sus rosas, sus
antiguas ansias de mirtos y de rosas.

———

Pues ahora, mientras reposa tan tranquilamente,
imagina a su alrededor, una más santa
fragancia de pensamientos, una fragancia de
romero mezclado a pensamientos, a sabor callejero
y al de los bellos y rígidos pensamientos.

———

Y así yace ella, dichosamente sumergida
en recuerdos perennes de la constancia y de la
belleza de Annie, anegada en un beso a las trenzas
de Annie.

———

Tiernamente me abraza, apasionadamente
me acaricia. Y entonces caigo dulcemente
adormecido sobre su seno, profundamente adormido
del cielo de su seno.

———

Y así reposo tan tranquilamente en mi lecho—conociendo
su amor—que me creéis muerto.
Y así reposo, tan serenamente en mi lecho,—con
su amor en mi corazón,—que me creéis
muerto, que os estremecéis al verme, creyéndome
muerto.

———

Pero mi corazón es más brillante que todas
las estrellas del cielo, porque brilla para Annie,
abrasado por la luz del amor de mi Annie, por
el recuerdo de los bellos ojos luminosos de mi
Annie....

1849.

ELDORADO

———

Brillantemente ataviado, un galante caballero,
viajó largo tiempo al sol y a la sombra,
cantando su canción, a la busca del Eldorado.

———

Pero llegó a viejo, el animoso caballero, y sobre su corazón cayó la noche porque en ninguna parte encontró la tierra del Eldorado.

Y al fin, cuando le faltaron las fuerzas, pudo hallar una sombra peregrina.—Sombra,—le preguntó—¿dónde podría estar esa tierra del Eldorado?

—«Más allá de las montañas de la Luna, en el fondo del valle de las sombras; cabalgad, cabalgad sin descanso—respondió la sombra,—si buscáis el Eldorado....».

1849.

EULALIA

Vivía sólo en un mundo de lamentaciones y mi alma era una onda estancada, hasta que la bella y dulce Eulalia llegó a ser mi pudorosa compañera, hasta que la joven Eulalia, la de los cabellos de oro, llegó a ser mi sonriente compañera.

¡Ah! las estrellas de la noche brillan bastante menos que los ojos de esa radiante niña! Y jamás girón de vapor emergido en un irisado claro de luna, podrá compararse al bucle más descuidado de la modesta Eulalia, podrá compararse al bucle más humilde y más descuidado de Eulalia, la de los brillantes ojos!

La duda y la pena no me invaden jamás, ahora, porque su alma me entrega suspiro por suspiro. Y durante todo el día, Astarté resplandece brillante y fuerte en el cielo, en tanto que siempre hacia ella, mi querida Eulalia, levanta sus ojos de esposa, en tanto que siempre hacia ella mi joven Eulalia eleva sus bellos ojos violetas!...

1845.

UN ENSUEÑO EN UN ENSUEÑO

Recibid este beso en la frente. Y ahora que
os dejo, permitidme por lo menos confesar esto:
no os agraviéis, vos que estimáis que mis días
han sido un ensueño. Entretanto, si la esperanza
se ha ido, en una noche o en un día,
en una visión o en un sueño, ¿se ha ido menos
por eso? Todo lo que vemos o nos parece, no
es sino un ensueño en un ensueño!

———

Me encuentro en medio de los bramidos de
una costa atormentada por la resaca, y tengo
en la mano granos de arena de oro. ¡Cuán
poco es! ¡Y cómo se deslizan a través de mis
dedos hacia el abismo, mientras lloro, mientras
lloro! ¡Dios mío, ¿no puedo retenerlos en un
nudo más seguro? ¡Dios mío!, ¿no podré
salvar uno solo del cruel vacío? ¿Todo lo que
vemos o nos parece no es otra cosa que un
ensueño en un ensueño?

1849.

LA CIUDAD EN EL MAR

———

¡Ved! La Muerte se ha erigido un trono,
en una extraña ciudad que se levanta, solitaria,
muy lejos, en el sombrío occidente, donde
los buenos y los malos, los peores y los mejores
han ido hacia la paz eterna. Allí los templos,
los palacios y las torres—torres carcomidas
por el tiempo, y que no tiemblan nunca,—no
se parecen en nada a las nuestras. A su alrededor,
olvidadas por los vientos que no las agitan
jamás resignadas bajo los cielos, reposan las
aguas melancólicas.

———

Desde el cielo sagrado, ningún rayo desciende
en la negra noche de esa ciudad; pero un resplandor
reflejado por la lívida mar, invade las
torres, brilla silenciosamente sobre las almenas,
a lo hondo y a lo largo, sobre las cúpulas, sobre
las cimas, sobre los palacios reales, sobre los
templos, sobre las murallas babilónicas, sobre
la soledad sombría y desde largo tiempo abandonada,

de los macizos de hiedra esculpida y
de flores de piedra—sobre tanto y tanto templo
maravilloso en cuyos frisos contorneados se
entrelazan claveles, violetas y viñas.

———

Bajo el cielo, resignadas, reposan las aguas
melancólicas. Las torres y las sombras se confunden
de tal modo que todo parece suspendido
en el aire, mientras que desde una torre
orgullosa, la Muerte como un espectro gigante,
contempla la ciudad que yace a sus pies.

———

Allá los templos abiertos y las tumbas sin losa
bostezan al nivel de las aguas luminosas; pero
ni las riquezas que se muestran en los ojos
adiamantados de cada ídolo, ni los cadáveres
con sus rientes adornos de joyas, quitan a las
aguas de su lecho; ninguna ondulación arruga,
¡ay de mí! todo ese vasto desierto de cristal;
ninguna ola indica que los vientos puedan
existir sobre otros mares lejanos y más felices;
ninguna ola, ninguna ola deja suponer que han
existido vientos sobre mares menos horrorosamente
serenos.

———

Pero, he ahí que un estremecimiento agita
el aire. Una onda, un movimiento se ha producido,
allá abajo. Se diría que las torres se han
bamboleado y se hunden, dulcemente, en la
onda taciturna, como si las cimas hubieran
producido un ligero vacío en el cielo brumoso.
Entonces las ondas tienen una luz más roja,
las horas transcurren sordas y lánguidas. Y
cuando en medio de gemidos que no tengan
nada de terrestres, esta ciudad sea engullida
por fin y profundamente fijada bajo la mar,
todavía, levantándose sobre sus mil tronos, el
Infierno le rendirá homenaje.

1845.

LA DURMIENTE

———

En el mes de Junio, a media noche me encuentro
bajo la mística luna. Un oscuro vapor de
opio y de rocío se exhala de su halo de oro, y
dulcemente, filtrando por la cumbre tranquila
de la montaña, resbala perezosa y armoniosamente
por el valle universal. El romero se
adormece sobre la tumba, el lis se inclina hacia
la onda. Envolviéndose en la bruma se
hunde en el reposo. Ved, como parecido al
Leteo, el lago parece adormecerse a sabiendas
y por nada del mundo quisiera despertar.
Toda belleza duerme. Y ved donde reposa—su
ventana abierta a los cielos,—Irene, con sus
destinos.

¡Oh brillante princesa! ¿por qué dejar esa
ventana abierta a la noche? Los espíritus juguetones,
desde lo alto de los árboles se filtran
a través de la persiana. Los seres incorpóreos,
turba de magos, revolotean a través de la cámara
y hacen flotar las cortinas del dosel, tan
fantásticamente, tan tímidamente, por encima
de tu párpado cerrado y franjeado,—bajo el cual
se esconde tu alma adormecida—que sobre
el piso, al pie del muro, sus sombras se levantan
y descienden como una ronda de fantasmas.

Querida niña, ¿no tienes miedo? ¿Por qué,
y con qué sueñas? Has venido, ciertamente, de
mares muy lejanos; ¿no eres una maravilla para
los árboles de ese jardín? Extraña es tu palidez,
extraño tu vestido, extraña sobre todo, la
longitud de tus cabellos, y todo este silencio
solemne.

¡Ella duerme! ¡Oh! puede que su sueño sea
tan profundo como durable!; ¡que el cielo la
tenga en su santa guardia! ¡Que esta cámara
sea transformada en una más melancólica y yo
rogaré a Dios que la deje dormir para siempre,
los ojos cerrados, mientras que a su alrededor
errarán los fantasmas de oscuros velos!

———

Mi amor: ¡ella duerme! ¡Que su sueño eterno pueda ser profundo! ¡Que los gusanos se deslicen dulcemente a su alrededor! ¡Que en el fondo del bosque viejo y sombrío, alguna gran tumba pueda abrirse para ella, alguna gran tumba que haya cerrado otras veces como alas sus negros «panneaux» triunfantes, por encima de los estandartes funerarios bordados con las armas de su ilustre familia;—alguna tumba lejana y aislada contra la portada de la cual ella haya en su infancia lanzado tantas piedras ociosas;—algún sepulcro cuya puerta sonora no le devuelva jamás nuevos ecos, a ella, pobre hija del pecado, que en otro tiempo se estremecía al pensamiento de que fueran los muertos quienes le respondiesen gimiendo!

1845.

BALADA NUPCIAL

———

El anillo está en mi dedo y la corona sobre mi frente; he aquí que poseo rasos y joyas en abundancia, y en el presente instante soy feliz.

———

Y mi Señor me ama bien; pero la primera vez que pronunció su voto sentí estremecerse mi pecho, porque sus palabras sonaron como un toque de agonía y su voz se parecía a la de aquel que cayó durante la batalla en el fondo del valle, y que es dichoso ahora.

———

Pero habló de modo de tranquilizarme y besó mi frente pálida. Entonces un delirio vino y me transportó en espíritu al cementerio. Y pensando que mi Señor era el difunto Elormie, suspiré por él que estaba delante de mi: ¡oh yo soy dichosa ahora!

———

Así fueron pronunciadas las palabras, y así fué empeñado el juramento. Y aunque mi fe se haya apagado, y aunque mi corazón llegue

a quebrarse, he ahí la dorada prenda que prueba
que soy dichosa siempre.

———

¡Quiera Dios que pueda despertar! Porque
sueño no sé cómo. Y mi alma se agita dolorosamente
en el temor de haber hecho mal, en
el temor de llegar a saber que el muerto abandonado
no es feliz ahora.

1845.

EL COLISEO

———

¡Símbolo de la Roma antigua! ¡Suntuoso relicario
de sublimes contemplaciones legadas al
tiempo por difuntos siglos de pompa y de poderío!!
Al fin, después de tantos días de fatigante
peregrinaje y de ardiente sed,—sed de corrientes
de la ciencia que yace en ti,—yo, hombre
transformado, me arrodillo humildemente entre
tus sombras y bebo del fondo mismo de mi
alma tu grandeza, tu tristeza y tu gloria.

———

¡Inmensidad, y edad, y recuerdos de antes!
Silencio y desolación y profunda noche! Os
percibo ahora y os siento en toda vuestra fuerza.
¡Oh sortilegios más eficaces que aquellos que
el rey de Judea enseñó en los jardines de Gethsemaní!
¡Oh encantos más poderosos que los
que la Caldea encantada arrancó jamás a las
tranquilas estrellas!

———

Aquí, en donde cayó un héroe, cae una columna!
Aquí, en donde el águila teatral brillaba,
cubierta de oro, el oscuro murciélago
hace su aquelarre de media noche. Aquí, en
donde la cabellera dorada de las damas romanas
flotaba al viento, se balancean ahora el
cardo y la caña. Aquí, en donde el monarca
se inclinaba sobre su trono de oro, el ágil y
silencioso lagarto se desliza como un espectro
hacia su casa de mármol, al pálido resplandor
del creciente lunar.

———

Pero, oíd. Esos muros, esas arcadas revestidas de hiedra, esos zócalos musgosos, esas columnas ennegrecidas, esos vagos relieves, esos frisos ruinosos, esas cornisas rotas, ese naufragio, esa ruina, esas piedras grises, ¡ay! ¿es esto todo lo que queda de famoso y de colosal? ¿es esto todo lo que las horas corrosivas han perdonado, todo lo que ellos nos han dejado al Destino y a mi?

———

«No. No es todo,—me responden los ecos,—no es todo. Voces fuertes y proféticas se levantan para siempre en nosotros y en toda ruina a la intención de los sabios, parecidas a los himnos de Memnon al Sol! Reinamos en los corazones de los hombres más poderosos; reinamos con despótico imperio sobre todas las almas gigantes. No somos impotentes nosotras, pálidas piedras. Todo nuestro poderío no ha desaparecido,—ni toda nuestra gloria,—ni todo el prestigio de nuestro alto renombre, ni todo lo maravilloso que nos circunda, ni todos los misterios que moran en nosotros,—ni todos los recuerdos que se prenden en nuestros flancos como un vestido, envolviéndonos con un manto que es más que la gloria!

1833.

EL GUSANO VENCEDOR

———

¡Ved!; es noche de gala en estos últimos años solitarios. Una multitud de ángeles alados, adornados con velos y anegados en lágrimas, se halla reunida en un teatro para contemplar un drama de esperanzas y de temores mientras la orquesta suspira por intervalos la música de las esferas.

———

Actores creados a la imagen del Altísimo, murmuran en voz baja y saltan de un lado al otro; pobres fantoches que van y vienen a órdenes de vastas creaturas informes que cambian

la decoración a su capricho, sacudiendo con sus
alas de cóndor a la invisible desgracia.

———

Este drama abigarrado—estad seguro que
no será olvidado,—con su fantasma perseguido
siempre por una muchedumbre que no puede
atraparlo, en un círculo que gira siempre sobre
sí mismo y vuelve sin cesar al mismo punto;
ese drama en el cual forman el alma de la intriga
mucha locura y todavía más pecado y horror!....

———

Pero ved, a través de la bulla de los actores
como una forma rampante hace su entrada!
Una cosa roja, color sanguinolento viene retorciéndose
de la parte solitaria de la escena.
¡Cómo se retuerce! Con mortales angustias
los actores constituyen su presa, y los ángeles
sollozan viendo esas mandibulas de gusano
teñirse en sangre humana.

———

Todas las luces se apagan, todas, todas.
Sobre cada forma todavía tiritante, el telón,
como un paño mortuorio, desciende con un ruido
de tempestad. Y los ángeles, todos pálidos
y macilentos se levantan y cubriéndose afirman
que ese drama es una tragedia que se
llama «El Hombre» de la cual el héroe es el
Gusano Vencedor....!

1838.

A ELENA

———

Elena, tu belleza es para mí como esas barcas
niceanas de otro tiempo que sobre una mar
profunda llevaban dulcemente al viajero, cansado,
hacia su ribera natal.

———

Largo tiempo habituado a errar sobre mares
desesperados, tu cabellera de jacinto, tu clásico
perfil, tus cantos de náyade me han transportado
al corazón de aquella gloria que fué la
Grecia, de aquella grandeza que fué Roma.

———

¡Oh! allá abajo, en la espléndida abertura
de esa ventana, como eres parecida a una estatua,
de pie, tu lámpara de ágata en la mano.
¡Oh Psiquis, tu que me has llegado de esas regiones
que son la Tierra Bendita!....
1831.

A LA CIENCIA

Soneto

———

¡Oh Ciencia! tu eres la verdadera hija del
viejo tiempo, tu, cuya mirada indiscreta transforma
todas las cosas! ¿Por qué haces tu presa
del corazón del poeta, oh buitre, cuyas alas son
las sombrías realidades? ¿Cómo podría él
amarte? Como te creería sabia si no has
querido dejarlo vagar en sus ensueños en busca
de tesoros en el seno de los cielos constelados,
por más de que hasta allí subiera con ala intrépida?
¿No has arrancado Diana a su carro,
y obligado a las hamadriadas de la selva a buscar
un asilo en alguna otra estrella más feliz?
¿No has sacado a la náyade de su ola, al elfo de
su pradera verde y a mí mismo no me has arrebatado
mi sueño estival bajo los tamarindos?
1829.

A LA SEÑORITA * * *

———

¿Qué me importa si mi suerte terrestre no
encierra en mí mismo más que una pequeña
cosa de esta tierra? ¿qué me importa si años
de amor son olvidados en un momento de odio?

———

No lloro en forma alguna porque los desolados
sean más dichosos que yo, pequeña, sino
porque veo que os afligís por el destino de éste
que no es sino un transeúnte sobre la tierra...
1829.

A LA SEÑORITA * * *

———

Las umbrías bajo las cuales veo, en mis ensueños,
los más traviesos pájaros cantores, son

labios; y toda la melodía de tu voz no es hecha
sino por palabras creadas por tus labios.

———

De tus ojos, engastados en el santuario celeste
de tu corazón, caen las miradas desoladas
ahora, ¡oh Dios!, sobre mi espíritu fúnebre,
como la luz de una estrella sobre un sudario.

———

¡Tu corazón, tu corazón! Me despierto y
suspiro y vuelvo a dormirme para ensoñar
hasta el día de la verdad, que el oro,—capaz de
tantas locuras,—no podrá jamás comprar.

1829.

AL RÍO

———

¡Bello río! en tu clara y brillante onda de
cristal, agua vagabunda, eres un emblema del
esplendor de la belleza, un emblema del corazón
que no se esconde ahora, un emblema de
la alegre fantasía de arte en casa de la hija del
viejo Alberto.

———

Pero mientras ella mira en tu corriente,—que
resplandece y tiembla, ¿por qué el más
hermoso de todos ríos recuerda a uno de sus
adoradores? Es porque en su corazón como en
tu onda, su imagen está profundamente grabada;
en su corazón que tiembla bajo el brillo de
sus ojos que buscan el alma!

1829.

CANCIÓN

———

Te vi en tu día nupcial, cuando un intenso
pudor invadía tu frente, aunque todo fuera
alegría alrededor de ti y que, delante tuyo, no
fuera el mundo sino Amor.

———

En la vivificante luz que brillaba en tus ojos,—haya
sido cual haya sido su esencia,—encontré
todo lo que mi mirada dolorosa pudo hallar
de encantador sobre la tierra.

———

Ese pudor no era, quizá, sino pudor virginal—pudo
muy bien pasar por tal,—aunque su esplendor
haya hecho nacer una llama más impetuosa
todavía en el seno de aquel que, ¡pobre de él!
te vio en tu día nupcial, cuando tu frente se
cubría de ese rubor invencible, a pesar de que
estuvieras rodeada de dicha y que el mundo
no fuera sino amor ante ti!
1827.

LOS ESPÍRITUS DE LOS MUERTOS

———

Tu alma se encontrará sola, cautiva de los
negros pensamientos de la gris piedra tumbal;
ninguna persona te inquietará en tus horas de
recogimiento.

———

Quédate silenciosamente en esa soledad que
no es abandono,—porque los espíritus de los
muertos que existieron antes que tú en la vida,
te alcanzarán y te rodearán en la muerte,—y
la sombra proyectada sobre tu cara obedecerá
a su voluntad; por lo tanto, permanece tranquilo.

———

Aunque serena, la noche fruncirá su ceño,
y las estrellas, de lo alto de sus tronos celestes,
no bajarán más sus miradas con un resplandor
parecido al de la esperanza que se concede a
los mortales; pero sus órbitas rojas, desprovistas
de todo rayo, serán para tu corazón marchito
como una quemadura, como una fiebre
que querrá unirse a ti para siempre.

———

Ahora, te visitan pensamientos que no ahuyentarás
jamás; ahora surgen ante ti visiones
que no se desvanecerán jamás; jamás ellas dejarán
tu espíritu, pero se fijarán como gotas
de rocío sobre la hierba.

———

La brisa,—esa respiración de Dios,—reposa
inmóvil, y la bruma que se extiende como una
sombra sobre la colina,—como una sombra cuyo
velo no se ha desgarrado todavía,—resulta así

un símbolo y un signo. Como logra permanecer
suspendida a los árboles, ese es el misterio
de los misterios!
1827.

LA ROMANZA

———

¡Oh romanza que gustas cantar, la frente
adormecida y las alas plegadas, entre las hojas
verdes agitadas a lo lejos sobre algún lago
umbrío, tú has sido para mí un papagayo de
vivos colores, un pájaro muy familiar; tú
me has enseñado a leer mi alfabeto, a balbucear
todas mis primeras palabras, mientras
que, niño de mirada sagaz, me hundía en huraños
bosques.

———

En estos últimos tiempos, el eterno Cóndor
de los tiempos ha estremecido de tal modo mi
cielo hasta en sus alturas, agrandando el tumulto
producido por el pasaje y la huida de
los años, y tengo tan obstinadamente los ojos
fijos en el inquietante horizonte, que no me
queda tiempo para mis dulces ocios.

EL REINO DE LAS HADAS

———

Valles oscuros, torrentes umbríos, bosques
nebulosos en los cuales nadie puede descubrir
las formas a causa de las lágrimas que gota a
gota se lloran de todas partes! Allá, lunas desmesuradas
crecen y decrecen, siempre, ahora,
siempre, a cada instante de la noche, cambiando
siempre de lugar, y bajo el hálito de sus faces
pálidas ellas oscurecen el resplandor de las
temblorosas estrellas. Hacia la duodécima
hora del cuadrante nocturno una luna más
nebulosa que las otras,—de una especie que las
hadas han probado ser la mejor,—desciende
hasta bajo el horizonte y pone su centro sobre
la corona de una eminencia de montañas, mientras
que su vasta circunferencia se esparce en
vestiduras flotantes sobre los caseríos, sobre las
mismas mansiones distantes, sobre bosques

extraños, sobre la mar, sobre los espíritus que
danzan, sobre cada cosa adormecida, y los sepulta
completamente en un laberinto de luz.
Y entonces, ¡cuán profundo es el éxtasis de
ese su sueño! De mañana, ellas se levantan, y su
velo lunar vuela por los cielos mientras se agitan
como pálido albatros al soplo de la tempestad
que las sacude como a casi todas las cosas.
Pero cuando las hadas que se han refugiado
bajo esa luna de la que se han servido, por así
decirlo, como de una tienda, la dejan, no pueden
jamás volver a encontrar abrigo. Y los átomos
de ese astro se dispersan y se convierten bien
pronto en una lluvia, de la cual las mariposas
de esta tierra, que buscan en vano los cielos
y vuelven a descender,—¡criaturas jamás
satisfechas!—nos devuelven partículas a veces
sobre sus alas estremecidas.
1831.

EL LAGO

En la primavera de mi juventud, fué mi destino
no frecuentar de todo el vasto mundo sino
un solo lugar que amaba más que todos los otros,
tanta era de amable la soledad de su lago salvaje,
rodeado por negros peñascos y de altos
pinos que dominaban sus alrededores.

Pero cuando la noche tendía su sudario sobre
ese lugar como sobre todas las cosas, y se agregaba
el místico viento murmurando su melodía,
entonces, ¡oh, entonces se despertaba
siempre en mí el terror por ese lago solitario!

Y sin embargo ese terror no era miedo, sino
una turbación deliciosa, un sentimiento que
ninguna mina de piedras preciosas podría inspirarme
o convidarme a definir, ni el amor
mismo, aunque ese amor fuera el tuyo.

La muerte reinaba en el seno de esa onda
envenenada, y en su remolino había una tumba

bien hecha para aquel que pudiera beber en
ella un consuelo a su imaginación taciturna, para
aquel cuya alma desamparada pudiera haberse
hecho un Edén de ese lago velado.

1827.

LA ESTRELLA DE LA TARDE

Era en el corazón del verano y en medio de la noche. Las estrellas marchando en sus órbitas brillaban con un pálido resplandor a través de la luz más viva de la fría luna, mientras que ésta, rodeada de los planetas, sus esclavos, lanzaba desde lo alto de los cielos, sus rayos sobre las olas.

Yo contemplaba su triste sonrisa, demasiado fría, demasiado fría para mí. Una nube oscura vino a pasar, semejante a un sudario, y fué entonces que me volví hacia ti, Estrella del Sur, orgullosa en tu gloria lejana. Y ahora me será más querida tu luz, porque lo que me traes de más magnificente a través del cielo nocturno, es la alegría de mi corazón, y yo prefiero tu discreto y lejano resplandor a esa llama cercana pero más fría!

1827.

EL DÍA MÁS FELIZ

El día más feliz, la hora más dichosa, los ha conocido mi corazón agotado y marchito; pero siento que ha desaparecido ya mi más alta esperanza de orgullo y de poderío.

¿He dicho de poderío? Sí. Pero desde hace largo tiempo, ¡ay de mí! se han desvanecido los bellos ensueños de la juventud; han pasado ya: dejémoslos que se desvanezcan!

Y tú, orgullo, ¿qué haré de ti ahora? Otra frente puede bien heredar el veneno que me has dado. Que por lo menos mi espíritu permanezca tranquilo.

———

El día más hermoso, la hora más feliz que mis
ojos hayan visto y hayan podido ver jamás,
mi más brillante mirada de orgullo y de poderío,
todo eso ha existido pero ya no existe; yo
lo siento.

———

Y si esa esperanza de orgullo y de poderío
me fuera ofrecida ahora acompañada de un
dolor semejante al que experimento, no quisiera
revivir esa hora brillante.

———

Porque bajo su ala llevaba una oscura
mezcla y mientras volaba, dejaba caer una
esencia todopoderosa para consumir un alma que
tan bien la conocía.

1827.

IMITACIÓN

———

Una ola insondable de invencible orgullo,
un misterio y un sueño, tal debió parecer mi
primera edad. Yo añado que ese sueño estaba
atravesado por un pensamiento huraño, siempre
despierto, de seres que han existido, y que mi
espíritu no hubiera apercibido jamás si los
hubiera dejado pasar cerca de mi, bajo mi ensoñadora
pupila. Que ningún otro, acá abajo,
herede esta visión de mi espíritu, de esos pensamientos
que a cada instante quisiera dominar
y que se extienden como un hechizo sobre mi
alma. Porque, al fin, esa brillante esperanza
y ese tiempo liviano se han ido, y mi reposo
terrestre, me ha dejado, él también, con un
suspiro, al pasar. Entre tanto, no me preocupo
de que él perezca con un pensamiento que
entonces amaba....!

1827.

TRADUCIDOS

POR

CARLOS ARTURO TORRES

LAS CAMPANAS

I

Por el aire se dilata
alegre campanilleo...
Son las campanas de plata
del trineo...
¡Oh, qué mundo de alegría expresa su melodía!
¡Qué retintín de cristal
en el ambiente glacial!
Mientras las luces astrales
que titilan en los cielos
se miran en los cristales
de los hielos,
y sube la nota única
como un ágil rima rúnica
que allá en la noche serena
va dilatando sus ecos por el último confín,
y la campanilla suena
dilín, dilín...
¡Melodiosa y cristalina
suena, suena,
suena, suena, suena, suena
la nota ágil y argentina
con metálico y alegre y límpido retintín!
II
¡Escuchad! Un dulce coro
puebla la atmósfera toda:
son las campanas de oro
de la boda.

¡Qué mundo de venturanza la plácida nota lanza
Su voz como una caricia
o como un suave reproche
desgrana en la calma noche
las perlas de su delicia.
Son las áureas notas una fuente de ledo murmullo
o el enamorado arrullo de la tórtola: la Luna
en la dormida laguna vierte miradas de plata,
y en el éter y en las linfas palpita la serenata...
¡Y cómo en el aire flota
la áurea nota!
¡Cómo brota,
cual dice la dicha ignota,
en el balsámico efluvio de noche primaveral!

¡Y cuán dulce y cuán sonoro,
—din dan, din dan—,
es el coro,
—din dan, din dan—,
de la campana de oro,
que en su lengua musical
celebrando está el misterio de la noche nupcial.

III

¡Turba el nocturno sosiego
súbita alarma, y entonces
a gran campana de bronce
toca a fuego!
¡Qué terrífica pavura la siniestra nota augura!
Es desesperado ruego
desgarrador y tenaz
al rojo elemento ciego
cada instante más frenético, cada instante más voraz!
En indescriptible pánico
el cataclismo volcánico
con raudo impulso titánico
avanza, la campanada alarido es de terror;
sigue el bronce, sigue el bronce con su clamoroso estruendo
diciendo
cuál crece el peligro horrendo,
cuál se inflama
la llama,
y la Luna como forma de sangriento tabernáculo,
alumbra el rojo espectáculo
en su fantástico horror.
Y el bronce alarmante clama,
clama, clama
como se extiende la injuria
del incendio y crece en furia,
y es ya locura el pavor...
Bajo cielos escarlatas se extiende inflamado manto,
el espanto
en tanto
crece, y sigue la campana de su rebato el clamor.
¡Y en ese rebato armígero,
—dan dan, dan dan—,
crece el estrago flamígero
—dan dan, dan dan—,

al són violento que dan
las campanas de la torre que tocando a fuego están!

IV

Dobla y dobla lentamente
negra campana de hierro
que invita con són doliente
al entierro.
¡Qué solemnes pensamientos despiertan esos acentos!
Del lento y triste sonido
cada toque, cada nota
en el vago viento flota
como doliente gemido,
y de la noche en la calma
el melancólico són,
siente estremecida el alma
cual solemne admonición.
¡Se desprenden esos dobles lúgubres y funerarios
de los altos campanarios
en fúnebre vibración;
en esos dobles alienta algún espíritu irónico
que a cada nota que zumba,
con agrio gesto sardónico
rueda implacable y derrumba
y oprime con todo el peso de la piedra de una tumba
el humano corazón!
¡Quienes tañen las campanas de los toques funerales
no son pobres campaneros, no son sencillos mortales,
son espectros sepulcrales!
¡Y es el Rey de los espectros quien toca con más tesón!
Pausado, implacable, lento
su toque a cada momento
resuena como un lamento
pregonando la hora única
en extraña rima rúnica,
y parece que sintiera intenso placer diabólico
en este toque simbólico
de muerte y desolación.
—Din dan, din don—,
—din dan, din don—,
dobla, dobla el són monótono, dobla el toque funeral,
y el Rey espectro su gozo

refina en este sollozo,
en este intenso suspiro
que en su giro
remeda el doble augural
que va recordando al hombre de su existencia el final.
El toque sigue y no cesa
y vibra en el alma opresa
sordamente como un cuerpo que cayera en una huesa...
—¡Din dan, din don—,
resuena en el corazón,
—din dan, din don—,
de la campana que dobla el lento y lúgubre són!

ULALUME

I

Los cielos cenicientos y sombríos,
crespas las hojas, lívidas y mustias,
y era una noche del doliente octubre
del tiempo inmemorial entre las brumas,
era en las tristes márgenes del Auber,
el lago tenebroso de aguas mudas,
ante los bosques tétricos del Weir,
la región espectral de la pavura.

II

A solas con mi alma, recorría
avenida titánica y oscura
de fúnebres cipreses... con mi alma,
con Psiquis, alma que, al misterio turba...
Era la edad del corazón volcánico
como las llamas del Yanek sulfúreas,
como las lavas del Yanek que brotan
allá del polo en la región nocturna.

III

Pocas palabras nos dijimos, era
como una confidencia íntima y muda;
palabras serias, pensamientos graves
que la memoria para siempre turban;
no recordamos que era el triste octubre,
que era la noche (¡noche infausta y única!)
no recordamos la región del Auber
que tanto conoció mi desventura,

ni el bosque fantasmático del Weir,
la región espectral de la pavura.

IV

Y cuando la noche ya avanza
de estrellas al vago tremer,
al fin de la oscura avenida
un lánguido rayo se ve,
fulgor diamantino que anuncia
de fúnebre velo al través,
que emerge de nube fantástica
la Luna, la blanca Astarté.

V

Y yo dije a mi alma: «Más que Diana
ardiente, aquella misteriosa Luna
rueda al través de un éter de suspiros;
lágrimas de su faz una por una
caen donde el gusano nunca muere.
Para mostrarnos la celeste ruta
y el alma imperio de la paz Letea
atrás dejó al león en las alturas,
del león las estrellas traspasando,
del león a despecho, ora nos busca
y sus miradas límpidas y dulces
son las miradas que el amor anuncian.»

VI

Mas Psiquis dijo señalando al Cielo:
«La palidez de ese astro me conturba;
pronto, huyamos de aquí, pronto, es preciso.»
Y de sus alas recogió las plumas
con intenso terror, y sollozando,
presa de pronto de invencible angustia
plegó las alas, hasta el polvo frío
lentas dejando descender las plumas.

VII

Y yo le dije: «Tu terror es vano,
sigamos esa luz trémula y pura,
que nos bañen sus rayos cristalinos,
sus rayos sibilinos que ya auguran

e irradian la belleza y la esperanza.
Mira: la senda de los cielos busca;
sigamos sin temor sus limpios rayos
que ellos a playa llevarán segura,
sigamos esa luz limpia y tranquila
a través de la bóveda cerúlea.

VIII

Tranquilicé a mi Psiquis, y besándola,
de su mente aparté las inquietudes
y sus zozobras disipé profundas,
y convencerla que siguiera pude.
Llegamos hasta el fin; ¡ojalá nunca
llegara! Al fin de la avenida lúgubre
nos detuvo la puerta de una tumba
(¡oh, triste noche del lejano octubre!)
nos detuvo la losa de una tumba,
de legendario monumento fúnebre.
¡Oh, hermana!—dije—¿Qué inscripción confusa
en la sellada losa se descubre?
Respondiome: «Ulalume», esta es su tumba,
¡la tumba de tu pálida Ulalume!

IX

Quedó mi corazón como ese Cielo
ceniciento, como esas hojas mustias,
como esas hojas yertas y crispadas...
¡Ay! pensé: el mismo octubre fué, sin duda
fué en *esa misma noche* cuando vine
al través del horror y de la bruma
aquí trayendo mi doliente carga...
¡Oh, noche infausta, infausta cual ninguna!
¡Oh! ¿Qué infernal espíritu me trajo
a esta región fatal de la tristura?
Bien reconozco el mudo lago de Auber,
y esta comarca que el horror anubla,
y el bosque fantasmático de Weir,
la región espectral de la pavura!

ESTRELLAS FIJAS

(TO HELEN)

I

Te vi un punto;
era una noche de julio, noche tibia y perfumada,
noche diáfana,
de la Luna plena y límpida,
límpida como tu alma,
descendían
sobre el parque adormecido gráciles velos de plata;
ni una ráfaga
el infinito silencio
y la quietud perturbaban;
en el parque
evaporaban las rosas los perfumes de sus almas,
para que los recogieras
en aquella noche mágica;
para que tú lo aspiraras su último aliento exhalaban,
como en una muerte extática;
y era una selva encantada,
y era una noche de ensueños y claridades fantásticas!

II

¡Toda de blanco vestida,
toda blanca
sobre un banco de violetas
reclinada
te veía,
y a las rosas moribundas y a ti una luz tenue y diáfana
alumbraba
luz de perla diluida
en un éter de suspiros y de evaporadas lágrimas!

III

¿Qué hado extraño
(¿fué ventura, fué desgracia?)
me condujo
aquella noche hasta el parque de las rosas que exhalaban
los suspiros perfumados
de su alma?
Ni una hoja
susurraba;
no se oía
una pisada,
todo mudo,
todo en calma,

todo en sueño
menos *tú* y *yo* (¡cuál me agito al unir las dos palabras!)
menos tú y yo. De repente
todo cambia.
De la Luna la luz límpida, la luz de perla se apaga,
el perfume de las rosas muere en las dormidas auras,
los senderos se oscurecen
expiran las violas castas,
menos *tú* y *yo*, todo huye, todo muere, todo pasa...
¡Todo se apaga y se extingue menos tus hondas miradas,
tus dos ojos donde arde
tu alma!
Y sólo veo entre sombras aquellos ojos...
¡Oh, amada!
¡Qué tristezas extrahumanas,
qué irreales
leyendas de amor relatan!
¡Qué misteriosos dolores,
qué sublimes esperanzas,
qué mudas renunciaciones
expresan aquellos ojos que en las sombras fijan en mí sus miradas!

IV

¡Noche oscura,
ya Diana
entre turbios nubarrones hundió la faz plateada;
y tú sola
en medio de la avenida
funeraria,
te deslizas
ideal, mística y blanca,
te deslizas y te alejas incorpórea cual fantasma;
sólo flotan tus miradas,
sólo tus ojos perennes,
tus ojos de hondas miradas
fijos quedan!
A través de los espacios y los tiempos marcan, marcan
mi sendero, y no me dejan cual me dejó la esperanza.
¡Van siguiéndome,
siguiéndome
como dos estrellas cándidas,

cual fijas estrellas dobles en el Cielo apareadas!
En la noche
solitaria
purifican con sus rayos y mi corazón abrasan
y me prosterno ante ellos con adoración extática;
y en el día
no se ocultan cual se ocultó mi esperanza;
por todas partes me siguen mirándome fijamente
en mi espíritu clavadas...
¡Misteriosas y lejanas
me persiguen tus miradas
como dos estrellas fijas, como dos estrellas tristes,
como dos estrellas blancas!

DREAMLAND

I

En una senda abandonada y triste
que recorren tan sólo ángeles malos,
una extraña Deidad la negra Noche
ha erigido su trono solitario;
allí llegué una vez; crucé atrevido
de Thule ignota los contornos vagos
y al Reino entré que extiende sus confines
fuera del Tiempo y fuera del Espacio.

II

Valles sin lindes, mares sin riberas,
cavernas, bosques densos y titánicos,
montañas que a los cielos desafían
y hunden la base en insondables lagos,
en lagos insondables siempre mudos
de misteriosos bordes escarpados,
gélidos lagos, cuyas muertas aguas
un Cielo copian tétrico y extraño.

III

Orillas de esos lagos que reflejan
siempre un Cielo fatídico y huraño
cerca de aquellos bosques gigantescos,
enfrente de esos negros océanos,
al pie de aquellos montes formidables,
de esas cavernas en los hondos antros,

vense a veces fantasmas silenciosos
que pasan a lo lejos sollozando,
fúnebres y dolientes... ¡son aquellos
amigos que por siempre nos dejaron,
caros amigos para siempre idos,
fuera del Tiempo y fuera del Espacio!

IV

Para el alma nutrida de pesares,
para el transido corazón, acaso
es el asilo de la paz suprema,
del reposo y la calma en Eldorado.
Pero el viajero que azorado cruza
la región no contempla sin espantos
que a los mortales ojos sus misterios
perennemente seguirán sellados,
así lo quiere la Deidad sombría
que tiene allí su imperio incontrastado.

V

Por esa senda desolada y triste
que recorren tan sólo ángeles malos,
senda fatal donde la Diosa Noche
ha erigido su trono solitario,
donde la inexplorada, última Thule
esfuma en sombras sus contornos vagos,
con el alma abrumada de pesares,
transido el corazón, he paseado...
¡He paseado en pos de los que huyeron
fuera del Tiempo y fuera del Espacio!

EL CUERVO

TRADUCIDO POR J. PÉREL BONALDO

Una fosca media noche, cuando en tristes reflexiones,
sobre más de un raro infolio de olvidados cronicones
inclinaba soñoliento la cabeza, de repente
a mi puerta oí llamar:
como si alguien, suavemente, se pusiese con incierta
mano tímida a tocar:
«Es—me dije—una visita que llamando está a mi puerta:
eso es todo, ¡y nada más!»

¡Ah! Bien claro lo recuerdo: era el crudo mes del hielo,

y su espectro cada brasa moribunda enviaba al suelo.
Cuán ansioso el nuevo día deseaba, en la lectura
procurando en vano hallar
tregua a la honda desventura de la muerte de Leonora,
la radiante, la sin par
virgen pura a quien Leonora las querubes llaman hora
ya sin nombre... ¡nunca más!

Y el crujido triste, incierto, de las rojas colgaduras
me aterraba, me llenaba de fantásticas pavuras,
de tal modo, que el latido de mi pecho palpitante
procurando dominar,
«es, sin duda, un visitante—repetía con instancia—
que a mi alcoba quiere entrar;
un tardío visitante a las puertas de mi estancia...
eso es todo, ¡y nada más!»

Paso a paso, fuerza y bríos
fué mi espíritu cobrando:
«Caballero—dije—o dama:
mil perdones os demando;
mas, el caso es que dormía,
y con tanta gentileza
me vinisteis a llamar,
y con tal delicadeza
y tan tímida constancia
os pusisteis a tocar
que no oí»—dije—y las puertas
abrí al punto de mi estancia;
¡sombras sólo y...
nada más!

Mudo, trémulo, en la sombra por mirar haciendo empeños,
quedé allí, cual antes nadie los soñó, forjando sueños;
más profundo era el silencio, y la calma no acusaba
ruido alguno... Resonar
sólo un nombre se escuchaba que en voz baja a aquella hora
yo me puse a murmurar,
y que el eco repetía como un soplo: ¡Leonora!...
esto apenas, ¡nada más!
A mi alcoba retornando con el alma en turbulencia
pronto oí llamar de nuevo—esta vez con más violencia,

«De seguro—dije—es algo que se posa en mi persiana;
pues, veamos de encontrar
la razón abierta y llana de este caso raro y serio
y el enigma averiguar.
¡Corazón! Calma un instante y aclaremos el misterio...
—Es el viento—y nada más!»

La ventana abrí—y con rítmico aleteo y garbo extraño
entró un cuervo majestuoso de la sacra edad de antaño.
Sin pararse ni un instante ni señales dar de susto,
con aspecto señorial,
fué a posarse sobre un busto de Minerva que ornamenta
de mi puerta el cabezal;
sobre el busto que de Palas la figura representa,
fué y posose—¡y nada más!

Trocó entonces el negro pájaro en sonrisas mi tristeza
con su grave, torva y seria decorosa gentileza;
y le dije: «Aunque la cresta calva llevas, de seguro
no eres cuervo nocturnal,
viejo, infausto cuervo oscuro, vagabundo en la tiniebla...
Dime:—«¿Cuál tu nombre, cuál
en el reino plutoniano de la noche y de la niebla?...»
Dijo el cuervo: «¡Nunca más!»

Asombrado quedé oyendo así hablar al avechucho,
si bien su árida respuesta no expresaba poco o mucho;
pues preciso es convengamos en que nunca hubo criatura
que lograse contemplar
ave alguna en la moldura de su puerta encaramada,
ave o bruto reposar
sobre efigie en la cornisa de su puerta, cincelada,
con tal nombre: «¡Nunca más!»

Mas el cuervo, fijo, inmóvil, en la grave efigie aquella,
sólo dijo esa palabra, cual si su alma fuese en ella
vinculada—ni una pluma sacudía, ni un acento
se le oía pronunciar...
Dije entonces al momento: «Ya otros antes se han marchado,
y la aurora al despuntar,
él también se irá volando cual mis sueños han volado.»
Dijo el cuervo:»¡Nunca más!»

Por respuesta tan abrupta como justa sorprendido,
«no hay ya duda alguna—dije—lo que dice es aprendido;
aprendido de algún amo desdichoso a quien la suerte
persiguiera sin cesar,
persiguiera hasta la muerte, hasta el punto de, en su duelo,
sus canciones terminar,
y el clamor de la esperanza con el triste ritornelo
de jamás, ¡y nunca más!»

Mas el cuervo, provocando mi alma triste a la sonrisa
mi sillón rodé hasta el frente al ave, al busto, a la cornisa;
luego, hundiéndome en la seda, fantasía y fantasía
dime entonces a juntar,
por saber qué pretendía aquel pájaro ominoso
de un pasado inmemorial,
aquel hosco, torvo, infausto, cuervo lúgubre y odioso
al graznar: «¡Nunca jamás!»

Quedé aquesto, investigando frente al cuervo en honda calma,
cuyos ojos encendidos me abrasaban pecho y alma.
Esto y más—sobre cojines reclinado—con anhelo
me empeñaba en descifrar,
sobre el rojo terciopelo do imprimía viva huella
luminoso mi fanal—
terciopelo cuya púrpura ¡ay! jamás volverá ella
a oprimir—¡Ah! ¡Nunca más!

Pareciome el aire entonces,
por incógnito incensario
que un querube columpiase
de mi alcoba en el santuario,
perfumado—«Miserable sér—me dije—Dios te ha oído
y por medio angelical,
tregua, tregua y el olvido del recuerdo de Leonora
te ha venido hoy a brindar:
¡bebe! bebe ese nepente, y así todo olvida ahora.
Dijo el cuervo: «¡Nunca más!»

«Eh, profeta—dije—o duende,
mas profeta al fin, ya seas
ave o diablo—ya te envíe

la tormenta, ya te veas
por los ábregos barrido a esta playa,
desolado
pero intrépido a este hogar
por los males devastado,
dime, dime, te lo imploro:
¿Llegaré jamás a hallar
algún bálsamo o consuelo para el mal que triste lloro?»
Dijo el cuervo: «¡Nunca más!»

«Oh, profeta—dije—o diablo—Por ese ancho combo velo
de zafir que nos cobija, por el mismo Dios del Cielo
a quien ambos adoramos, dile a esta alma adolorida,
presa infausta del pesar,
si jamás en otra vida la doncella arrobadora
a mi seno he de estrechar,
la alma virgen a quien llaman los arcángeles Leonora!»
Dijo el cuervo: «¡Nunca más!»

«Esa voz,
oh, cuervo, sea
la señal
de la partida,
grité alzándome:—¡Retorna,
vuelve a tu hórrida guarida,
la plutónica ribera de la noche y de la bruma!...
de tu horrenda falsedad
en memoria, ni una pluma dejes, negra, ¡El busto deja!
¡Deja en paz mi soledad!
Quita el pico de mi pecho. De mi umbral tu forma aleja...»
Dijo el cuervo: «¡Nunca más!»

Y aun el cuervo inmóvil, fijo, sigue fijo en la escultura,
sobre el busto que ornamenta de mi puerta la moldura...
y sus ojos son los ojos de un demonio que, durmiendo,
las visiones ve del mal;
y la luz sobre él cayendo, sobre el suelo arroja, trunca
su ancha sombra funeral,
y mi alma de esa sombra que en el suelo flota... ¡nunca
se alzará... nunca jamás!
Fin.